Anna Paulsen liebt lange Strandspaziergänge, kurze Nächte und alte Häuser. Bücher gehören zu ihrem Leben wie die Luft zum Atmen, und mit ihren Geschichten will sie vor allem eines: ihre Leser berühren, sie zum Lächeln oder Träumen bringen. *Wirf dein Herz voraus und spring hinterher* ist ihr zweiter Roman nach *Liebe M.* Anna Paulsen lebt mit ihrer Familie in Südwestdeutschland und Nordholland.

Außerdem von Anna Paulsen lieferbar:
Liebe M. Du bringst mein Herz zum Überlaufen

Besuchen Sie uns auf www.penguin-verlag.de
und Facebook.

ANNA PAULSEN

Wirf dein Herz voraus und ❤ spring hinterher

Roman

PENGUIN VERLAG

MIX
Papier aus verantwortungsvollen Quellen
FSC® C014496

Verlagsgruppe Random House FSC® N001967

PENGUIN VERLAG

1. Auflage 2018

Neumarkter Str. 28, 81673 München
Umschlag: Favoritbüro
Umschlagmotiv: Shutterstock/Rachata Teyparsit,
shutterstock/buffalosboy2512
Redaktion: Antje Winkler
Satz: Uhl + Massopust, Aalen
Druck und Bindung: GGP Media GmbH, Pößneck
Printed in Germany
ISBN 978-3-328-10315-8
www.penguin-verlag.de

Dieses Buch ist auch als E-Book erhältlich.

Prolog

Happy Birthday, Mutter. Wieder ein Jahr vorbei. Wahnsinn, wie die Zeit verfliegt. Vor allem, wenn man älter wird.

Aber dazu könntest du wohl gar nichts sagen. Du bist ja nicht älter als zweiunddreißig geworden. Ich hab dir also schon fünf Jahre voraus.

Was hättest du mit diesen fünf Jahren angefangen, Mutter? Hättest du mich gesucht? Hätte ich dich gesucht, wenn ich von deiner Existenz gewusst hätte?

Hätte ich dich Mutter genannt, wenn wir uns begegnet wären? Oder Mama? Mutti? Nein, Mutti bestimmt nicht. Das klingt so betulich. Nicht nach einer Frau, die mit sechzehn schwanger geworden ist und ihr Baby zur Adoption freigegeben hat. Vermutlich hätte ich dich einfach Viola genannt.

Aber wer weiß das schon?

Es ist ja nie zu einer Begegnung gekommen. Nur in meiner Fantasie. Dort immer und immer wieder. Im Traum habe ich dir eine Geburtstagstorte gebacken mit ganz viel Sahne und verziert mit lauter kleinen Rosen aus Zuckerdekor. Du hattest Tränen in den Augen vor Rührung. Ich habe darauf bestanden, dass du die Kerzen ausbläst, und du hast es in einem Atemzug geschafft. Du hast mich Liane-Kind genannt und mich glücklich umarmt.

In Wahrheit hast du mich vermutlich nie auch nur irgendwie genannt. Bestimmt kanntest du nicht einmal meinen Namen. In deinen Gedanken war ich erst »der Bauch«, dann »das Baby« und dann gar nichts mehr.

Wie hast du damit gelebt, ein kleines Wesen in dir heranwachsen zu spüren und es dann weggegeben zu haben? Konntest du es jemals vergessen? Konntest du mich vergessen? Oder hast du an mich gedacht? Wenigstens einen Tag, eine Stunde lang?

Aber ich will jetzt nicht anfangen zu streiten. Heute ist nicht der Tag für Vorwürfe. Schließlich ist dein Geburtstag. Dreiundfünfzig würdest du. Immer noch kein Alter, um zu sterben. Bei Weitem nicht.

Wir könnten noch viel Zeit miteinander verbringen.

Ich könnte dich mit Fragen löchern, die dir vielleicht unangenehm wären, mir aber auf der Seele brennen, seit ich achtzehn bin. Seit mir Ruth die Wahrheit gesagt hat. Doch da war es schon zu spät …

Entschuldige, Mutter, dass ich mich so in Rage rede, und das an deinem Ehrentag. Das wollte ich nicht. Dir möchte ich ja versuchen zu verzeihen, irgendwann – und irgendwie. Aber nicht ihr. Dieser Frau, die ich bis dahin all die Jahre Mama genannt hatte. Und die doch nichts weiter war als eine Lügnerin.

Schon tausend Mal habe ich mich gefragt, was geschehen wäre, wenn sie mir früher gesagt hätte, dass ich nicht ihre leibliche Tochter bin. Hätte ich dich gesucht? Und gefunden? Hätten wir sofort einen Draht zueinander gehabt? Die verlorene Zeit aufgeholt? Wäre dann alles anders gekommen? Wärst du bei mir gewesen, statt bei Nebel an einem Stauende zu stehen, das der Lkw-Fahrer hinter dir zu spät bemerkt hat? Hätte ich jetzt also zwei Mütter statt keiner mehr? Oder hätte ich vielleicht sogar auf deinem Beifahrersitz gesessen und läge nun neben dir unter dieser grau gesprenkelten Granitplatte? Und wer würde uns dann Blumen bringen?

Apropos, Mutter. Ich habe dir Veilchen mitgebracht. Wie immer. Sie passen zu dir – jedenfalls zu deinem Namen. Viola. Viel mehr weiß ich ja nicht von dir.

Kapitel 1

Sicher ist sicher

Der Dienstag, an dem Lianes Albtraum zur schrecklichen Gewissheit wurde, begann unspektakulär. Wie an jedem Werktag klingelte ihr Wecker pünktlich um halb sechs, und sie gestand sich maximal drei Minuten zu, bevor sie energisch das Federbett zurückklappte, ihre ungebräunten Beine über die Bettkante schwang und sich streckte. Liane hielt nicht viel davon, sich träge im Bett hin und her zu wälzen und das Aufstehen unnötig lang hinauszuzögern. Sie hielt generell nicht viel von Disziplinlosigkeit. Ohne Disziplin säße die Menschheit noch auf Bäumen, davon war sie felsenfest überzeugt. Wo käme man denn hin, hätten alle nur noch ihr Vergnügen im Sinn? Liane wollte sich lieber nicht ausmalen, was dann geschähe.

Manchmal fühlte sie sich wie das letzte Exemplar einer aussterbenden Art. Zum Beispiel, wenn sie, wie jetzt gerade, bei geöffnetem Fenster ihre Morgengymnastik absolvierte. Dabei hatte sie nicht die geringste Freude an Kniebeugen, Liegestützen und Sit-ups, und auch den wunderbaren Blick auf den Stadtpark genoss sie kein bisschen. Aber sie wusste, dass ein langes, gesundes Leben ohne körperliche Ertüchtigung bei frischer Luft kaum möglich war, und so biss sie eben regelmäßig in diesen sauren Apfel.

Während Liane ihr Trainingsprogramm abspulte, dachte sie an ihre Kollegen, die alle zwischen Mitte und Ende zwanzig waren. Ungefähr so alt wie sie damals, als sie bei »Trend + Fun« angefangen hatte. Sie konnte nicht glauben, dass sie jemals so sorglos gewesen war wie Fabian, Sina, Alex, Niklas und Jenny, die vermutlich eher Bungee-Jumping machten als solide Morgengymnastik. Noch törichter waren nur noch die Kunden der Eventagentur, in der sie seit nunmehr zwölf Jahren arbeitete. Es war ihr nach wie vor ein Rätsel, was das für Menschen waren, die freiwillig einen Haufen Geld dafür ausgaben, Leib und Leben zu riskieren. Die sich in rasanten Schlauchbooten irrwitzig steile Abfahrtpisten hinabstürzten und es Snowrafting nannten. Oder mit pfeilschnellen Automobilen über unbefestigte Pisten brausten und es Rallyefahren nannten. Und sich in lächerlich enge Anzüge zwängten, aus einem Helikopter hüpften und es Fallschirmspringen nannten.

Liane nannte es unverantwortlich. Eher würde sie jeden Tag um halb fünf aufstehen und ihr Sportprogramm verdoppeln, als auch nur eines der Angebote ihres Arbeitgebers Trend + Fun auszuprobieren. Was für andere Spaß pur bedeutete, verursachte ihr Herzrasen und Panikattacken, wenn sie nur daran dachte.

Auch jetzt geriet sie unverhältnismäßig schnell außer Atem, und das lag bestimmt nicht an den fünfzig Kniebeugen, die sie schließlich gewohnt war, sondern an ihrer

Grübelei. Sie zwang sich, an etwas Erfreulicheres zu denken. Oder wenigstens an etwas weniger Beunruhigendes. Zum Beispiel den bevorstehenden ärztlichen Check-up-Termin heute Nachmittag. Liane versäumte niemals eine Untersuchung, und weil ihr der von der Krankenkasse vorgesehene zweijährliche Rhythmus bei Weitem nicht ausreichend erschien, hatte sie die Häufigkeit ihrer prophylaktischen Arztbesuche eigenmächtig auf alle zwei Monate festgelegt. Solange sie Beschwerden hatte, konnte ihr Hausarzt seine Untersuchungen auch problemlos abrechnen, und daran mangelte es Liane nie. Wenn sie nur tief genug in sich hineinhorchte, wurde sie beunruhigender Symptome gewahr, die einer dringenden Abklärung bedurften. Vielleicht sollte sie heute diese ungewöhnliche Kurzatmigkeit erwähnen? Ja, Liane freute sich auf den Arzttermin. Es hatte so etwas wunderbar Beruhigendes, aus kompetentem Munde zu hören, dass kein unmittelbarer Grund zur Sorge bestand …

Nach dem Frühsport stellte Liane das Teewasser auf und nahm eine schnelle Dusche. Mehr als fünf Minuten unter der Brause hielt sie für Verschwendung. Zum Abschluss duschte sie ihren gesamten Körper eiskalt ab, wozu sie all ihre Selbstbeherrschung aufbieten musste, denn Liane fror nun wirklich nicht gern, aber was sein musste, musste eben sein. Wechselbäder waren gesund für Kreislauf und Venen, härteten ab und gehörten nun mal zu ihrer Morgenhygiene wie warmer Porridge und Fencheltee zu ihrem Frühstück. Nicht zu vergessen die Vitamintabletten, Mineralstoffkapseln und weiteren Nahrungsergänzungsmittel für Nägel, Haare, Stoffwechsel sowie körpereigene Abwehrkräfte. In dieser Hinsicht überließ Liane ihr Schicksal ungern dem Zufall. Da könnte sie auch gleich ungeimpft in ein Seuchengebiet reisen …

Exakt eine halbe Stunde vor Arbeitsbeginn steckte Liane ihre schulterlangen Haare zu einem Knoten auf. Das sorgfältig aufgelegte Tages-Make-up war perfekt, aber dezent. Als Business-Outfit kamen nur ein knielanger Bleistiftrock, eine faltenfrei geplättete Bluse und ein Paar elegante, nicht zu hohe Pumps infrage. Schließlich war sie Chefsekretärin, und sie legte Wert darauf, sich von den Jeans tragenden, Kaugummi kauenden, Skateboard fahrenden Kolleginnen und Kollegen zu unterscheiden. Auf den Gedanken, dass eine optische Abgrenzung dazu überhaupt nicht notwendig war, kam sie gar nicht erst.

Henning Piper betrat federnden Schrittes die Räumlichkeiten der Eventagentur, die er vor fast zwanzig Jahren gegründet hatte und an deren überwältigendem Erfolg er sich auch heute noch täglich erfreute. Wie immer trug er irrsinnig teure Designerjeans, darüber ein Markenhemd – heute in Knallrot – und italienische Slipper, die zwar ein bisschen drückten, vor allem am linken Fuß, wo der Hallux valgus besonders ausgeprägt war, aber extrem lässig aussahen.

»Hi, People«, dröhnte er zur Begrüßung. »Alles geschmeidig?«

»Danke, auch dir einen schönen Tag«, erwiderte Liane Klein, die alte Spaßbremse. Henning verstand bis heute nicht, was ihn damals dazu gebracht hatte, sie einzustellen. Liane passte kein bisschen in sein junges, dynamisches Team. Als hätte sich Fräulein Rottenmeier ins falsche Jahrtausend verirrt mit ihrer scheußlichen Omafrisur, dem uncoolen Schuhwerk und diesen Klamotten, die irgendwie nach Stewardess aussahen. Oder nach Politesse. Jedenfalls nicht nach Eventagentur. Außerdem trieb sie das Durchschnittsalter seiner Belegschaft in die Höhe, was ihm so gar nicht gefiel.

Nun gut, wäre er ehrlich gewesen, hätte er zugeben müssen, dass er selbst mit seinen zweiundvierzig Jahren sogar ein halbes Jahrzehnt älter war als Liane und damit fast eine Generation älter als die meisten seiner Mitarbeiter. Andererseits sah doch ein Blinder mit Krückstock, dass er mit Liane so viel gemeinsam hatte wie mit einem Außerirdischen. Nämlich nichts.

Um zu überspielen, dass sie an Jahren den coolen Teammitgliedern näher war als er, pflegte sich Henning über Liane lustig zu machen. Wenn sie es nicht mitbekam. Denn sie zu verlieren, wollte er nicht riskieren. Trotz ihrer Schrullen war Liane mit Abstand die zuverlässigste, effektivste und fleißigste Mitarbeiterin, die er je hatte. Deshalb verlor er auch kein Wort darüber, dass sie ständig wegen irgendwelcher Arzttermine wegmusste, und das während der Arbeitszeit. Aber sie holte die versäumten Stunden stets nach. Und er wusste ja selbst, wie schwer es war, in den angesagten Fachpraxen überhaupt einen Termin zu bekommen! Wenn er nur daran dachte, wie lange er nun schon darauf wartete, dass sich ein Spezialist mal seinen Hallux anschaute …

Kaum hatte Henning an seinem schwarzen hochglanzpolierten Schreibtisch Platz genommen, da schwebte Liane auch schon herein, servierte ihm den Espresso Macchiato mit leichtem Milchschaum und zwei Stück Zucker, genauso, wie er es mochte, und nahm Platz, um die Termine des Tages mit ihm durchzugehen. Aufrecht wie eine Soldatin saß sie da und zückte einen gespitzten Bleistift. Himmelherrgott, einen Bleistift, das musste man sich mal überlegen! Wer benutzte heutzutage noch derartiges Steinzeit-Werkzeug? Urplötzlich war Henning wahnsinnig genervt von Liane – von ihrer verdammten Effektivität, ihrer Schmallippigkeit, ihren gestrafften Schultern und ihrer knitterfreien Bluse.

»Planänderung, Li«, verkündete er. Ihr winziges Stirnrunzeln registrierte er sehr wohl. Natürlich hasste Liane es, wenn er ihren Vornamen abkürzte. Genau deshalb hatte er es getan. Er wusste genau, wie kindisch das war, aber besser kindisch als altmodisch …

»Meeting in einer Viertelstunde«, fuhr er fort. »Sag allen Bescheid.«

Liane schien zu ahnen, dass ihr Boss etwas im Schilde führte, was ihr nicht gefallen würde. Doch sie ließ sich nichts anmerken. »Okay, ich sage den anderen Bescheid und besorge belegte Brötchen.«

»Wir brauchen keine Brötchen«, winkte Henning Piper ab. »Und übrigens: Das Meeting betrifft das gesamte Team. Auch dich.«

Sina ließ sich auf einen Sessel plumpsen und unterdrückte nur mit Mühen ein Seufzen. Es ging ihr gar nicht gut. Hätte sie doch bloß nicht so viel von diesem widerlichen Gin getrunken, der auf so unerfreuliche Weise nach einer Mischung aus Rasierwasser und Seife geschmeckt hatte. Irgendwie hatte sie gehofft, sich langsam mit dem Aroma anzufreunden. Schließlich war es uncool, ein In-Getränk nicht zu mögen. Aber sosehr sie es auch versucht hatte, es war ihr nicht gelungen, der Plörre irgendetwas Positives abzugewinnen. Das Ende vom Lied war, dass sie mit Fabian in der Kiste gelandet war und nun nicht nur einen ordentlichen Kater, sondern auch ein Verhältnis mit einem Kollegen hatte. Wo doch jeder wusste, dass so etwas nur Ärger brachte.

Und jetzt auch noch dieses dämliche Meeting. Hoffentlich erwartete Henning keine Geistesblitze – damit würde sie heute bestimmt nicht dienen können.

Natürlich setzte sich Fabian neben sie. Okay, das tat er auch sonst häufig, aber diesmal hatte er garantiert Hintergedanken. Wenn es einen Knopf gegeben hätte, mit dem sich dieses dämliche, verliebte Grinsen abschalten ließe, sie hätte keine Sekunde gezögert, ihn zu drücken. Stattdessen warf sie Fabian nur einen strengen Blick zu, um ihm zu signalisieren, dass er seine Hormone, Gefühle und Liebesbekundungen im Zaum halten sollte, zumindest hier im Büro. Fabian schien diesen Blick zu missdeuten und zwinkerte ihr zu. Sina wandte sich ab. Just in dem Moment nahm jemand auf der anderen Seite neben ihr Platz. Nicht Jenny, das erkannte sie durch die wirren Haarsträhnen, die ihr – quasi als Schutz vor neugierigen Blicken – ins Gesicht hingen. Niklas und Alex galten zwar als modebewusst, aber so weit, dass sie Herrenröcke trugen, ging die Extravaganz der beiden nun doch nicht. War das etwa … Liane?

»Ich habe Aspirin in meiner Handtasche, wenn du magst, hole ich dir eine Brausetablette«, sagte die Rockträgerin.

Oh ja, das war Liane. Wie sie leibte und lebte. Mutter der Kompanie und wandelndes Medizinschränkchen. Sie meinte es ja gut – aber nervte dabei zuweilen ungemein. Zum Beispiel jetzt, indem sie sich ungefragt einmischte und die Aufmerksamkeit auf Sinas Zustand lenkte.

Sie tat deshalb so, als hätte sie Lianes Angebot gar nicht registriert, und zückte ihr Handy, um es auf lautlos zu stellen. Henning hasste es, wenn seine Geistesblitze von Handygeklingel gestört wurden.

Doch Liane ignorierte, dass Sina sie ignorierte, und stand auf – vermutlich, um die besagte Tablette zu holen. Sina wollte sie schon bremsen, da betrat Henning den Konferenzraum, und Liane sank zurück auf ihren Platz. Denn was Henning noch mehr hasste als klingelnde Handys, war, wenn jemand ein Meeting verließ, bevor er es offiziell beendet hatte. Das wusste selbst Liane, obwohl sie sonst nie daran teilnahm.

Moment … Wieso war sie diesmal überhaupt dabei? Sinas Denkorgan arbeitete heute wirklich mit erheblicher Verzögerung.

Lianes Gefühl hatte also nicht getrogen. Es würde unangenehm werden. Warum sonst sollte sie zum ersten Mal seit damals, als Henning den Umzug in die neuen Büroräume ankündigte, einem Meeting beiwohnen? Normalerweise machte sie, während die anderen ihr albernes Brainstorming veranstalteten, Telefondienst, Buchhaltung und die Post. Hoffentlich dauerte das hier nicht allzu lange. Liane hatte einen straffen Zeitplan für heute, ihre To-do-Liste war lang, und sie musste sich auch ohne Zeitfresser wie dieses Meeting ranhalten, um alles abzuarbeiten. Natürlich würde es niemandem auffallen, wenn sie einige der Aufgaben erst morgen erledigte, aber darum ging es nicht. Pläne waren nicht dazu da, um über den Haufen geworfen zu werden, sondern um Struktur in den Arbeitstag zu bringen. Und Struktur war unverzichtbar – vor allem in einem Laden wie diesem, in dem sich außer ihr kein Mensch um Termine, Angebote und Fristen kümmerte.

Henning legte auch schon los. Wenigstens kam er gleich zur Sache. Liane zückte Block und Bleistift, doch schon nach den ersten Sätzen ihres Chefs ließ sie beides wieder sinken, ohne auch nur ein einziges Wort notiert zu haben. Denn das, was er sagte, ließ sie erstarren.

»Leute, was haltet ihr von einem Incentive? Mir schwebt ein Survivaltraining in der Wildnis vor. Teambuilding mal anders. Seid ihr dabei?«

Die letzte Frage ging im allgemeinen Gejubel unter. Sogar Sina, die aus jeder Pore nach übermäßigem Alkoholgenuss roch, war vor Begeisterung aufgesprungen. Liane starrte die anderen entsetzt an. Survival? Wildnis? Teambuilding? Das konnte doch nicht ernst gemeint sein! Nicht mit ihr …

Eine Viertelstunde später lagen die Fakten auf dem

Tisch. Einziger Lichtblick war, dass mit »Wildnis« weder der australische Dschungel noch sonst ein exotischer, von gefährlichen Tieren bewohnter Landstrich gemeint war, sondern der Harz. Ein harmloses deutsches Mittelgebirge. Bei dem man an Bergbau, Forstwirtschaft, Höhlen, Burgen und Wintersport dachte – alles Stichworte, die Liane nicht betrafen und die sie dennoch für den Moment beruhigten. Es gelang ihr, ihren Atem wieder unter Kontrolle zu bringen und den jagenden Puls ein wenig zu drosseln.

Wozu die ganze Aufregung? Sie würde an diesem Spektakel ohnehin nicht teilnehmen. Schließlich gehörte sie nicht zum Kreativteam der Agentur, sondern kümmerte sich um Organisatorisches. So gewiss auch bei dieser Sache. Henning hatte sie sicher nur dazugebeten, damit sie informiert war. Später würde sie vermutlich eine Unterkunft reservieren oder – noch einfacher – ein Komplettarrangement buchen. Vermutlich unter ihrem Namen, nicht dem der Agentur, immerhin waren Firmen, die so etwas anboten, Konkurrenten von Trend + Fun, und die würden sich bestimmt nicht so gern von Henning in die Karten schauen lassen. Sie nahm an, dass er das Ganze ohnehin nur geplant hatte, um ein ähnliches Angebot zu entwickeln und es in sein Portfolio aufzunehmen.

Liane war heilfroh, dass sie als Chefsekretärin nur den Überblick über die Projekte und Termine der anderen bewahren und nicht wie ihre Kollegen live vor Ort dabei sein musste. Ihr persönliches maximales Risiko in diesem Job bestand darin, dass sie schlecht gewordene H-Milch in ihren Kaffee goss, denn Alex vergaß prinzipiell, geöffnete Packungen zurück in den Kühlschrank zu stellen, und das auch im Hochsommer, wenn sowieso alles schneller verdarb …

Fast hätte sie Hennings nächste Bemerkung nicht mitbekommen, aber er fixierte sie ganz intensiv mit seinen hellblauen Husky-Augen, die ihr schon immer ein bisschen unheimlich gewesen waren, ehe er hinzufügte: »Ich meine übrigens das gesamte Team.«

Das klang nicht gut. Gar nicht gut! Sie fühlte sich unter seinem Blick wie das berühmte Kaninchen vor der Schlange. Gab es eigentlich Schlangen mit Husky-Augen? Egal, sie fürchtete sich schließlich auch vor Hunden.

»Gerne dürfen auch eure Partner mitkommen, schließlich ersetzt das Survivaltraining unser jährliches Grillfest«, verkündete Henning. »Ich bin schon ganz gespannt, wen ihr diesmal mitbringt«, ergänzte er grinsend und zwinkerte Liane zu.

Oder hatte er womöglich Sina gemeint? Henning wusste doch, dass Liane Single war, und das seit Jahren. Noch nie hatte sie jemanden mitgebracht oder war auch nur auf die gut gemeinten Vorschläge der anderen, ihr eine Begleitung zu organisieren, eingegangen. Auch wenn der Cousin des Freundes der Schwester von Alex bestimmt ein netter Kerl war, sie lehnte dankend ab. Männer machten das Leben nur noch komplizierter, als es ohnehin schon war. Das Thema Liebe hatte sie seit Langem abgehakt.

»Und für alle, die womöglich keine Jeans besitzen:

Im Harz sind Businessröcke nicht unbedingt geeignet. Ich empfehle die Anschaffung geeigneter Outdoorpants!«

Damit waren alle Zweifel beseitigt. Henning erwartete allen Ernstes, dass Liane diesen Unsinn mitmachte. Was natürlich überhaupt nicht infrage kam.

»Aber ich …«, setzte sie an.

»Ausreden gelten nicht«, lachte Henning. »Du wirst sehen, das wird ein ganz großer Spaß.«

Dieser Satz verfolgte Liane für den Rest des Tages. Ans Abarbeiten ihrer To-do-Liste war nicht zu denken. Stattdessen las sie alles, was das Internet über die Risiken des Harzes hergab. Und die waren zahlreicher, als Liane lieb war: An Hexen und Geister glaubte sie zwar nicht, aber an Stürze über steile Klippen in tiefe Schluchten. An den tückischen Tod in Sümpfen und Mooren. Und an gefährliche Wildtiere wie Luchse und Wölfe. Mit jedem Satz, den sie las, wurde es Liane übler. Sie bekam einen Schweißausbruch, dem eine heftige Gänsehaut folgte. Und zu allem Elend konnte sie kaum noch atmen. Was war das nur für ein Kloß im Hals? Etwa eine Geschwulst? Zum Glück hatte sie gleich ihren Arzttermin. Ohne die Aussicht auf eine Routineuntersuchung samt beruhigender Diagnose hätte sie in diesem Moment für nichts garantieren können!

Kapitel 2

Die nackte Wahrheit

Auch nach all den Jahren litt Dr. Justus Mangold weder an Burn-out noch an Motivationslosigkeit. Er liebte seinen Beruf aus tiefstem Herzen. Tatsächlich langweilte es ihn kein bisschen, jeden Morgen in derselben Praxis hinter demselben Schreibtisch zu sitzen, das immer gleiche Impfposter vor Augen und daneben den Chagall-Druck, der schon bessere Tage erlebt hatte, und im Grunde auch immer wieder dieselben Sätze zu sagen:

»Was führt Sie denn zu mir?«

»Wo drückt heute der Schuh?«

»Na, dann wollen wir uns die Sache mal anschauen.«

»Der Blutdruck könnte niedriger sein.«

»Da überweise ich Sie lieber mal an einen Spezialisten.«

Letzteres sagte er immer dann, wenn ein Patient ernsthaft krank zu sein schien. Denn Sätze wie »Das sieht aber gar nicht gut aus« oder »Sie sollten bald Ihre Angelegenheiten in Ordnung bringen« kamen ihm nur schwer über die Lippen, und er vermied es tunlichst, derartige Gespräche zu führen. Sollten das doch die hochbezahlten Fachkollegen erledigen. Das hatten sie davon, Allgemeinmediziner wie ihn als Feld-Wald-und-Wiesen-Ärzte zu belächeln.

Die Aussicht darauf, gleich seine letzte Patientin dieses Nachmittags zu begrüßen, hätte Dr. Justus Mangold also zufrieden stimmen sollen. Eigentlich. Denn erstens liebte er – wie sie – die beruhigende Regelmäßigkeit bewährter Abläufe und Termine, und zweitens war sie noch nie ernsthaft krank gewesen. Und es sah auch nicht danach aus, als würde sich daran in nächster Zeit etwas ändern. Zu ihr würde er wieder »Alles bestens, Sie sind kerngesund« sagen können, und das wäre eigentlich auch der ideale Moment, um sich zu verabschieden, den weißen Kittel gegen sein Sportsakko zu tauschen und Feierabend zu machen. Heute war Dienstag – Zeit für eine Runde Schach mit seinem Nachbarn, dem Strafrichter im Ruhestand (mit schlechten Leberwerten, aber hellwachem Verstand).

Aber so einfach würde es wohl nicht werden, das wusste Dr. Justus Mangold aus Erfahrung. Denn die letzte Patientin dieses Nachmittags war Liane Klein. Und die war ein harter Brocken. Noch nie hatte er jemanden behandelt, der so schwer von seiner eigenen Gesundheit zu überzeugen war wie sie.

Mit Grausen erinnerte er sich an ihren letzten Termin vor zwei Monaten. Damals war sie sich vollkommen sicher gewesen, eine Lungenentzündung zu haben, wenn nicht sogar Tuberkulose. Und das, obwohl sie allerhöchstens leicht erkältet war. Es hatte ihn eine geschlagene halbe Stunde gekostet, bis sie ihm glaubte, weder in Quarantäne noch in eine Lungenklinik zu müssen, sondern einfach nur mit einem Tee aufs heimische Sofa.

Aber das war noch gar nichts im Vergleich zu dem Drama mit dem Herzinfarkt damals. Von dem die Patientin freilich so weit entfernt gewesen war wie er selbst von einer Schwangerschaft. Sie gehörte nicht mal zur Risikogruppe! Schließlich war sie jung, normalgewichtig, Nichtraucherin und vor allem geradezu besessen von einem gesunden Lebenswandel. Dr. Justus Mangold wusste selbstverständlich alles über ihre Vitaminpillen, ihr morgendliches Sportprogramm und ihre Wechselduschen. Sie ließ einer Herz-Kreislauf-Erkrankung nicht die geringste Chance. Lediglich bei ihm selbst stiegen Puls und Blutdruck, wenn er ihren Namen auf der Agenda las …

Dr. Justus Mangold hoffte sehr, dass Liane Klein diesmal keine neue, eingebildete Krankheit in petto hatte. Heute wollte er pünktlich Feierabend machen. Mehr als eine Viertelstunde würde er sich nicht für sie nehmen, schwor er sich. Komme, was wolle.

Der typische Geruch nach Desinfektionsmittel ließ Liane kurz innehalten und tief durchatmen. Sofort fühlte sie sich besser. In Sicherheit.

Aber das gute Gefühl hielt nicht lange an. Wie wohl die Laborergebnisse ausgefallen waren? Sie war letzte Woche schon hier gewesen, um sich Blut abzapfen zu lassen und eine Urinprobe abzugeben. Wenn Dr. Justus Mangold eine besorgte Miene machte, waren die Werte bestimmt nicht so, wie sie sein sollten.

Aber bis sie ihn zu Gesicht bekam, dauerte es noch eine Weile. Erst musste sie sich anmelden, zusehen, wie ihre Krankenkassenkarte durchgezogen wurde, und dann noch einen Augenblick im Wartezimmer Platz nehmen. Oder wie Liane es nannte: im Bakterienparadies.

Nun, da weder Stadtverkehr noch Parkplatzsuche oder das kurze Gespräch mit der Sprechstundenhilfe sie ablenkten, richtete sich ihre uneingeschränkte Konzentration wieder auf dieses Ding in ihrem Hals. Irgendwas war da, was da nicht hingehörte. Ein Wunder, dass sie überhaupt noch Luft bekam! Und kaum hatte sie diesen Gedanken zu Ende gedacht, kam es ihr auch schon vor, als fiele ihr das Atmen schwerer. Sie begann heftig zu keuchen, und gerade als ein leichter Schwindel einsetzte, wurde sie aufgerufen.

Dr. Mangolds Lächeln war freundlich und ungetrübt. Unter normalen Umständen wäre Liane jetzt erleichtert gewesen, zumal er ihr sofort zu ihren vorbildlichen Blutwerten gratulierte. Wenn da nicht dieser Kloß im Hals wäre, den sie ihm jetzt ausführlich beschrieb.

»Es ist, als würde mir etwas die Kehle zudrücken. Das Schlucken fällt mir schwer, das Atmen ebenfalls. Herr Doktor, ich fürchte, diesmal ist es was Ernstes.« Sie räusperte sich.

Der Arzt wiegte den Kopf hin und her, machte »hm, hm« und erhob sich, um Liane zu untersuchen. Erst schaute er ihr in den Rachen, dann tastete er ihren Hals ab.

»Haben Sie in letzter Zeit besonders viel Stress bei der Arbeit?«, fragte er schließlich.

»Kein bisschen«, behauptete sie, und von der Sache mit dem Survivaltraining im Harz abgesehen war das auch so. »Mein Leiden ist garantiert nicht psychisch, Herr Doktor, ich spüre doch ganz genau, wenn was mit mir nicht in Ordnung ist. Schließlich habe ich ein ganz außergewöhnliches Körpergefühl.«

»Zweifellos«, murmelte Dr. Mangold und seufzte fast unmerklich. Liane dagegen entging seine Reaktion nicht. Er stimmte ihr also zu – und wirkte besorgt. Demnach war es wahr – es stand nicht gut um sie.

»Haben Sie schon Erfahrung mit autogenem Training oder progressiver Muskelrelaxation nach Jacobson gemacht?«, fuhr der Arzt fort. »Volkshochschulen und Krankenkassen bieten regelmäßig solche Entspannungskurse an, dazu würde ich Ihnen wirklich dringend raten.«

Hallo? Hatte sie ihm nicht eben versichert, dass ihre Symptome ganz real und keineswegs eingebildet waren? Hielt er sie etwa doch für eine Spinnerin? Dabei war es doch eindeutig, dass sie litt. Das Atmen fiel ihr wieder schwerer. Sie räusperte sich erneut. Dann begann sie, heftig zu keuchen, und diesmal wurde ihr regelrecht schwarz vor Augen. Als sie wieder zu sich kam, lag sie auf der Untersuchungsliege.

»Sie haben hyperventiliert«, informierte sie Dr. Mangold. »Eine Panikreaktion. Aber nichts Schlimmes.«

»Wie kann das nichts Schlimmes gewesen sein? Ich habe schließlich keine Luft mehr bekommen.«

»Im Gegenteil. Sie hatten zu viel Sauerstoff im Blut. Wenn so etwas noch einmal passiert, atmen Sie einfach in eine Tüte ein und aus. Und machen Sie unbedingt einen Entspannungskurs.«

Er nahm sie nicht ernst. Was musste denn noch geschehen, damit er ihr glaubte? Sie war ernsthaft krank! Hatte gerade eine Nahtoderfahrung hinter sich. Und er redete von Tüten und Kursen?

»Na gut, dann habe ich eben hyperventiliert. Aber nur, weil ich krank bin. Das Ding in meinem Hals ist real.«

Dr. Mangold schloss kurz die Augen. Dann warf er einen raschen Blick auf seine Armbanduhr und wandte sich seinem PC zu.

»Ich schreibe Ihnen eine Überweisung zum Hals-Nasen-Ohren-Spezialisten«, sagte er. »Zwar bin ich weiterhin davon überzeugt, dass es sich bei Ihrem Leiden um stressbedingte Missempfindungen handelt, aber vielleicht gehen wir doch lieber auf Nummer sicher und lassen eine Laryngoskopie machen.«

Nora Feldmann war gerade dabei, ihre Einkäufe in den Kofferraum ihres klapprigen Polos – für ein schickeres Gefährt reichte ihr Gehalt als Altenpflegerin nicht – zu verladen. Paprika, um das schlechte Gewissen zu beruhigen, Schokolade als unverzichtbare Nervennahrung und eine Tüte voller Häkelwolle. Ein Sonderangebot. Eigentlich hatte sie noch genug Material, aber dieses kräftige Pink und das fröhliche Türkis hatten es ihr einfach angetan. Und das zu diesem unschlagbaren Preis …

Sie wollte gerade die Kofferraumklappe schließen, als die Eingangstür des Ärztehauses, das an den Supermarktparkplatz angrenzte, aufflog und eine Frau herausstürmte, die ihr vage bekannt vorkam. Sie trug eine altmodische Hochsteckfrisur, ein garantiert furchtbar unbequemes Kostüm und Pumps, die eigentlich für ein gemächlicheres Tempo gemacht waren. Wie es diese Frau schaffte, so schnell darin zu laufen, war Nora ein Rätsel.

Und überhaupt: Wie war die denn drauf? Sie wirkte, als hätte sie eben ein Gespenst gesehen. Und ihm ordentlich die Meinung gegeigt. Eine eigentümliche Mischung aus schockiert und selbstzufrieden.

Langsam schloss Nora die Klappe und stieg in ihr Auto, ohne jedoch den Blick abzuwenden. Sie war normalerweise nicht übertrieben neugierig, aber hier war doch was faul. Vielleicht konnte sie helfen? Außerdem kam ihr der graue Škoda bekannt vor, den die Unbekannte gerade öffnete. Er stand oft vor einem Gründerzeit-Wohnblock am Stadtpark. Bei ihr gleich um die Ecke. Die Frau lebte wohl in ihrer Nachbarschaft. Vermutlich hatte sie sie schon mal beim Bäcker oder beim Joggen im Park getroffen.

Jetzt setzte sich die Frau hinters Lenkrad, doch statt loszufahren, zog sie ihr Handy aus der Tasche.

Sicher wollte sie ihre Lieben zu Hause anrufen und Bescheid sagen, dass es bei ihr später würde, vermutete Nora. Aber die Frau telefonierte nicht, sie tippte. Vielleicht eine WhatsApp? Dann hörte sie auf zu schreiben und begann, aufmerksam zu lesen. Von hier aus konnte Nora zwar die Mimik der Unbekannten nicht erkennen, aber dass sie nach einer Weile beide Hände vors

Gesicht schlug und den Kopf aufs Lenkrad sinken ließ, war unübersehbar.

Bestimmt hatte sie gerade eine schlimme Nachricht bekommen. Die Ärmste! Nora beschloss, sich einzumischen. Wenn ein Mensch in Not war, konnte sie einfach nicht anders. Und diese Frau brauchte gerade eindeutig Hilfe.

Im ersten Moment war Liane hochzufrieden gewesen. Endlich hatte Dr. Mangold sie ernst genommen! Doch jetzt, da sie allein im Auto saß, überwog wieder die Angst. Welcher Arzt überweist schon zu einem Facharzt, wenn er den Patienten für kerngesund hält? Da musste zumindest ein Verdacht bestehen. Und worauf? Hatte sie etwa recht mit ihrer schrecklichen Vermutung?

Sie atmete tief durch. Zu tief. *Bloß nicht – nicht schon wieder hyperventilieren.* Zumal sie keine Tüte dabeihatte, weder aus Plastik noch aus Papier, sondern nur ihren Einkaufsbeutel aus Stoff, der vermutlich nicht dazu taugen würde, den Sauerstoffgehalt ihres Blutes auf ein normales Level zu senken.

Sie musste sich zusammenreißen! Ruhe bewahren. Sachlich bleiben. Sie brauchte Fakten. Und Fakten gab es im Internet.

Liane zückte ihr Smartphone und googelte »Laryngoskopie«. Und erfuhr wenige Sekunden später, dass es sich dabei um eine Kehlkopfspiegelung handelt. Bei herausgestreckter Zunge wird der Spiegel bis an die hintere Rachenwand herangeführt und ermöglicht so einen Einblick in das Kehlkopfinnere und den oberen Teil der Luftröhre, stand da. Nicht gut für Menschen mit starkem Würgereiz. Doch darunter litt Liane zum Glück nicht. Sie konnte sich sehr gut zusammennehmen, wenn es sein musste. Auch wenn eine Untersuchung unangenehm war oder sogar schmerzhaft. Liane würde sich das Untersuchungsgerät in den Schlund schieben lassen, ohne mit der Wimper zu zucken. Sie würde heldinnenhaft alles über sich ergehen lassen, was notwendig war, um herauszufinden, ob sie …

Ja – was überhaupt? Welche Leiden konnte man anhand so einer Kehlkopfspiegelung eigentlich diagnostizieren?

Schnell googelte sie auch nach Antworten auf diese Frage.

Verletzung der Stimmlippen, las sie. Das klang ja harmlos. Doch die Beschreibung passte nicht zu ihren Symptomen.

Aber da waren noch weitere Stichworte aufgeführt.

Gewebeveränderungen.

Tumoren.

Kehlkopfkrebs.

Da war es. Das böse K-Wort, vor dem sie sich schon immer gefürchtet hatte.

Hör auf zu lesen, befahl sie sich selbst. Sie durfte jetzt nicht durchdrehen.

Liane wusste genau, dass es eine schlechte Idee war weiterzumachen, weil sie damit nur ihre Panik befeuern würde. Andererseits war es besser, der Wahrheit ins Auge zu sehen.

Und überhaupt: Vielleicht passte die Beschreibung ja gar nicht, und sie wäre ruckzuck beruhigt?

»Typische Symptome sind Heiserkeit, Kratzen im Hals, Luftnot, Fremdkörpergefühl und Räusperzwang«, murmelte sie halblaut.

Grundgütiger! Es war eindeutig – eine Diagnose wie aus dem Lehrbuch. Sie war dem Tod geweiht. Dabei rauchte sie nicht einmal. Welch bitterer Hohn des Schicksals …

Liane bedeckte ihr Gesicht mit den Händen und ließ den Kopf sinken. Der schlimmste aller denkbaren Fälle war eingetreten. Und dabei hatte Dr. Mangold ihr immer wieder zu einer angeblich so robusten Gesundheit gratuliert. Von wegen. Der hatte ja keine Ahnung.

Ich sollte ihn verklagen.

Aber solche Prozesse dauerten oft monate-, wenn nicht jahrelang. Wer wusste schon, ob ihr so viel Zeit überhaupt noch bleiben würde? Vielleicht wäre es besser, die letzten Tage sinnvoller zu nutzen als mit einem Rechtsstreit.

Nur wie?

Ihre Gedanken fuhren Achterbahn.

Bloß weg hier. Dringend. Ich will nur noch nach Hause, in meine sicheren vier Wände. Ein Bad nehmen. Das beruhigt bestimmt.

Vielleicht ist es ja doch nur eine Stimmbandentzündung?

Sie versuchte, sich einzureden, dass sie eine unverbesserliche Hypochonderin und in Wirklichkeit topfit war. Dass Dr. Mangolds Verdacht stimmte und sie sich nur ein bisschen entspannen musste. Damals, als sie gefürchtet hatte, eine Lungenentzündung zu haben, behielt er am Ende ja auch recht. Und bei dieser Herzinfarkt-Sache ebenfalls. Beziehungsweise der Nicht-Herzinfarkt-Sache. Vielleicht war es wieder nur falscher Alarm?

Sie wollte so gern daran glauben. Aber sie schaffte es nicht.

Denn was man glaubt, ist nicht unbedingt identisch mit dem, was man weiß.

Fakt war: Ob sie Kehlkopfkrebs hatte oder nicht, würde erst die Laryngoskopie ans Licht bringen. Bis dahin konnte sie sich entweder verrückt machen oder erst mal beruhigen. Es reichte schließlich, sich aufzuregen, wenn es einen echten Grund dafür gab.

Eigentlich.

Aber die Fakten überzeugten sie nicht. Ihre Angst war stärker.

Einerseits wusste Liane, dass diese Angst irreal war. Auf der anderen Seite war da dieses Gefühl. Irgendwie spürte sie, dass es diesmal anders war. Ernst. Todernst.

Sie keuchte.

Räusperte sich.

Sagte laut: »Verflixt!«

Und leiser: »Nichts wie weg hier …«

Schwungvoll öffnete Nora Feldmann die Autotür und wollte gerade aussteigen, um zu der verzweifelten Unbekannten hinüberzugehen, als der graue Škoda mit quietschenden Reifen davonbrauste.

Okay. Dann war die Not wohl doch nicht so groß.

Verblüfft ließ sie sich zurück auf den Fahrersitz sinken.

Sehr mysteriös, das alles. Wirklich schade, dass sie wohl nie erfahren würde, was da gerade geschehen war.

Kapitel 3

Kontrollverlust

Die Heimfahrt über die Stadtautobahn erlebte Liane wie in Trance. Ihre Gedanken kreisten inzwischen gar nicht mehr um Möglichkeiten und Hoffnungen, sondern nur noch um das K-Wort.

Ich habe alle Symptome. Es gibt keine andere Erklärung. Was sonst sollte es sein? Kehlkopfkrebs. Wie viel Zeit mir wohl noch bleibt?

Natürlich würde sie alle Therapien mitmachen, die man ihr empfahl. Operation, Chemo, Bestrahlung. Sie würde ein Loch im Hals haben und nur noch mittels eines knatternden Mikros sprechen können. Und sich anhören wie ein asthmatischer Roboter. Sie würde sich die Seele aus dem Leib kotzen und all ihre Haare verlieren. Und am Ende würden die Ärzte nur noch hilflos mit den Schultern zucken und sagen, sie hätten alles Menschenmögliche getan. Sie würde langsam dahinsiechen und nach einer unerträglich langen Leidenszeit ein tragisches, einsames Ende finden.

Was dann käme, konnte sie sich lebhaft vorstellen:

Meine Kollegen werden zur Beerdigung kommen in ihren besten schwarzen Jeans und etwas von Erlösung murmeln. Ein

Trauerredner, der mich nie kennengelernt hat, wird ein paar salbungsvolle Worte sprechen und meine Tugenden rühmen. Fleiß. Pünktlichkeit. Zuverlässigkeit. Auf einer Kirchenorgel werden Choräle gespielt, die keiner der Anwesenden kennt und die daher auch niemand mitsingt. Auf einem kleinen Tisch wird meine Urne thronen, umkränzt von Blumen. Hoffentlich keine Nelken. Ich hasse Nelken. Daneben wird mein schwarz gerahmtes Porträtfoto stehen. Vermutlich das, was beim letzten Agentursshooting gemacht wurde. Für die Website. Nun, dort wird es dann ja nicht mehr gebraucht. Henning kann es löschen. Ob er das wohl vor der Trauerfeier macht oder erst danach? Oh, er wird doch wohl hoffentlich keinen Nachruf ins Netz stellen! Das wäre mir gar nicht recht ... Ich muss mir eine Liste machen. Es ist so viel zu erledigen. Keine Nelken. Kein Online-Nachruf. Was noch alles?

Auf einmal begriff sie, dass ihr Ende tatsächlich eine Erlösung sein könnte. Denn bis es so weit wäre, war noch so unglaublich viel zu erledigen! Sie brauchte eine Patientenverfügung. Einen Platz im Hospiz. Einen Nachmieter. Ein Entrümpelungsunternehmen, das ihre Wohnung auflösen würde. Eine Grabstätte. Einen Sarg. Ein Testament. Puh, und das war nur das, was ihr spontan einfiel.

So viel zu tun. Und so wenig Zeit.

Dieser Typ mit dem getunten Angeberauto auf der Überholspur hatte offenbar auch keine Zeit. Blöder Raser. Der hatte mindestens 180 drauf, dabei war auf diesem Streckenabschnitt Tempo 100 vorgeschrieben. War es wirklich so schwer, sich daran zu halten? Liane betrachtete es als Bürgerpflicht, Regeln zu befolgen. Auch Geschwindigkeitsbegrenzungen. Inzwischen musste sie nicht einmal mehr auf den Tacho schauen – sie hatte das im Gefühl. Aber selbstverständlich überprüfte sie ihr Tempo trotzdem immer wieder. Ein rascher Blick aufs Armaturenbrett zeigte ihr, dass sie mit exakt 140 Sachen unterwegs war.

Wie bitte? 140?

So schnell fuhr sie sonst nicht einmal, wenn es keine Beschränkung gab. Viel zu riskant. Und schon gar nicht an so einer Stelle. 40 Stundenkilometer schneller als erlaubt, das könnte sie ihren Führerschein kosten. Auch wenn sie ihn wohl nicht mehr lange brauchte, so etwas war unverzeihlich. Und musste schleunigst korrigiert werden.

Liane schaute in den Rückspiegel. Hinter ihr alles frei. Sie konnte also ohne Bedenken in die Eisen steigen.

Eigentlich ließ sich Gregor Hill, genannt Greg, so schnell nicht erschüttern. Er war nicht bloß Künstler, sondern auch Lebenskünstler. Pläne machte er nur, was seine Werke betraf. Termine mit Galeristen, Ausstellungen, Interviews – solche Dinge überließ er, anders als früher, nicht mehr dem Zufall. Immerhin war er inzwischen 33, da war es durchaus angemessen, halbwegs erwachsen zu agieren. Zumindest wenn man von seiner Arbeit leben wollte und auf den großen Durchbruch hoffte. Dass Talent allein nicht genügte, hatte er längst begriffen.

Doch alles, was nicht direkt mit seiner Karriere zu tun hatte, ließ Greg am liebsten auf sich zukommen.

Denn er war davon überzeugt, dass es das Leben extrem bereicherte, wenn man für alles offen blieb, statt jedes Detail durchzuplanen. Sich einfach überraschen zu lassen. Anzunehmen, was der Zufall einem schenkte.

Heute allerdings stellte das Schicksal Greg vor einen ganzen Berg von Herausforderungen, und er konnte leider noch nicht erkennen, was daran ein Geschenk sein sollte.

Erst kam das Paar, dessen Haus er noch bis übernächsten Monat hätte hüten sollen, vorzeitig von seiner Weltreise zurück. Man hatte sich darüber in die Wolle bekommen, ob Las Vegas ein Sündenpfuhl ist, der für Dekadenz und Kapitalismus steht, oder einfach nur eine Art überdimensionales Disneyland, das man gesehen haben muss und das im Grunde den amerikanischen Traum karikiert. Greg konnte es nicht fassen, dass Leute, die eine schicke Stadtvilla besaßen, außerdem einen SUV und ein Cabrio, ernsthaft über Kapitalismus diskutierten. Und vor allem, dass er wegen einer solchen Lappalie seine Unterkunft verlor. Nun musste er, bis er eine neue Bleibe gefunden hatte, bei einem Kumpel unterkommen, in dessen Wohnung es viel zu dunkel zum Malen war.

Nun ja, er würde schon was finden. Aber erst einmal musste er seine Habseligkeiten dorthin bringen. Was im Grunde kein Problem darstellen sollte, schließlich besaß er keinen unnötigen Krempel, sodass er alles, was ihm gehörte, bequem in seinen Campingbus hineinbekam.

Blöd nur, dass ebendieser Bus kurz vor der Autobahnauffahrt den Geist aufgegeben hatte. Dabei hatte er doch gleich noch eine Verabredung mit seinem Galeristen. Und da durfte er nicht zu spät kommen. Also hatte er den Bus in eine Haltebucht rollen lassen und stand nun hier am Rande der Stadtautobahn, um zu trampen. Gerade kam er sich gar nicht mehr erwachsen vor, sondern eher wie ein unreifer Bengel.

Und jetzt begann es auch noch zu regnen …

Für einen Augenblick hatte Greg, der Lebenskünstler, seinen unerschütterlichen Optimismus verloren. Doch schon wenige Sekunden später wendete sich sein Blatt. Denn noch bevor er seinen Daumen rausstrecken konnte, fuhr auch schon ein Wagen rechts ran. Er war nun mal ein echter Glückspilz!

Zum zweiten Mal an diesem Tag ließ Liane ihren Kopf aufs Lenkrad sinken. Puh, das war ja gerade noch mal gut gegangen. Wie hatte sie nur dermaßen die Kontrolle verlieren können? Das passte doch überhaupt nicht zu ihr! Daran war nur der blöde Krebs schuld. Gerade mal eine halbe Stunde war es her, seit sie von ihm wusste, und schon brachte er sie dazu, sich aufzuführen wie ein hirnloser Verkehrsrowdy.

Jetzt stand sie verbotenerweise auf dem Beschleunigungsstreifen, was auch nicht viel besser war. Aber diese Ordnungswidrigkeit nahm sie in Kauf. Es würde schon keine Polizeistreife vorbeikommen und ihr einen Strafzettel verpassen. Und wenn, dann würde sie ihn eben bezahlen. Bald brauchte sie ihr Geld ohnehin nicht mehr. Außerdem konnte sie jetzt nicht sofort weiterfahren. Nicht mit diesem Puls, der dem eines Sprinters gleichkam. Erst einmal musste sie sich beruhigen. Wieder sie selbst werden. Liane Klein, die Besonnenheit in Person. Nicht Liane Klein, Krebspatientin, Raserin und Gesetzesbrecherin.

Ich werde mich von dieser Krankheit nicht beherrschen lassen. Vielleicht wird sie mich eines Tages besiegen, aber nicht vernichten.

Sie würde weiterhin ihre Morgengymnastik machen, weiterhin ihre Bleistiftröcke tragen, weiterhin Regeln befolgen.

Wo käme sie sonst hin?

Der Krebs konnte nur ihren Körper zerstören. Aber nicht das, was sie als Person ausmachte! Das würde sie niemals zulassen.

Sie richtete sich auf, straffte die Schultern und nickte. Ja, jetzt ging es wieder. Sie konnte weiterfahren.

Das hätte sie auch getan, wenn nicht in diesem Augenblick die Beifahrertür aufgerissen worden wäre und ein haariges Wesen hereingeschaut hätte.

Grundgütiger!

Zutiefst erschrocken unterdrückte Liane einen spitzen Aufschrei. War sie etwa doch von einer Polizeistreife ertappt worden? Aber nein, diesen spontanen Gedanken verwarf sie sofort wieder. Auch wenn den Beamten heutzutage kein Kurzhaarschnitt mehr vorgeschrieben war, durften sie garantiert nicht mit offener, wilder Lockenmähne herumlaufen – auch nicht in Zivil.

Und nicht so unrasiert.

Und sie würden nicht so ein Grinsen aufsetzen, das

an eine Mischung aus Jack Nicholson und Jürgen Klopp erinnerte. Diabolisch. Und beängstigend.

Was, wenn er ein wahnsinniger Serienkiller war? Ein entlaufener Frauenmörder? Dann hatte ihr letztes Stündlein geschlagen.

Was für eine grausame Ironie des Schicksals. Als ob es nicht schlimm genug ist, dass ich bald an Krebs sterbe.

»Supernett, dass du anhältst, das ist meine Rettung. Meine Karre ist verreckt, und ich muss in einer Viertelstunde bei einem dringenden Termin sein. Wenn du mich an der nächsten Abfahrt rauslässt, kann ich es noch schaffen«, sagte der haarige Typ mit dem vielleicht doch nicht ganz so diabolischen Lächeln. »Übrigens: Ich bin Greg.«

Es dauerte einen Moment, bis Liane begriff: kein Überfall. Auch kein Killer. Einfach nur ein Anhalter. Vielleicht war es etwas unorthodox, sie gleich zu duzen, aber von ihren Agenturkollegen war sie es ja nicht anders gewohnt. In ihrer Branche wurde jeder gnadenlos geduzt. Ob dieser Greg wohl auch so was in der Art machte? Rein optisch könnte er durchaus Extremsportler sein. Er wirkte durchtrainiert und irgendwie verwegen, aber auch unkompliziert und spontan.

Mit anderen Worten: Er war ihr genaues Gegenteil.

Und er glaubte, sie hätte seinetwegen angehalten. Was ja auch nahelag, dabei hatte sie ihn gar nicht gesehen. Sie beneidete ihn darum, dass er nichts von dem wusste, was sie belastete. Dass er trotz Autopanne sein Lächeln nicht verloren hatte. Und dass er ganz offensichtlich etwas vorhatte, worauf er sich freute.

Sie dagegen hatte heute gar nichts mehr vor, außer, sich in ihrer Wohnung zu verkriechen und eine Liste der Dinge zu erstellen, die sie vor ihrem Ableben noch erledigen musste. Also nichts, worauf sie sich unbedingt freute. Vielleicht würde sie sich nie wieder im Leben auf irgendetwas freuen. Aber sie konnte wenigstens dafür sorgen, dass andere Grund zur Freude hatten.

»Steig ein«, sagte sie. »Wo genau musst du hin? Ich hab Zeit. Wenn du willst, bringe ich dich direkt dorthin.«

Ja, ganz zweifellos – er hatte mal wieder Glück im Unglück. Man musste eben nur auf das Schicksal vertrauen. Irgendwie wendete sich am Ende alles zum Guten.

Zwar hatte Greg fast befürchtet, die Škodafahrerin hätte schon bereut, dass sie angehalten hatte, und wollte einen Rückzieher machen, denn sie wirkte im ersten Moment ziemlich irritiert – so als hätte sie jemand anderen erwartet. Aber dann bot sie ihm sogar an, ihn direkt bis zur Galerie zu chauffieren.

Gut gelaunt stieg er ein und schnallte sich an.

»Danke, sehr cool!«

Dabei wirkte sie auf den ersten Blick alles andere als das. Eher ein bisschen spröde und altjüngferlich. Was jedoch nur an ihrer Omafrisur und diesem spießigen Business-Outfit lag. Das waren bloß Äußerlichkeiten. Von so etwas hatte sich Gregor Hill noch nie täuschen lassen.

Vielleicht lag darin ja sogar sein eigentliches Talent.

Nicht darin, wie er mit Bleistift, Feder und Pinsel umgehen konnte. Sondern darin, wie er Dinge betrachtete. Und Menschen.

»Du musst das Wesentliche sehen und das Unwichtige ausblenden«, hatte sein Großvater immer gesagt, der Förster und leidenschaftlicher Landschaftsmaler gewesen war. Und Gregs großes Vorbild. Leider starb er zu früh, um zu erleben, wie aus seinem Enkelsohn ein wahrhaftiger Künstler wurde. Aber dass Greg die Gabe hatte, hinter die Oberfläche zu schauen, das hatte der alte Förster früh erkannt und gefördert.

Mit diesem besonderen Blick beobachtete Greg jetzt, wie die Fahrerin, die vermutlich kaum älter war als er selbst, den Wagen startete und sich wieder in den Verkehr einfädelte. Sie tat das hochkonzentriert und sehr sorgsam. Weder vergaß sie, den Blinker zu setzen, noch den Schulterblick. Selbstverständlich hielt sie das Lenkrad in der vorgeschriebenen Zehn-vor-zwei-Stellung. Sie hatte schöne Hände. Schmal, unberingt, kurze Nägel. Sie sahen graziös aus, aber gleichzeitig so, als könnten sie zupacken. Vielleicht hatten sie das noch nie getan und ahnten nicht einmal, dass sie es konnten, aber eines Tages würden sie es feststellen.

»Ich bin übrigens Liane«, sagte seine Retterin und riss ihn damit aus seinen stummen Betrachtungen, von denen sie offensichtlich nichts bemerkte.

»Wo genau musst du hin, Greg?«

Er nannte ihr die Adresse der Galerie und weckte damit ihr Interesse.

»Du bist Künstler?«

Diese Frage kannte er. Er hatte sie schon unzählige Male gehört. Und jedes Mal verrieten ihm winzige Details im Tonfall, wie sie gemeint war. Meist skeptisch. *Von so etwas kann man doch nicht leben.* Oder missbilligend. *Willst du nichts Anständiges arbeiten?* Manchmal auch berechnend. *Bist du etwa reich und berühmt?* Und in seltenen Fällen einfach nur neugierig. *Ist ja spannend – erzähl doch mal.* Genau diese Nuance hörte er bei Liane heraus.

Und so erzählte er ihr von seinen bisherigen Projekten, den Fotoexperimenten, den abstrakten Ölgemälden, den Tuscheporträts. Sie richtete ihren Blick zwar konsequent auf den Verkehr, hörte aber sehr aufmerksam zu. So konnte er, während er über die geplante Ausstellung in Rotterdam sprach, unbemerkt ihr Gesicht studieren. Obwohl sie alles getan hatte, um durchschnittlich zu wirken, hatte sie etwas Besonderes an sich. Ihre Züge waren nicht klassisch, aber sehr fein und irgendwie zauberhaft. Am liebsten hätte er sofort Block und Bleistift gezückt und sie gezeichnet, aber das hätte sie womöglich aus dem Konzept gebracht. Zum Glück hatte er ein sehr gutes Gedächtnis. Er würde sich einfach jedes Detail ihres Antlitzes – ja, dieses etwas altmodische, aber klangvolle Wort passte perfekt zu Liane – merken und sie dann später aus der Erinnerung porträtieren.

»Ich habe gehört, Rotterdam soll furchtbar hässlich sein. So wie Ludwigshafen, nur ohne Chemieindustrie, dafür mit Containerhafen«, platzte Liane heraus.

Greg grinste. »Damit hast du nicht unrecht. Aber nur teilweise. Denn für uns Künstler existiert im Hässlichen auch eine Ästhetik. Selbst von Ludwigshafen gibt es Aufnahmen, die einfach umwerfend sind. Und Rotterdam ist eine der spannendsten und kreativsten Städte überhaupt in Europa.«

»Ehrlich? Dann ist es vielleicht besser, wenn ich von dort fernbleibe. Ich bin nämlich zu hundert Prozent unspannend und unkreativ.«

»Glaub ich dir nicht!«

»Oh, das kannst du glauben. Wenn ich ein Bild malen würde, sähe es aus wie von einem rechtshändigen Affenbaby mit der linken Hand gemalt.«

Jetzt musste Greg lachen. »Von einem rechtshändigen Affenbaby mit der linken Hand? Und du hältst diese Beschreibung für unkreativ?«

»Nein, tue ich nicht. Aber sie ist nicht von mir. Ich hab sie mal irgendwo aufgeschnappt. Wie gesagt: Ich kann eben nur reproduzieren, nicht kreieren.«

»Aber du erkennst das Potenzial einer witzigen Formulierung, die es sich zu merken lohnt«, widersprach Greg.

Das Gespräch mit Liane machte ihm Spaß. Sie war erfrischender und unterhaltsamer, als sie ahnte. Und überhaupt – sie faszinierte ihn. Nicht nur ihrer angeborenen Eleganz und ihres tiefgründigen Blicks wegen. Sondern gerade auch wegen der seltsamen Art, wie sie ihre Schönheit mit diesem Make-up und ihrer Kleidung eher verbarg als betonte.

Die meisten Frauen taten das genaue Gegenteil. Sie mühten sich, ihre Makel zu kaschieren und ihre Schokoladenseiten zu betonen.

Für Liane wäre es eine Leichtigkeit gewesen, ihre großen tiefblauen Augen noch strahlender wirken zu lassen, ihre Wangenknochen hervorzuheben und den Schwung ihrer Lippen zu unterstreichen. Nichts davon tat sie.

Aber Greg konnte all diese Dinge sehen. Im Stillen dankte er seinem Großvater, dem er seine Gabe verdankte.

»Darf ich dich zeichnen?«, fragte er unvermittelt. »Ich meine … irgendwann, wenn du mal Zeit hast.«

Da brach Liane in Tränen aus.

Kapitel 4

Auch das noch

Für einige Minuten hatte Liane doch tatsächlich vergessen, wie es um sie stand. Das hatte Greg bewirkt. Ihm war es mühelos gelungen, sie aus der Reserve zu locken, in ein Gespräch zu verwickeln und sogar zum Lachen zu bringen. Das musste man sich einmal vorstellen: Sie, die dem Tod Geweihte, hatte gekichert, als wäre alles in bester Ordnung.

Greg schien wohl in mehrfacher Hinsicht ein Künstler zu sein. Auf ihre Stimmung wirkte er jedenfalls wie ein Zauberer.

Doch dann war auf einmal alles wieder präsent. Als hätte Greg mit seiner Frage die Magie des Augenblicks zerstört und sie zurück in die Realität katapultiert. »Wenn du mal Zeit hast«, hatte er gesagt. Natürlich konnte er nicht ahnen, dass Zeit ihre knappste Ressource war.

Und wie kam er überhaupt darauf, sie zeichnen zu wollen? Sofort dachte sie wieder an das Porträt, das bei ihrer Bestattung aufgestellt werden würde. Und fragte sich, ob unter den Trauergästen wohl ein einziger wäre, der eine Träne um sie weinen würde. Vermutlich nicht, musste sie einsehen. Wer auch? Sie kam zwar mit allen Menschen gut aus, mit denen sie zu tun hatte, aber wirklich nah ließ sie niemanden an sich heran. In ihrer Freizeit blieb sie für sich. Enge Freundschaften hatte sie noch nie gepflegt. Bisher hatte ihr das auch nicht gefehlt. Sie lebte gern allein. Aber dass niemand wirklich um sie trauern würde, fand sie unerwartet deprimierend – fast tragisch. Und wenn es schon sonst niemand tat, beweinte sie ihr Schicksal eben selbst.

»Hab ich was Falsches gesagt?«, fragte Greg erschrocken. »Das wollte ich nicht.«

»Schon gut«, schluchzte Liane. »Liegt nicht an dir.«

Eigentlich wusste Liane ja, dass sie – ganz entgegen ihrem beherrschten Wesen – gerade die Drama-Queen gab. Tief in ihrem Inneren war ihr klar, dass es bisher keine Diagnose gab, sondern nur eine harmlose Überweisung. Hin und wieder meldete sich ihr Verstand und versuchte, sie zu beruhigen. Aber sobald sie darüber redete oder auch nur darüber nachdachte, steigerte sie sich erneut in die Horrorvorstellung hinein, die so erschreckend realistisch war.

Er reichte ihr ein Taschentuch, das sie dankbar annahm. »Ich weiß, du hast es eilig«, sagte sie schließlich, »aber ich brauch einen Moment.«

Sie blinkte und lenkte den Wagen auf die Abbiegespur zu dem Parkplatz, an dem sie bisher immer nur vorbeigefahren war. Er lag ein wenig versteckt hinter Bäumen und war ein beliebter Treffpunkt für Fernfahrer, die hier ihre vorgeschriebenen Pausen verbrachten. Zwischen den riesigen, nach Diesel und Ruß stinkenden

Lastkraftwagen wäre es Liane eigentlich zu unheimlich. Orte wie diesen mied sie normalerweise. Doch dieser Tag war alles andere als normal. Und sie war schließlich nicht allein.

Wobei ihr Greg im Grunde ebenso fremd war wie all die Fernfahrer, doch die gefühlte Realität war anders. Er kam ihr vertraut vor. Oder wenigstens vertrauenswürdig.

»Gib mir ein paar Minuten«, sagte sie, nachdem sie ihren Škoda vorschriftsmäßig eingeparkt hatte. Dann schloss sie die Augen.

Na, großartig. Nun würde er also doch zu spät kommen. Am liebsten wäre Greg ausgestiegen und hätte sich wieder an die Auffahrt gestellt, um weiterzutrampen. Schließlich war sein Termin enorm wichtig. Es ging um seine Zukunft, vielleicht sogar seinen Durchbruch als Künstler.

Aber er brachte es einfach nicht übers Herz, Liane in diesem Zustand zurückzulassen. Sie kauerte hinterm Steuer wie das sprichwörtliche Häufchen Elend, ihre Nase vom Weinen gerötet, die Augen verquollen. Also plötzlich alles andere als ein Bild der Schönheit. Und doch konnte er seinen Blick nicht von ihr abwenden, so sehr faszinierte sie ihn. Gleichzeitig sorgte er sich um sie. Das musste ja wirklich etwas Schlimmes sein, das sie da mit sich herumtrug, wenn es sie dermaßen aus der Bahn warf.

Er wünschte, er könnte ihr helfen! Greg kam sich hilflos und nutzlos vor. Unruhig rutschte er auf dem

Beifahrersitz hin und her. Es machte ihn fast verrückt, tatenlos zusehen zu müssen, da es Liane doch offensichtlich so schlecht ging. Und all das nur, weil er ihr eine harmlose Frage gestellt hatte …

Nach einer gefühlten halben Ewigkeit fasste er sich ein Herz und legte seine Hand auf ihre Schulter.

»Willst du darüber reden?«, fragte er leise. Mit wenig Hoffnung, dass sie darauf reagieren würde. Umso überraschter war er, als sie sich ihm zuwandte.

»Okay«, sagte sie. »Aber nur, wenn du es wirklich hören willst.«

Er nickte. »Sonst hätte ich nicht gefragt.«

Liane war es nicht gewohnt, ihr Innerstes nach außen zu kehren. Sie trug ihr Herz nicht auf der Zunge, sondern pflegte ihre Probleme mit sich selbst auszumachen.

Bis heute.

Genauer gesagt, bis zu diesem Augenblick. Gregs leise Stimme, der sanfte Druck seiner Hand, sein aufmerksamer Blick. Er kannte sie erst seit einer Viertelstunde, und doch schien er sich mehr für sie zu interessieren als irgendwer sonst.

Mehr als ihre Kolleginnen und Kollegen.

Mehr als ihre Nachbarn.

Mehr als ihre Mutter, die sie weggegeben hatte und nicht einmal lange genug am Leben geblieben war, um ihr die Chance zu geben, sie kennenzulernen.

»Okay«, sagte Liane und räusperte sich. »Ich habe gerade erfahren, dass ich sterben werde.«

Hoffentlich gibt er jetzt keine Plattitüden von sich. »Alles wird gut« oder »Du darfst die Hoffnung nicht verlieren« oder »Wir alle müssen eines Tages gehen«.

Doch er schaute sie nur betroffen an.

»Bist du sicher?«, erwiderte er schließlich.

So unvermittelt, wie Liane vorhin in Tränen ausgebrochen war, musste sie jetzt lachen. »Ehrlich gesagt: Ja, bin ich. Dabei habe ich bisher nichts als eine Überweisung. Du wirst mich bestimmt für verrückt halten. Aber alle Symptome stimmen. Ich weiß es einfach – ich habe Krebs.«

Ihr Lachen erstarb. Jetzt hatte sie es zum ersten Mal laut ausgesprochen.

Ich habe Krebs.

Sie hatte es über die Lippen gebracht, ohne dass die Welt stehen blieb. Ja, sogar ohne dabei auch nur zu stocken. Es war ihr so selbstverständlich herausgerutscht, als hätte sie über das Wetter gesprochen. Oder ihr Frühstück. Oder sonst etwas Belangloses.

Ihr Krebs war vielleicht auch belanglos. Jedenfalls für alle außer ihr selbst.

Nun ja, und vielleicht auch außer für Greg.

Durch eine Verkettung von Zufällen war er in ihr Leben geplatzt, und jetzt war er der Erste, mit dem sie über ihr Schicksal sprach. Es hatte etwas Unwirkliches – wie eine Art Generalprobe für die Gespräche, die noch kommen würden.

Hallo Henning, hier ist meine Krankmeldung. Am besten, du suchst gleich eine neue Chefsekretärin, ich habe Krebs.

Henning würde ein betroffenes Gesicht machen, ihr gegen ihren Willen einen *Big Hug* aufnötigen und währenddessen im Geiste schon die Stellenausschreibung formulieren.

Junge, dynamische Eventagentur sucht Verstärkung! Du bist hoch motiviert, top organisiert, kommunikativ und verabscheust Bleistiftröcke? Herzlich willkommen im Team …

»Krebs ist nicht unbedingt ein Todesurteil«, rief Greg sie wieder in die Gegenwart zurück. Das war fast eine Plattitüde. Aber zugegebenermaßen eine mit Wahrheitsgehalt.

»Vielleicht, aber ich glaube, bei mir ist es eins«, gab sie zurück. Sie atmete tief durch, als wäre diese Feststellung eine Erleichterung. »Aber davon erzähle ich dir während der Fahrt. Du musst schließlich zu deiner Galerie.«

Und als wäre nichts geschehen, lächelte sie ihm zu, während sie den Zündschlüssel umdrehte.

Greg hatte gar nicht mehr zu hoffen gewagt, dass er es doch noch halbwegs pünktlich zu seinem Termin schaffen würde. Nicht nach all den Tränen und Lianes furchtbarem Geständnis.

Jetzt wagte er kaum, hörbar aufzuatmen, weil Liane das missverstehen könnte. Natürlich war er erleichtert. Doch wenn er seine Karriere wichtiger nähme als ihre tragische Situation, wäre das einfach nur unmenschlich. Verabscheuungswürdig.

»Danke, aber du musst das nicht tun«, sagte er, während er hoffte, dass sie es sich nicht anders überlegte.

»Ich weiß, aber ich will«, erklärte sie. Dann, während sie sich wieder in den Autobahnverkehr einfädelte, fing sie an, alles zu erzählen. Von Hennings lächerlicher Idee mit dem Survivaltraining im Harz. Ihrem Kloß im Hals. Dem Arzttermin. Ihrem Zusammenbruch. Der Überweisung. Und dem, was Google ihr über das Stichwort Kehlkopfspiegelung verraten hatte.

»Ich war einfach so verwirrt, dass ich nicht auf mein Fahrtempo geachtet habe. Bis mein Blick auf den Tacho fiel – und er 140 Stundenkilometer anzeigte. Mein persönlicher Rekord. Natürlich war ich zu Tode erschrocken.«

Zuerst war Greg nicht so ganz klar, was dieses ganze Gerede vom Schnellfahren mit alldem zu tun hatte. Oder mit ihm. Dann fiel der Groschen.

»Du meinst, du hast gar nicht meinetwegen angehalten?«

»I wo! So etwas würde ich niemals tun. Ich nehme grundsätzlich keine Anhalter mit. Man weiß nie, was für Leute da einsteigen. Banditen, Schurken, Triebtäter.«

»Oder harmlose bildende Künstler«, ergänzte Greg mit einem schiefen Grinsen. Es gefiel ihm nicht wirklich, dass Liane ihn für einen potenziellen Ganoven gehalten hatte.

»Der Tod gehört nun mal zum Leben«, sagte sie unvermittelt, als wollte sie sich selbst beruhigen.

»Und was bedeutet das für dich konkret?«

Seine Frage schien sie zu verblüffen. »Na ja, dass er nun mal unvermeidlich ist. Dass er uns allen bevorsteht – manchen früher, anderen später. Und dass wir ihn daher nicht ganz so wichtig nehmen sollten.«

»Oder umgekehrt: dass wir das Leben wichtiger nehmen sollten«, widersprach Greg. Okay, das war definitiv ein Klischee. Aber wer kann schon aus dem Stand etwas Philosophisches übers Sterben sagen, ohne abgedroschen zu klingen? »Da vorne musst du übrigens abfahren.«

Sofort betätigte Liane den Blinker, drosselte das Tempo, lenkte auf die Abbiegespur. Als wäre Greg kein Anhalter, sondern ihr Fahrprüfer.

Erst an der nächsten Ampel nahm sie den Gesprächsfaden wieder auf. »Wie meinst du das – das Leben wichtiger nehmen?«

Greg wusste, dass er manchmal schneller redete, als er dachte. Oder dass er ins Unreine dachte und dann damit herausplatzte, ohne alle Konsequenzen erwogen zu haben. Und jetzt war es zu spät, einen Rückzieher zu machen. Er konnte nur hoffen, dass Liane nicht wieder in Tränen ausbrach.

»Nun ja«, sagte er. »Mal angenommen, du bist wirklich unheilbar krank. Das würde doch bedeuten, dass nichts Schlimmeres mehr kommen kann, oder?«

Liane schnaubte.

Hätte er sich ja denken können, dass diese Argumentation sie nicht gerade trösten würde.

»Ich frage mich, warum du so viel Angst vor dem hast, was passieren kann. Schnell fahren könnte dir auch ein Gefühl von Freiheit geben. Ich meine – was ist das Schrecklichste, was dir passieren könnte? Okay, du könntest die Kontrolle verlieren und gegen einen Brückenpfeiler rasen. Aber was wäre angesichts deiner

Diagnose so furchtbar daran? Solange du dabei keine anderen Verkehrsteilnehmer gefährdest, wäre das doch immerhin kurz und schmerzlos.«

Okay, das war vielleicht ein bisschen krass formuliert. Er sollte sich wirklich angewöhnen, seine Worte besser abzuwägen, bevor er womöglich jemanden damit verletzte.

Liane schwieg noch immer. Er hatte sie wohl schockiert. Es würde ihn nicht wundern, wenn sie rechts ranfahren und ihn einfach rausschmeißen würde. Manchmal hatte er so viel Taktgefühl wie ein Rhinozeros. Würde ihm recht geschehen.

Grundgütiger. Greg hatte recht! Es klang zwar völlig verrückt, was er da sagte, aber es stimmte. Wenn sie schon bald sterben würde, dann gab es keinen Grund mehr, sich vor irgendetwas zu fürchten. Theoretisch könnte sie mit geschlossenen Augen die Straße überqueren oder Achterbahn fahren.

Was für ein absurder Gedanke!

»Da ist es«, sagte Greg in diesem Moment und deutete auf eine Villa, die – wie ein Schild über der Tür verriet – eine Kunstgalerie beherbergte. Der Ort, an dem sich seine Träume erfüllen könnten.

Sie stoppte vor dem Eingang.

»Ich wünsche dir viel Erfolg«, sagte sie. Es kam ihr auf einmal sehr unangemessen vor, ihm so viel Privates erzählt zu haben. Deshalb stellte sie sich für einen Moment vor, es gäbe keine Krankheit, keine Todesangst, keine dramatischen Geständnisse. Als wäre die

Verabredung dieses Fremden, den sie aus purem Zufall aufgelesen und hierherchauffiert hatte, wichtiger als ihr Krebs.

Dennoch kam Gregs Umarmung völlig überraschend.

»Danke fürs Mitnehmen«, sagte er. »Ich wünsch dir alles Gute. Du bist etwas Besonderes. Eine tolle Frau.«

Sie hatte noch nicht ganz begriffen, dass das ein Kompliment war, da fiel auch schon die Autotür hinter ihm ins Schloss. Und weg war er.

Ja, zweifellos – das *war* ein Kompliment. Das erste seit mindestens einem Jahrzehnt.

Vielleicht das letzte ihres Lebens?

Kapitel 5

Völlig aufgewühlt

Genauso, wie sie ein Morgenritual hatte, pflegte Liane auch ihre Abende immer nach demselben bewährten Ablauf zu gestalten:

Auf dem Nachhauseweg plante sie ihr Abendessen, und wenn ihr dazu noch Zutaten fehlten, machte sie einen Abstecher in den Supermarkt. Selbstverständlich hatte sie den Inhalt ihres Kühlschranks im Kopf. Er war systematisch eingeräumt und enthielt nur, was sie vor Ablauf der Mindesthaltbarkeit sicher verbrauchen konnte.

Wenn sie heimkam, stellte sie ihre Handtasche auf die dafür vorgesehene Ablage, räumte die Pumps in den Schuhschrank und hängte ihre Jacke in die Garderobe.

Bevor sie in die Küche ging, um das Essen zuzubereiten, schlüpfte sie in die Hausschuhe, schloss das Smartphone, das ihr Henning aufgenötigt hatte, ans Ladegerät an, wusch sich die Hände, schaltete das Radio an und machte sich dann an die Arbeit.

Nach dem Essen spülte sie sofort ab, kümmerte sich um die Post, legte ihre Kleidung für den Folgetag heraus und machte es sich dann mit einem Buch oder einer schönen Fernsehserie – am liebsten *Grey's Anatomy* oder *Downton Abbey* – auf dem Sofa gemütlich, bis sie gegen halb elf zu Bett ging, wo sie, kaum dass sie das Licht gelöscht hatte, in einen tiefen, traumlosen Schlaf fiel.

So war das in den letzten zehn Jahren an so gut wie jedem Arbeitstag abgelaufen. Doch heute war alles anders.

Das Essen vergaß Liane komplett. Die Hände blieben ungewaschen, die Post ungelesen, das Handy unaufgeladen. Jacke, Tasche und Schuhe bildeten eine Spur von der Wohnungstür bis zum Bett, auf das sie sich vollständig bekleidet warf. Sie wollte jetzt nur noch schlafen – nichts mehr hören, nichts mehr sehen, vor allen Dingen nichts mehr denken.

So jedenfalls war der Plan.

Er hatte keine Chance, realisiert zu werden.

Denn natürlich fand Liane keinen Schlaf. In ihrem Kopf fuhren ihre Gedanken Achterbahn. Um nicht zu sagen: Geisterbahn. Mit allerhand Horroreffekten. Angefangen von der drohenden Diagnose, die mit allerhöchster Wahrscheinlichkeit einem Todesurteil gleichkam, bis hin zu ihrer unkontrollierten Hochgeschwindigkeitsfahrt und nicht zuletzt der unerwarteten Begegnung mit Greg. Inklusive seines Kompliments. Wobei – das war nicht gerade zum Fürchten gewesen. Eher zum Wundern.

Umso entsetzlicher dagegen fand sie die Aussicht auf das bevorstehende Survivaltraining, das angesichts ihres baldigen Ablebens geradezu makaber anmutete.

Survival war so ziemlich das Gegenteil dessen, was ihr bevorstand.

Wie sollte man bei diesem höchst verwirrenden Mix an Erlebnissen und Erkenntnissen ein Auge zutun?

Stattdessen grübelte Liane darüber nach, was Greg gesagt hatte. Das Schlimmste, was ihr passieren konnte, würde ja nun geschehen. Wozu sich also vor anderen Dingen fürchten? Nicht einmal die Gefahr eines Unfalls konnte erschreckender sein. Denn wenn sie schon sterben musste, dann doch lieber kurz und schmerzlos als nach langem Siechtum.

Sich einfach vor den Zug zu werfen, vom Hochhaus zu springen oder ins Wasser zu gehen, käme ihr jedoch niemals in den Sinn! Das widerspräche all ihren Überzeugungen. Aktiv ihrem Leben ein Ende zu setzen, kam also nicht infrage.

Es war eher ein hypothetisches Nachdenken über das Ende, für den Fall, dass sie tatsächlich Krebs hatte. Woran sie in diesem Moment nicht zweifelte. Auch wenn ihr theoretisch klar war, dass sie vielleicht auch gesund sein könnte. Aber sich an falsche Hoffnungen zu klammern, war noch nie ihr Ding gewesen.

Selbstmord schied also aus. Weiterleben war auch extrem unwahrscheinlich. Wie wäre es also damit, einfach ein bisschen riskanter zu leben als bisher? Dagegen sprach wohl nichts. Wobei es kein Kunststück war, ihren bisherigen Lebensstil an Wagemut zu übertreffen. Denn der war vom systematischen Vermeiden jedweder Gefahr geprägt.

Und wohin hatte sie das gebracht?

An die Schwelle des Todes.

Also war alle Vorsicht umsonst gewesen. Wer weiß, vielleicht war ohnehin alles vorbestimmt? Womöglich war es das Schicksal der Frauen ihrer Familie, jung zu sterben?

Ihre Mutter jedenfalls war bei ihrem tödlichen Unfall gerade mal 32 gewesen.

Wohin war sie damals unterwegs gewesen?

Hatte sie an diesem Tag an Liane gedacht?

Hatte sie jemals an sie gedacht?

Es gab niemanden, den sie danach fragen könnte. Allerhöchstens Ruth. Ihre Adoptivmutter. Zu der sie seit zwanzig Jahren keinen Kontakt hatte.

Liane wünschte sich so sehr, sie hätte Erinnerungen an ihre echte Mutter. Oder wenigstens eine Nachricht von ihr. Was sie hatte, war lediglich ein Brief ihrer Adoptivmutter. Er lag seit Jahren in der Schublade.

Ungeöffnet.

Vielleicht sollte sie ihn einmal lesen. Solange noch Zeit war. Aber nicht heute. Dazu war sie plötzlich viel zu müde …

Warum hieß es immer, es wäre so wunderbar, von der Sonne geweckt zu werden? Gerade musste Liane niesen, weil sie ein Sonnenstrahl in der Nase kitzelte, und das war nun wirklich alles andere als toll. Sie hasste es, niesen zu müssen. Oder Schluckauf zu haben. Es war einfach unangenehm, die Kontrolle über seine Körperfunktionen zu verlieren.

Dennoch war sie froh, aufgewacht zu sein. Was war

das nur für ein verrückter Traum gewesen? Erst war sie geflüchtet, dann hatte sie selbst Verbrecher gejagt. Seltsamerweise gemeinsam mit Greg. Als sie ihn um ihre Autoschlüssel bat, die er aus irgendeinem Grund eingesteckt hatte, warf er ihr stattdessen ein Kuvert zu, sprang in den Wagen und brauste davon. Während sie alleine dastand mit dem Brief ihrer Adoptivmutter in der Hand. Er brannte wie Feuer zwischen ihren Fingern. Am liebsten hätte sie ihn in tausend kleine Schnipsel zerrissen und weggeworfen, doch ihr Traum-Ich wusste, dass das nicht geschehen durfte. Sie musste ihn lesen. Gerade als sie ihn öffnen wollte, ging er in Flammen auf, und es blieb nichts davon übrig als ein Häufchen Asche.

Mit anderen Worten: ein echter Albtraum.

Liane drehte sich um, hin zur Wand. Wo ihr Nachttisch stand. Mit dem Wecker darauf. Der behauptete, es sei 11.15 Uhr. Das konnte ja wohl nicht sein. Höchstens am Abend. Aber dann müsste es draußen dunkel sein.

Und das war es definitiv nicht.

Also war entweder der Wecker kaputt oder ihre innere Uhr. Die funktionierte sonst immer einwandfrei, aber heute schien sie versagt zu haben. Nun ja, heute war schließlich auch der erste Morgen vom kläglichen Rest ihres Lebens. Kein Wunder, dass sie so durcheinander war …

Nach der stundenlangen Grübelei musste sie wohl irgendwann in den frühen Morgenstunden eingeschlafen sein und dann den Wecker überhört haben.

Träge rappelte sie sich auf und stellte fest, dass sie

noch das Outfit vom Vortag trug. Wie unbequem. Sie fühlte sich kein bisschen ausgeschlafen, sondern vielmehr wie gerädert.

Nachdem sie ihr Gesicht gründlich abgeschminkt und mit kaltem Wasser erfrischt hatte, putzte sie sich die Zähne – dann erst sah sie sich immerhin dazu imstande, einen Blick auf ihr Smartphone zu werfen. Es zeigte – überhaupt nichts an. Schwarzes Display. Der Akku war leer. Auch das war noch nie vorgekommen. Etwa ein weiteres Symptom ihrer Erkrankung?

Aber das Festnetztelefon auf der Kommode im Flur funktionierte. Es zeigte mehrere verpasste Anrufe an.

Die Nummer, die gleich mehrfach auf dem Display erschien, kannte sie nur zu gut. Die Agentur. Sinas Durchwahl. Natürlich nicht Hennings. Er delegierte solche Dinge selbstverständlich.

Liane spürte, wie Wut in ihr hochkroch. Ein Gefühl, das ihr so fremd war, dass sie es gar nicht gleich erkannte. Das letzte Mal hatte sie so empfunden, als sie von Ruths Verrat erfahren hatte. Warum sie jetzt fast ebenso sauer war, verstand sie selbst nicht. Das war vollkommen unangemessen. Aber sie kam nicht dagegen an.

»Blödmann!«, platzte sie laut heraus, und das war eine Entgleisung, die ihr erst recht nicht ähnlich sah.

Sie ließ sich aufs Sofa fallen.

Tief durchatmen.

Bis zehn zählen.

Was nun?

Garantiert erwartete ihr Chef, dass sie umgehend zurückrief, schuldbewusst um Verzeihung bat und sich dann gleich auf den Weg zur Agentur machte. Beflissen wie immer.

Aber sie dachte gar nicht daran!

Im Grunde konnte sie sich nicht einmal vorstellen, jemals wieder zur Arbeit zu gehen.

Wäre das nicht auch geradezu lächerlich angesichts ihres bevorstehenden Ablebens?

Liane griff zum Hörer. Das musste sie jetzt sofort klären, solange die Wut ihren Mut noch befeuerte …

Was für eine Erleichterung! Liane beglückwünschte sich selbst zu ihrer Entscheidung, als sie fünf Minuten später das Telefon zurück auf die Ladestation legte. Es war wirklich besser, keine Krankmeldung abzugeben, sondern einfach freizunehmen. Das Mitleid der anderen hätte sie nicht ertragen. Und außerdem hatte sie noch so viel alten Urlaub aus dem Vorjahr – höchste Zeit, dass sie den endlich einmal aufbrauchte. Und wenn sie erst einmal tot wäre, würde sie ihn ohnehin nicht mehr brauchen.

Wobei – vielleicht war ja doch alles ein großer Irrtum, und sie war gar nicht krank?

Sie glaubte zwar nicht daran, aber sie wollte es dennoch schriftlich haben. Ihr Todesurteil.

Also griff sie erneut zum Telefon und vereinbarte einen Termin für die Kehlkopfspiegelung. Übernächste Woche konnte man sie dazwischenschieben. Die Formulierung stieß ihr zwar seltsam auf, aber mit Datum und Uhrzeit war sie einverstanden. Sie hatte ja nichts mehr weiter vor, jetzt, wo das Ende nahte.

Die neue Jeans drückte am Bund. Henning ärgerte sich über sich selbst, dass er in den letzten Wochen sein Training so vernachlässigt und nachts, wenn er nicht schlafen konnte, beim Netflixen so viel Chips vertilgt hatte.

Entsprechend übel gelaunt war er, als er seinem Porsche entstieg und – trotz Hallux-Schmerzen – federnden Schrittes auf den Eingang der Agentur zusteuerte. Diesen dynamischen Gang hatte er sich über die Jahre hinweg so angewöhnt, dass er gar nicht anders konnte, auch wenn er am liebsten humpeln würde.

Erschwerend kam hinzu, dass er sich mit seiner Freundin gezofft hatte, die seine chronische Eifersucht einfach nicht mehr ertragen konnte. Sie war nun mal zwanzig Jahre jünger als er und extrem attraktiv. War es da ein Wunder, dass er ein Auge auf sie hatte? Was musste sie auch jedem dahergelaufenen Kerl ihr strahlendes Lächeln schenken, statt es für ihn zu reservieren!

Am liebsten hätte er heute blaugemacht. Sich eine Thai-Massage gegönnt, eine große Portion Sushi und danach eine ganze Staffel *Game of Thrones* am Stück. Aber das war leider nicht drin. Zu viele Termine, zu viel zu tun.

Sein einziger Lichtblick war – so schwer es ihm fiel, das zuzugeben – Liane. Das Fräulein Rottenmeier der Agentur. Die Frau ohne Humor, ohne Lebenslust und ohne einen Funken von Leidenschaft für spannende Outdoor-Events. Sie passte so wenig in seine Agentur wie ein Eisbär in die Sahara. Aber! Sie würde ihm, kaum dass er sein Büro betreten hatte, einen Macchiato mit leichtem Milchschaum und zwei Stück Zucker bringen. So wie er ihn liebte und brauchte.

Ohne nach links oder rechts zu schauen, rauschte er durchs Foyer und betrat sofort sein Büro. Ließ sich in seinen Designerbürosessel fallen, der mehr gekostet hatte, als seine Putzfrau im Monat verdiente, legte die Füße auf dem ebenso hochpreisigen Schreibtisch ab und atmete tief durch. Gleich würden sich Lianes klappernde Absätze nähern, und er würde sich zugleich dankbar, überlegen und energiegeladen fühlen.

Aber das Absatzgeklapper blieb aus. Der Macchiato ebenso.

Wo in aller Welt war Liane?

Er nahm den Hörer zur Hand und wählte die interne Durchwahl zu Fabian. Doch der war ebenso ahnungslos wie Henning selbst.

»Liane? Hab ich heute noch nicht gesehen.«

Das klang beunruhigend.

Er rief Sina an. Vielleicht wusste die mehr. Frauen wussten ja oft die unglaublichsten Details voneinander. Vermutlich erzählten sie sich gegenseitig die privatesten Dinge, wenn sie sich auf der Damentoilette begegneten.

»Keine Ahnung, wo die steckt«, machte Sina seine Hoffnung zunichte. »Ich glaube, die ist noch gar nicht da.«

Hennings Weltbild geriet ins Wanken. Liane war zwar extrem uncool, aber genauso extrem unentbehrlich. In den letzten Jahren hatte sie so gut wie nie gefehlt, selbst ihren vertraglich festgelegten Urlaub hatte sie nur teilweise in Anspruch genommen. Vermutlich hatte sie kein Privatleben. Sie konnte einem fast leidtun. Aber momentan tat er vor allem sich selbst leid. Wie konnte Liane ihn ausgerechnet heute dermaßen im Stich lassen?

»Ruf mal an, was da los ist«, blaffte er Sina an, als könnte die etwas für Lianes Fernbleiben.

Nie im Leben würde er sich dazu herablassen, ihr selbst hinterherzutelefonieren. Das war natürlich unter seinem Niveau.

»Ich krieg sie nicht ans Telefon«, verkündete Sina nach einer Viertelstunde und mehreren Anrufversuchen.

Das war natürlich unter aller Kanone. Fand Henning. Liane war weder da noch erreichbar. Und was sollte aus ihm werden?

»Dann versuch es eben weiter!«, schnaubte er ungeduldig und machte sich verärgert auf den Weg in die Küche, um dem Hightech-Kaffeevollautomaten einen Macchiato zu entlocken. Was schwieriger war als vermutet. Immerhin bekam er einen Espresso zustande. Besser als nichts!

Er hatte die Tasse gerade geleert, als Sina sein Büro betrat.

Sie zog eine Grimasse. Einerseits wegen seiner üblen Laune, vor allem aber, weil sie wusste, dass diese sich gleich noch gewaltig verschlechtern würde.

»Liane hat sich vorerst abgemeldet«, fiel sie mit der Tür ins Haus. Denn es gab keinen schonenderen Weg, ihm das beizubringen.

»Was soll das heißen?« Henning machte vor Schreck einen unbedachten Schritt auf Sina zu und stieß dabei versehentlich an ein Stuhlbein, woraufhin sich umgehend sein schmerzendes Großzehgelenk meldete. »Ist sie etwa krank?«

Nicht ahnend, wie nah er damit der Wahrheit kam, schüttelte Sina den Kopf. »Davon hat sie nichts gesagt. Nur dass sie auf der Stelle ihren kompletten Jahresurlaub nehmen will. Und den Resturlaub aus dem letzten Jahr. Aus persönlichen Gründen.«

Henning Piper öffnete den Mund, nur um ihn gleich wieder zu schließen. Für einen Moment war er sprachlos.

Persönliche Gründe? Was sollte denn das bei Liane sein? Und überhaupt: Wie konnte sie es wagen, einfach so wegzubleiben, ohne das alles vorher mit ihm abzusprechen? Am liebsten würde er ihr die Meinung geigen. Sie abmahnen. Oder gleich vor die Tür setzen.

Andererseits wäre das ja noch viel schlimmer, als wenn sie nur ein paar Wochen wegblieb.

»Alles klar«, stieß er mürrisch hervor. Und während Sina zusah, dass sie Land gewann, starrte Henning Piper aus dem Fenster. Als läge die Antwort auf die Was-nun-Frage auf der Straße.

Schließlich kam er widerwillig zur Einsicht, dass ihm nichts anderes übrig blieb, als für eine Weile auf Liane zu verzichten. Vielleicht konnte er sie vorübergehend durch eine hübsche, junge Praktikantin ersetzen. Ohne Bleistiftröcke. Wenn auch vielleicht nicht ganz so effizient wie Liane, aber rein optisch garantiert erfreulicher.

Schließlich waren alle Menschen ersetzbar. Alle Angestellten zumindest.

Wäre doch gelacht.

Kapitel 6

Planänderung

Dr. Justus Mangold wirkt bedrückt. Zwar begrüßt er Liane so jovial wie auch sonst immer, doch es gelingt ihm nicht, eine gewisse Bedrücktheit zu verbergen.

»Soso, liebe Frau Klein, dann wollen wir mal schauen«, sagt er, ohne ihr in die Augen zu sehen. Stattdessen vertieft er sich in die Unterlagen, die er ihrer Krankenakte entnimmt, und tut so, als müsse er alles erst noch einmal genauestens studieren, bevor er ihr die Diagnose verkünden kann.

Liane durchschaut ihn.

Natürlich hat er die Resultate sofort durchgelesen, als der Brief vom Facharzt kam.

Er zögert es nur hinaus.

Weil es ihm unangenehm ist.

Weil es das schlimmste aller denkbaren Urteile ist.

»Nun spucken Sie's schon aus!«, will sie am liebsten rufen, doch sie kann nicht. Es kommt nur ein Krächzen über ihre Lippen. Ist das bloß die Nervosität? Oder etwa schon die Krankheit?

Dr. Mangold seufzt. Dann blickt er auf, nimmt die Goldrandbrille ab und schüttelt bedauernd den Kopf.

»Nichts zu machen«, verkündet er. »Leider.«

Sie hat es gewusst. Und doch ist es ein Schock, so schonungslos zu hören, dass keine Hoffnung besteht. Für einen Moment vergisst sie zu atmen, dann schnappt sie keuchend nach Luft. Ihr Herz pocht wild, und sie öffnet den Mund zu einem stummen Schrei.

Dr. Mangold schaut sie mitleidig und zugleich auffordernd an. Natürlich – er wartet auf ihre Reaktion. Vielleicht hätte sie sich eine passende Antwort überlegen sollen. Doch was wäre angemessen?

Etwa »Ich weiß«? Oder »Macht ja nichts«?

Liane öffnet den Mund. Doch statt etwas zu erwidern, stößt sie einen Schrei aus. Er ist hoch, schrill und durchdringend. So durchdringend, dass Dr. Mangold sich die Ohren zuhält und …

… Liane aufschreckte. Zitternd und für einen Moment völlig desorientiert. Warum war es auf einmal so dunkel? Wohin war Dr. Mangold verschwunden? War sie etwa schon tot?

Aber nein – im Jenseits gab es gewiss keine Radiowecker mit Digitalanzeige, so wie sie ihn in ihrem Schlafzimmer stehen hatte.

Es dauerte noch ein paar hektische Atemzüge, bis sich Liane halbwegs beruhigt und begriffen hatte, dass sie nirgendwo anders war als in ihrem Bett.

Was für ein verrückter Traum. So realistisch. Und so beängstigend!

Noch Minuten später pochte ihr Herz bis zum Hals. Sie musste sich zusammenreißen. Die Kontrolle über sich selbst und die Situation wiedergewinnen. Wo sie sich befand, hatte sie nun geklärt. Und auch, wie sie dahin gekommen war. Sie musste vorhin wieder eingeschlafen sein. Aber warum es so stockfinster war, verstand sie nicht. Laut ihrem Wecker war es halb zwei. War für heute etwa eine Sonnenfinsternis angekündigt? Das hätte sie doch mitkriegen müssen. Um solche Ereignisse veranstalteten die Medien doch für gewöhnlich ein irrwitziges Brimborium. Selbst wenn man, wie sie, selten im Internet unterwegs war, keine Tageszeitung abonniert hatte und seine Neuigkeiten nur aus den Radionachrichten und der *Tagesschau* bezog, kam man nicht umhin, so etwas mitzubekommen.

Also nein – wohl eher keine Sonnenfinsternis.

Und aller Wahrscheinlichkeit nach auch kein spontaner Weltuntergang.

Sondern vermutlich – so unglaublich das auch war – halb zwei in der Nacht.

Sollte sie wirklich so lange geschlafen haben? Ihr Schlaf-Wach-Rhythmus war sonst so zuverlässig wie ein Uhrwerk. Dr. Mangolds schockierende Verkündung schien alles durcheinandergebracht zu haben.

Wobei – durcheinander war vor allem sie selbst. Schließlich hatte das Gespräch mit dem Arzt nur in ihrer Fantasie stattgefunden. Wie hatte sie das schon wieder vergessen können?

Liane stand auf, schlurfte in die Küche und trank ein Glas Leitungswasser. Das tat gut. Erst jetzt merkte sie, dass sie einen Bärenhunger hatte. Kunststück, sie hatte ja heute noch nichts gegessen. Wenn sie noch einen

Beweis dafür gebraucht hätte, dass ihr Leben dabei war, völlig aus den Fugen zu geraten, dann hatte sie ihn sich eben selbst geliefert. Denn regelmäßige Mahlzeiten waren ein Grundpfeiler ihres Daseins! Sie mussten ballaststoff- und vitaminreich sein, nicht zu üppig und vor allem ausgewogen. Davon wich sie niemals ab – nicht einmal, wenn sie die Grippe hatte und mit Fieber im Bett lag. Schon gar nicht dann! Denn wer nicht aß, konnte auch nicht gesund werden.

Nun ja, die Krankheit, die vermutlich ihr baldiges Ende bedeuten würde, war mit Porridge, Gemüseeintopf und Hüttenkäsebroten ohnehin nicht zu heilen.

Trotzdem musste sie jetzt etwas essen, ihr Magen war so leer, dass es schmerzte. Aber was? Um diese Uhrzeit pflegte sie sonst zu schlafen, nicht zu essen. Welche Mahlzeit war um kurz vor zwei in der Nacht angemessen?

Dafür gab es in ihrem Leben keine Regel. Sie musste also improvisieren. Spontan beschloss sie, einen Blick in den Kühlschrank zu werfen und einfach nach dem zu greifen, worauf sie Appetit hatte. Falls das funktionierte. Sie hatte diese planlose Vorgehensweise noch nie zuvor ausprobiert. Daher hätte es sie nicht gewundert, wäre der Versuch erfolglos geblieben.

Aber dann bekam sie beim Anblick ihrer Vorräte unwillkürlich Appetit auf Spiegeleier. Plural. Mindestens drei Stück mussten es sein. Natürlich beidseitig gebraten, das schmeckte ihr nicht nur am besten, sondern machte auch sämtlichen Keimen den Garaus. Das würde gerade noch fehlen – Krebs und obendrein Salmonellen!

Aber erst einmal musste sie raus aus diesem Kostüm, das sie schon seit gestern trug. Für nächtliche Gelage war ein Trainingsanzug vermutlich angemessener. Auf jeden Fall war er bequemer.

Die Eier schmeckten köstlich. Sie hatte sie mit Salz, Pfeffer und Paprika gewürzt – beziehungsweise war das ihr Plan gewesen. Im Halbdunkeln hatte sie offenbar das Paprikapulver mit einem anderen Gewürz verwechselt. Zuerst hatte sie das ungewohnte Aroma gar nicht identifizieren können – es erinnerte sie an Winter, Advent, Weihnachten. Und schmeckte irgendwie … tröstlich. Erst als sie fast alles aufgegessen hatte, kam sie darauf: Zimt. Sie bezweifelte, dass vor ihr je ein Mensch Spiegeleier mit Zimt gewürzt hatte, aber eins war sicher: Sie würde dieses Rezept auf jeden Fall in ihr Repertoire aufnehmen. Köstlich, diese Zimteier!

Nach der Mahlzeit spülte sie Teller, Besteck und Pfanne ab, dann putzte sie die Zähne und … wusste nicht weiter.

Natürlich war Schlafenszeit. Eigentlich. Aber daran war jetzt nicht zu denken! Liane fühlte sich hellwach. Sie schaltete den Fernseher ein in der Hoffnung auf ein möglichst ermüdendes Programm. Das war zwar langweilig – aber leider nicht schlafffördernd. Nachdem sie von einer Kriegsdokumentation über die hundertste Wiederholung einer Achtzigerjahre-Soap und einer Tennis-Liveübertragung zu einer langweiligen Talkshow und zurück gezappt hatte, drückte sie entnervt den Aus-Knopf.

»Alles nur Schrott«, murmelte sie. Das war zwar

nicht ihre übliche Wortwahl, aber der Situation durchaus angemessen.

Okay. Also kein Fernsehen. Stattdessen könnte sie lesen. Der Wälzer, der gerade auf ihrem Nachttisch lag, war ein Sachbuch über die Geschichte des Schachspiels. Für die ersten vierzig Seiten hatte sie drei lange Wochen gebraucht. Was vielleicht daran lag, dass sie mit Schach nichts am Hut hatte. Zwar zog sie Literatur, die Fakten vermittelte, jedem Roman vor, und grundsätzlich konnte sie so gut wie jedem Thema etwas abgewinnen, doch dieses langweilte sie unsäglich.

Natürlich könnte sie zu einem anderen, noch ungelesenen Buch greifen, das sie im Regal stehen hatte – etwa zu dem über die Geheimnisse der Darmgesundheit oder über die komplizierten Verwandtschaftsverhältnisse innerhalb der europäischen Königshäuser. Doch irgendwie fehlte ihr die rechte Lust dazu. Wozu überhaupt Faktenwissen anhäufen, wenn ihr Gehirn ohnehin bald zu Staub zerfallen würde? Das ergab ja gar keinen Sinn. Nein, Lesen schied als nächtlicher Zeitvertreib ebenfalls aus.

Sie stand auf und wanderte ziellos durch die Wohnung. Sie könnte ja aufräumen und putzen, doch dazu hätte es natürlich liederlich oder wenigstens schmutzig sein müssen. Was es in ihren vier Wänden niemals war. So weit ließ sie es nie kommen – dank ihres ausgeklügelten Ordnungssystems und ihres durchdachten Putzplans. Sogar die Fenster waren blitzblank, sie hatte sie erst drei Tage zuvor gewischt, und eine Überprüfung ergab, dass sie dabei hervorragende Arbeit geleistet hatte. Ihr Schlafzimmerfenster bot einen streifenfreien Ausblick auf den nächtlichen Park, der von einigen sparsam verteilten Laternen illuminiert wurde. Der Anblick war unwirklich, fast märchenhaft. Als tummelten sich in diesem Park um diese Zeit nur Elfen und Einhörner – keine zwielichtigen Gestalten, so wie sie es bisher immer angenommen hatte.

Fast könnte man glauben, ein nächtlicher Spaziergang wäre ganz und gar ungefährlich.

Was für ein verwegener Gedanke!

Wobei – was konnte ihr schon passieren?

Sie erinnerte sich an ihr Gespräch mit Greg. Hatte sie ihm nicht – wenigstens theoretisch – recht gegeben, ein Ende mit Schrecken sei immer noch besser als ein Schrecken ohne Ende?

Das Schlimmstmögliche, was ihr im Stadtpark passieren konnte, war schließlich, dass sie überfallen, ausgeraubt und erschlagen wurde. Dann hätte sie es wenigstens hinter sich.

Erstaunlich: Üblicherweise versetzte sie so ein Was-könnte-geschehen-Gedankenspiel, zu dem sie sich regelmäßig hinreißen ließ, eher in Panik. Heute jedoch war das Gegenteil der Fall. Es beruhigte sie ganz ungemein.

Was spräche also dagegen, ihre zugegebenermaßen verrückte Idee in die Tat umzusetzen? Zumal sie gerade nichts Besseres vorhatte und urplötzlich große Lust verspürte, ein wenig spazieren zu gehen.

Bevor sie es sich anders überlegen konnte, schlüpfte sie in bequeme Schuhe, steckte den Wohnungsschlüssel in die Reißverschlusstasche ihrer Trainingshose und machte das Undenkbare wahr.

Erna Ritter hatte für ihre knapp achtzig Jahre noch verblüffend gute Augen. Ganz ohne Brille konnte sie sowohl lesen als auch auf Hunderte von Metern Entfernung Personen identifizieren, die sie kannte. Käme sie jemals in die Verlegenheit, ein Verbrechen beobachten zu müssen, gäbe sie eine überdurchschnittlich gute Zeugin ab, denn zu ihrer vortrefflichen Sehkraft kamen auch eine extrem gute Beobachtungsgabe, ein hellwacher Verstand und ein außerordentlich gutes Gedächtnis.

Für gewöhnlich wurde sie unterschätzt. Dass Senioren von jüngeren Mitmenschen meist für unzurechnungsfähig gehalten wurden, war ihr schon lange klar geworden. Und dass das mit jedem Lebensjahr schlimmer wurde, ebenso. Zumal sie sich keine besondere Mühe gab, sich durch modische Kleidung oder kosmetische Verjüngungsversuche bei den nachfolgenden Generationen anzubiedern. Ihr Stil war eher … individuell. Und nicht gerade dezent. Tatsächlich sah sie aus wie die farbenfrohe Karikatur einer überkandidelten Alten. Ihr war das schnuppe.

Eine der wenigen, die sie trotz ihrer Jugend nicht herablassend behandelten, sondern stets höflich grüßten und auch mal ein paar belanglose Worte übers Wetter mit ihr wechselten, war ihre Nachbarin Liane Klein. Wobei Erna Ritter insgeheim das Gefühl hatte, im Kopf lange nicht so alt zu sein wie diese verklemmte Jungfer mit ihrer Hochsteckfrisur und den Bleistiftröcken, der es vermutlich nicht einmal bewusst war, was für einen Segen es bedeutete, jung zu sein. Erna kannte Lianes Gewohnheiten, und sie wusste, dass sie lebte wie nach einem Stundenplan. Da war kein Spielraum für Spontaneität. Grauenvoll!

Umso erstaunter war Erna Ritter über das, was sie beobachtete, als sie gegen Viertel vor drei aus dem Taxi stieg. Sie kam von einem Treffen ihres Buchclubs, das – wie es des Öfteren vorkam – zwanglos in ein gemütliches Beisammensein mit Pizza vom Lieferservice und Drinks aus der Hausbar der Gastgeberin übergegangen war. Erna liebte diese Treffen mehr als die Bücher, die dabei besprochen wurden, obwohl sie die Biografie von Beate Uhse durchaus inspirierend fand. Wer wusste schon, dass diese Frau nicht nur als Gründerin des weltweit ersten Sexshops für Furore gesorgt hatte, sondern in ihrer Jugend auch eine gute Speerwerferin war, später den Kunstflugschein machte und im Alter von 75 Jahren tauchen lernte? Eine hochinteressante Person, die Erna Ritter wirklich gern kennengelernt hätte.

Doch jetzt gerade staunte sie weniger über Beate Uhse und ihr Lebenswerk als vielmehr über Liane Klein, die gerade in Richtung Stadtpark marschierte.

Hätte sie nicht so gute Augen und könnte sie Alkohol nicht so gut wegstecken, hätte sie ernsthaft daran gezweifelt, dass es sich wirklich um ihre Nachbarin handelte. Aber sie war es, ganz sicher.

Vielleicht war Liane doch nicht ganz so uninteressant wie vermutet? Erna Ritter würde nur zu gern ihre

Meinung über sie ändern. Jeder verdiente eine zweite Chance. Sie nahm sich vor, Liane im Auge zu behalten.

Es war viel dunkler, als Liane vermutet hatte. Stockfinster, sozusagen, bis auf die wenigen Stellen, an denen die Laternen ihre Lichtkreise warfen.

Aber sie kehrte nicht um. Sie ging einfach weiter.

Dieser Ausflug war eine ganz neue, besondere Erfahrung. Nach ein paar Minuten hörte sie sogar auf, sich ständig umzuschauen. Es hatte ohnehin keinen Zweck, denn selbst wenn da jemand – oder etwas – wäre, sie hätte nichts erkennen können.

Es war sehr still und kühl im Park. Lianes Sinne waren geschärft. Das Rauschen der Blätter in der nächtlichen Brise bildete einen beruhigenden Klangteppich, auf dem ihre Schritte immer leichter wurden.

Liane atmete tief durch, der Kloß in ihrem Hals war in diesem Moment fast nicht mehr zu spüren. Sie fühlte sich leicht. Und frei. Anders als je zuvor.

Ihr Blick wanderte nach oben. Es war eine klare Nacht, die Sterne am Himmel funkelten, und sie staunte darüber, wie wunderschön das anzusehen war. Inzwischen hatten sich ihre Augen an die Dunkelheit gewöhnt, sodass sie im Schein dieser natürlichen Lichtquellen die Wege, Büsche, Beete und Bäume des Parks deutlich erkennen konnte.

Doch dann verharrte sie. Was war das? Ein Geräusch. Es raschelte im Unterholz. Kam da etwa jemand?

Bestimmt hatte der nichts Gutes im Sinn. Um diese Uhrzeit waren doch nur noch dunkle Gestalten unterwegs. Im wahrsten Sinne des Wortes. Von ihr selbst einmal abgesehen. Sie war die Ausnahme. Das Opfer.

War es jetzt so weit? War das Ende gekommen?

Sie wunderte sich, dass sie ihren waghalsigen Entschluss jetzt nicht bedauerte. Aber tatsächlich blieb sie ganz und gar gelassen. Was geschehen musste, sollte geschehen.

Sie war bereit.

Kapitel 7

Dunkle Gestalten

Mit jedem Schritt spürte Liane, wie die Anspannung aus ihrem Körper wich, und mit jedem Atemzug fühlte sie sich stärker.

Doch dann war es vorbei mit der Stille und damit auch mit dem Mut. Da war es wieder, dieses Rascheln. Lauter noch als zuvor! Lianes Herz blieb fast stehen. So viel zum Bereitsein. Sie hatte sich das nicht eingebildet: Aus dem Gebüsch kam tatsächlich eine Gestalt gekrochen. Kein Igel. Keine Katze. Auch kein Dachs. Selbst für ein entlaufenes Schaf aus dem nahe gelegenen Streichelzoo wäre das Wesen zu groß gewesen. Es musste wohl ein Homo sapiens sein. Kein Zweifel – ein Zweibeiner.

Ein Triebtäter?

Ihr Puls beschleunigte sich, ebenso wie die Gedanken, die durch ihren Kopf rasten.

Wer sonst sollte sich um diese Zeit hier herumtreiben, wenn nicht ein Triebtäter?

Okay, sie selbst tat es zwar auch, aber bei ihr war das ja etwas vollkommen anderes. Schließlich war sie in einer Ausnahmesituation. Und hatte nichts mehr zu verlieren. Warum eigentlich war sie dennoch so ängstlich? Gar nicht so einfach, sich vor nichts mehr zu fürchten.

Zurück zu den Fakten: Es musste also ein Bösewicht sein.

Andererseits: Konnte so ein Verbrecher ernsthaft darauf hoffen, tief in der Nacht in einem einsamen Park auf ein potenzielles Opfer zu treffen? Die Wahrscheinlichkeit war doch viel zu gering, um sich die Mühe zu machen.

Rein statistisch musste es also ein relativ frustrierter Triebtäter mit Rechenschwäche sein.

Dass sich so einer mit Argumenten von seinem Vorhaben abhalten lassen würde, erschien ihr eher unwahrscheinlich.

Natürlich könnte sie auch schreien – aber wer würde sie zu dieser nachtschlafenden Zeit hören und retten? Dann schon eher um Gnade flehen. Oder den Angreifer vor einer drohenden Gefängnisstrafe warnen. Vielleicht ergriff er dann doch lieber die Flucht?

Auf einmal erschien es Liane nicht mehr sehr reizvoll, in naher Zukunft erschlagen zu werden, nur um es rasch hinter sich zu haben.

Vielleicht lagen ja noch viele Jahre oder zumindest Monate ohne allzu großes Leid und schlimme Schmerzen vor ihr? Die konnte sie ja wenigstens noch genießen.

Die Gestalt kam näher.

Was, wenn ihr wirklich nur noch wenige Augenblicke blieben? Was würde sie vermissen?

Die Arbeit nicht. Definitiv. Sich nie wieder von

Henning Piper herumkommandieren lassen zu müssen, würde ihr bestimmt nicht fehlen.

Ihre Wohnung? Nun ja, sie war zweckmäßig. Für ihre Begriffe auch geschmackvoll und praktisch eingerichtet. Sie verbrachte hier fast ihre gesamte Freizeit. Aber diese Räume waren bestimmt kein Grund dafür, das Weiterleben als lohnend zu empfinden.

Hobbys? Hatte sie keine – wenn man von ihrem Frühsport absah, den sie rein aus Vernunftgründen betrieb, und von den Sachbüchern, die sie zuweilen ziemlich langweilten.

Ihre liebsten Fernsehserien? Nett, aber auch kein Grund zum Weiterleben.

Es konnte ja wohl nicht sein, dass ihr nichts einfiel, was ihr wirklich wichtig war!

Doch, da war etwas.

Der Brief.

Wenn sie jetzt starb, würde sie niemals erfahren, was Ruth ihr geschrieben hatte. Zwar waren es sicher nur faule Ausreden und lahme Entschuldigungen, die sie nicht wirklich interessierten. Aber was, wenn nicht? Was, wenn ihre Adoptivmutter Dinge geschrieben hatte, die alles ändern würden? Zum Beispiel über ihre leibliche Mutter … Konnte Ruth Informationen über sie haben? Wusste sie Dinge, die für Liane wichtig waren? Und derer sie nun vielleicht nicht mehr gewahr werden würde?

Das durfte nicht geschehen!

Sie musste es zurück in ihre Wohnung schaffen und den Umschlag öffnen, bevor es zu spät war!

In Windeseile analysierte sie ihre Situation. Und kam zu dem Schluss: Weglaufen war nicht sinnvoll. Dazu war sie zu langsam, trotz ihrer Rumpfbeugen am Morgen. Jeder halbwegs durchtrainierte Mann würde sie problemlos einholen und überwältigen.

Obwohl Fliehen ihrer Angst entgegenkommen würde, schied diese Möglichkeit demnach aus.

Blieb nur die Flucht nach vorn!

»Hallo – ist da jemand?«, rief Liane nicht ganz so selbstbewusst, wie sie es sich vorgenommen hatte.

»Hey, ja, ich bin's«, erwiderte eine Stimme.

Eine ziemlich junge Stimme.

Eine ziemlich junge, weibliche Stimme.

Wenn sie Spätdienst hatte, konnte Nora Feldmann meist schlecht einschlafen.

Dennoch liebte sie diese Schicht, denn am Abend lief im Seniorenheim alles wesentlich ruhiger ab als tagsüber. Da gab es weniger Besucher, Mahlzeiten, Aktivitäten und Zwischenfälle. Außerdem war sie nun mal keine Lerche, die morgens gut (um nicht zu sagen: gut gelaunt) aus dem Bett kam, sondern vielmehr eine Eule, die erst dann richtig aufblühte, wenn andere zu gähnen begannen.

Deshalb hatte sie auch keine Sekunde gezögert, als ihre Kollegin Leyla sie gestern gebeten hatte, heute mit ihr zu tauschen. Spät statt früh, dieser Deal war Nora immer recht. Sogar mitten in der Woche, auch wenn das bedeutete, dass sie spätestens am übernächsten Morgen völlig aus dem Rhythmus geraten würde.

Heute war es ihr schwerer als sonst gefallen, nach Feierabend abzuschalten und die Arbeit hinter sich zu lassen. Einer ihrer Lieblingsbewohner, ein ganz entzückender neunundachtzigjähriger Herr, war trotz Rollator gestürzt und hatte sich den Oberschenkelhals gebrochen. Sie hatte ihm Mut gemacht, während er wimmernd vor Schmerzen auf den Notarzt gewartet hatte, und als der Rettungswagen ihn auf die Trage hievte, versprach sie, am Tag seiner Entlassung aus dem Krankenhaus ein Stück Bienenstich zu besorgen – seinen Lieblingskuchen.

Aber sie ahnte, dass es keinen Entlassungstag geben würde. In diesem Alter und bei dieser Gesamtkonstitution standen die Chancen äußerst schlecht, dass er je wieder auf die Beine kam.

Er würde ihr fehlen. So wie jeder einzelne Bewohner ihr fehlte, wenn er ging. Vorige Woche erst war die alte Dame aus Zimmer 32 im Schlaf gestorben. Und ein paar Tage zuvor die Schreckschraube aus dem Erdgeschoss. Selbst die vermisste Nora.

In der Ausbildung hatte man ihr empfohlen, sich ein dickes Fell zuzulegen. Die Schicksale ihrer Schützlinge nicht zu sehr an sich heranzulassen. Und Arbeit von Freizeit strikt zu trennen.

Nora liebte ihren Job, doch diese Trennung gelang ihr auch nach mehreren Jahren Berufserfahrung nicht. Und sie vermutete stark, dass sie, sobald es ihr gelänge, eine weniger gute Altenpflegerin wäre. Dann wäre das Ganze für sie nur mehr ein Beruf – keine Berufung. Vielleicht war ihre Einstellung unmodern oder gar unprofessionell. Aber so war sie eben. So wollte sie auch bleiben. Auf die Gefahr hin, dass sie an Tagen wie diesem nicht abschalten konnte.

Gegen Mitternacht begann sie daher, zur Entspannung zu häkeln. Sie wählte die neue türkisfarbene Wolle und zauberte daraus eine Schildkröte. Das Lieblingstier des alten Herrn mit dem Oberschenkelhalsbruch.

Als sie damit fertig war, häkelte sie ein pinkfarbenes Wollmonster und einen grasgrünen Außerirdischen mit langem Rüssel und fünf Augen.

Anschließend schmerzte ihr zwar der Nacken, doch von Müdigkeit keine Spur. Sie sah ein, dass sie so bald keinen Schlaf finden würde, obwohl es schon weit nach zwei Uhr war. Vielleicht würde ihr ein wenig frische Luft helfen?

Es war mal wieder Zeit für einen nächtlichen Spaziergang. Nora liebte es, durch den verlassenen Park zu schlendern und dort heimlich ihre Häkelfiguren zu verteilen. Manche setzte sie auf Parkbänke, andere mitten in Blumenbeete, wieder andere auf Äste von Bäumen oder in Büsche.

Und dann beobachtete sie, was in den darauffolgenden Tagen damit geschah. Manche blieben wochenlang unentdeckt, andere wurden offenbar umplatziert, wieder andere verschwanden auf Nimmerwiedersehen. Nora vermutete, dass sich jemand auf den ersten Blick in sie verliebt hatte und ihnen ein neues Zuhause gab. Jedenfalls hoffte sie das. In einigen Fällen wusste sie sogar, wer die Häkelfiguren adoptiert hatte.

Sie hätte nicht erklären können, warum sie Monster häkelte und dann im Stadtpark aussetzte, aber sie tat es nun mal mit Leidenschaft. Es entspannte sie und bereitete ihr eine diebische Freude.

Diese Nacht war besonders still und friedlich. Für die erste Häkelfigur fand sie einen schönen Platz: Die türkisfarbene Schildkröte passte perfekt auf das Reiterstandbild, und zwar hinter das Ohr des muskulösen Rosses. Okay, um es dort hochzuschaffen, musste sie verbotenerweise auf dem Standbild herumklettern, aber es war ja niemand da, der sie hätte erwischen können.

Das pinkfarbene Monster setzte sie auf die Bank gleich neben dem Müllkorb mit den meisten leeren Flaschen darin. Morgen Vormittag würde die Obdachlose mit dem Einkaufswagen vorbeikommen und das Leergut herausfischen. Dann würde sie das Häkelmonster entdecken, ihm ein zahnloses Lächeln schenken, sich verstohlen umschauen und es mitnehmen. Nora wusste, dass sie ihre Monster sammelte, und sie freute sich, wenn sie das freudlose Leben dieser Frau ein wenig bunter und fröhlicher machen konnte.

Den grasgrünen Außerirdischen wollte sie etwas besser verstecken. Mitten im Gebüsch, ein wenig abseits des Weges. Sie war gespannt, wie lange er dort unentdeckt bleiben würde.

Auf allen vieren krabbelte sie zurück zum Pfad. Als sie sich aufrichtete und die Blätter von der Jeans wischte, sah sie aus den Augenwinkeln eine Bewegung. War außer ihr etwa noch jemand unterwegs? Um diese Zeit?

»Ist da jemand?«, rief in dem Moment eine Frauenstimme.

»Ja, ich bin's.« Nora antwortete klar und deutlich und ging ein paar Schritte auf die Unbekannte zu. Aus Neugier, aber auch, weil Dunkelheit und Einsamkeit die übliche Großstadtanonymität aufheben.

Dass die Fremde ausgerechnet die Škoda-Besitzerin sein würde, die ihr gestern auf dem Parkplatz aufgefallen war, hätte Nora nicht vermutet. Sie erkannte sie auch erst auf den zweiten Blick. In dem ungewohnten Trainingsoutfit wirkte sie völlig anders als sonst in ihren Businesskostümchen.

»Was machst du denn hier?«, fragte sie überrascht.

Nora kannte die Frau zwar nur vom Sehen, doch dieser Ausflug schien so gar nicht zu ihr zu passen.

Ob das irgendwie mit der Parkplatzkrise von gestern zu tun hatte?

»Ich schnappe nur ein bisschen frische Luft. Und du?«

»Geht mir genauso. Ich bin Nora. Hab gerade Häkelmonster im Park verteilt.«

»Ich bin Liane. Was in aller Welt sind Häkelmonster?«

Mit dieser Frage hatte Liane das Eis gebrochen. Denn Nora liebte es, von ihrem ungewöhnlichen Hobby zu erzählen. Sie sprach über die Fantasie, der sie beim Gestalten der Figuren freien Lauf lassen konnte. Über den Spaß beim Aussetzen ihrer Werke im Park. Und die Spannung beim Beobachten, wie es ihnen anschließend erging.

»Immer wenn ich nach dem Spätdienst nicht schlafen kann, gibt es nichts Schöneres, als meine Monster,

Aliens und Biester im Park freizulassen. Übrigens ist es heute das erste Mal, dass mir dabei jemand begegnet. Aber erzähl doch mal: Was machst du um diese Uhrzeit hier draußen?«

»Puh, das ist eine lange Geschichte«, sagte Liane und befeuerte damit Noras Neugier erst recht. Sie hatte nicht vor, sich mit einer Floskel abspeisen zu lassen. Ihr Gefühl sagte ihr, dass diese Liane weitaus interessanter war, als es bei oberflächlicher Betrachtung den Anschein hatte.

»Ich habe Zeit, bin hellwach und eine prima Zuhörerin«, gab sie prompt zurück.

Ob Liane den Ball wohl auffing, den sie ihr zugepasst hatte, und entsprechend zurückgab?

Für einen Moment sah es so aus, als wäre das nicht der Fall. Als würde Liane kneifen. Ihren angedeuteten Vorschlag ignorieren.

Nun gut. Dann war das eben so. Nora hatte ein ausgefülltes Sozialleben. Sie brauchte keine neuen Bekanntschaften, um sich nicht einsam zu fühlen.

Wie das wohl bei Liane aussah? Nora hatte das Gefühl, dass ihre neue Bekannte einsam war. Und fragte sich, warum das wohl so war. Denn sie wirkte ganz und gar nicht unsympathisch, im Gegenteil. Allein schon die Tatsache, dass sie sich nachts in den Park wagte, ohne sich von irgendwelchen Ängsten davon abhalten zu lassen, fand sie extrem einnehmend.

»Also, wenn du Lust hast, könnten wir bei mir was trinken«, schlug Liane unvermittelt vor. »Einen Tee vielleicht. Oder einen Likör, wenn dir das lieber ist.«

Tee und Likör? Grundgütiger! Was war denn das für eine schräge Auswahl? Diese Liane schien ja wirklich eine ungewöhnliche Persönlichkeit zu sein. Jemandem wie ihr war Nora noch nie zuvor begegnet. Logisch, dass sie sich die Chance, ihr auf den Zahn zu fühlen, nicht entgehen lassen wollte. Sie fand Menschen nun mal spannend. Vor allem solche, denen man nicht alle Tage begegnete.

»Klar hab ich Lust«, strahlte sie. »Wollen wir?«

Kapitel 8

Bucket List

Nervös nestelte Liane den Schlüssel aus ihrer Hosentasche. Um ein Haar wäre er ihr entglitten, als sie damit die Haustür aufschließen wollte. Aus irgendeinem Grund hatte sie feuchte Hände – trotz der Kälte. Erst im Treppenhaus wurde ihr bewusst, wie sehr sie fror. Tagsüber war es zwar angenehm mild gewesen, aber nachts kühlte es noch stark ab.

Nora folgte ihr hinauf in die zweite Etage. Während Liane die Wohnung öffnete und ihren Gast hereinbat, überlegte sie angestrengt, wann sie zuletzt Besuch gehabt hatte. Der Installateur, der letzten Winter die Heizkörper ausgetauscht hatte, zählte nicht. Ebenso wenig der Paketbote, den sie ja ohnehin an der Tür abzufertigen pflegte, oder die Versicherungsvertreterin, die neulich mal Lianes Vorsorgeordner durchgecheckt und für vorbildlich befunden hatte.

Nein, an anderen Besuch konnte sie sich nicht erinnern.

Nun ja, Henning höchstens. Der war vor Jahren einmal hier gewesen, um ihr ein paar Ordner vorbeizubringen, die sie übers Wochenende sortieren sollte. Sie hatte ihm anstandshalber einen Kaffee angeboten, dem er zunächst auch dankend zugestimmt hatte. Doch als ihm bewusst wurde, dass sie lediglich eine alte, verstaubte Filtermaschine besaß und keinen Vollautomaten, mit dem sie einen Macchiato hätte zaubern können, gab er vor, dringend zu einem Termin zu müssen. Natürlich hatte Liane die Ausrede durchschaut, doch da auch sie froh war, ihn rasch wieder los zu sein, ließ sie sich nichts anmerken. Zum Abschied hatte sie ihm jedoch unmissverständlich klargemacht, dass diese Wochenendheimarbeit eine einmalige Ausnahme bleiben würde und er sich eine andere Chefsekretärin würde suchen müssen, wenn er so etwas häufiger einplanen wollte.

Es kam nie wieder vor.

Ebenso wenig wiederholte sich Hennings Besuch, und auch sonst niemand aus der Agentur schaute je bei ihr herein. Wozu auch? Man sah sich ja auf der Arbeit zur Genüge.

Sosehr sie auch grübelte, es fiel ihr kein einziger Fall ein, bei dem sie in dieser Wohnung je einen Gast gehabt hätte. Nora war tatsächlich ihre erste echte Besucherin. Was umso unglaublicher war, zumal sie einander gerade erst kennengelernt hatten. Verrückt, was diese Krankheit aus ihr machte!

»Nimm Platz«, sagte sie etwas steif und deutete in Richtung Sofa.

»Cool«, erwiderte Nora und ließ sich aufs Sitzpolster plumpsen. Erst jetzt, im Licht ihrer Tiffany-Stehlampe, erkannte Liane, wie jung ihr Gast war. Allerhöchstens Mitte zwanzig, vielleicht nicht mal das.

Grundgütiger.

Sie hatten nicht das Geringste gemeinsam!

Worüber würden sie sich unterhalten? Gewiss würde innerhalb kürzester Zeit ein unangenehmes Schweigen entstehen, das sie so lange ertragen musste, bis Nora verstand, dass es wohl besser war, sich zu verabschieden. Sie konnte nur hoffen, dass die junge Frau ein für ihr Alter hochentwickeltes Gespür für peinliche Situationen hatte …

Einstweilen musste Liane die perfekte Gastgeberin spielen und durch Aktionismus darüber hinwegtäuschen, dass ihr nichts einfiel, was sie sonst sagen konnte.

»Tässchen Tee? Und vielleicht was zu knabbern?«

»Klar, gern. Und wenn du was Stärkeres da hast als Tee, sag ich dazu auch nicht nein.«

»Bin gleich wieder da!«, rief Liane mit gespielter Fröhlichkeit und verschwand in der Küche, wo sie heißes Wasser aufstellte, Tassen aus dem Regal holte und Teebeutel hineinhängte.

In der Speisekammer wurde sie fündig – sowohl das Salzgebäck als auch die Schokolinsen waren noch haltbar.

Den angekündigten Likör konnte sie jedoch nirgendwo entdecken. Wein oder Sekt hatte sie auch nicht im Haus. Wie hätte sie auch ahnen sollen, dass sie so unvermittelt in die Situation geraten könnte, jemanden bewirten zu müssen?

Da entdeckte sie in der Ecke eine Flasche, die sie einmal zum Backen angeschafft hatte: Rum. Sie hatte nur hundert Milliliter davon verwendet, und die Flasche war noch so gut wie voll.

Konnte man Rum nicht wunderbar mit Tee mischen? Das war dann so etwas Ähnliches wie Grog. Noch Zucker dazu, fertig!

Wenig später stellte sie das Tablett mit den dampfenden Tassen und dem Naschwerk auf den Couchtisch.

»Mmmmh, lecker. Steife Mischung!«, lobte Nora grinsend, nachdem sie den Rumtee probiert hatte.

Puh, ja, tatsächlich, stellte Liane nun selbst fest. Da hatte sie wohl etwas großzügig eingeschenkt. Derart starke Drinks war sie nicht gewohnt, und normalerweise würde sie sich weigern, so etwas zu konsumieren. Aber als gute Gastgeberin durfte sie sich natürlich nichts anmerken lassen.

Nach zwei weiteren Schlucken durchströmte sie eine wunderbare Wärme. Wie hatte sie nur fürchten können, kein passendes Gesprächsthema zu finden? Da bestand doch nun wirklich keine Gefahr, fand sie.

»Du hast da vorhin was von Spätdienst erzählt«, fiel ihr ein. »Wo arbeitest du denn? Erzähl doch mal!«

Es kam selten vor, dass sich jemand für Noras Job interessierte. Meist reagierten die Menschen auf das Stichwort »Altenpflegerin« eher gelangweilt.

Verdient man da nicht irre wenig?, lag auf Platz eins der nervigen Reaktionen.

Also ich könnte das ja nie! Aber ich finde es wichtig, dass es solche Menschen wie dich gibt, die weniger sensibel sind!, empfand sie als fast noch verletzender.

Mindestens genauso übel: *Ich finde alte Leute irgendwie eklig. Die sind so unsauber und müffeln widerlich …*

Liane hingegen zeigte ehrliches Interesse an ihrer Arbeit und fragte immer wieder nach Details.

»Frustriert es dich nicht, so oft mit dem Tod zu tun zu haben?«, wollte sie schließlich wissen.

Eine Frage, die Nora zeigte, was für ein einfühlsamer Mensch ihre Gastgeberin war. Sie brauchte einen Moment, um ihre Gedanken in Worte zu fassen.

»Der Tod gehört dazu. Zu meiner Arbeit im Altenheim, aber auch ganz generell zum Leben. Er macht mir keine Angst. Was ich viel schlimmer finde, ist das einsame Sterben, das ich schon so oft miterleben musste. Wir haben leider viele Bewohner, deren Angehörige keine Zeit für sie haben. Nicht einmal in ihren letzten Stunden. Die Sterbenden haben dann keine Gelegenheit, Abschied zu nehmen, vielleicht zu verzeihen oder um Verzeihung zu bitten. Oder einfach nur in ein vertrautes Augenpaar zu schauen. Manchmal bin ich die Einzige, die dann da ist, um die Hand zu halten.«

Nachdenklich nippte Nora an ihrem Tee.

Erst als sie die Tasse wieder abstellte, blickte sie in Lianes Gesicht. Es war tränenüberströmt.

»Tut mir leid! Ich wollte dich nicht mit den traurigen Seiten meines Jobs belasten«, rief Nora erschrocken.

Jetzt wurde aus dem stummen Weinen ein lautes, hemmungsloses Schluchzen. Ein regelrechter Zusammenbruch.

Spontan sprang Nora auf und nahm Liane in den Arm.

»Ist ja gut«, murmelte sie besänftigend, so wie es ihre Mutter immer getan hatte, wenn sie beim Spielen gestürzt war und sich die Knie aufgeschürft hatte. Und so wie sie es nicht selten bei ihren Patienten machte, wenn diese einmal wieder keinen Besuch bekommen hatten, wenn sie registrierten, wie ihr Gehirn sie im Stich ließ, oder wenn sie spürten, dass das Ende nahte.

In solchen Momenten musste sie geduldig sein. Auch Liane beruhigte sich nach einer Weile. Aber sie wirkte kein bisschen müde. Im Gegenteil. Nachdem sie sich kräftig geschnäuzt und die Tränen aus den Augen gewischt hatte, warf sie Nora einen hellwachen Blick zu. Nora konnte ihn nicht deuten. War es Traurigkeit, die daraus sprach? Oder Angst? Bedauern? Verzweiflung?

Schon bevor Liane den Mund aufmachte und die vier dramatischen Worte aussprach, war Nora klar, dass dieser Weinkrampf ganz persönliche Gründe hatte.

»Ich werde bald sterben«, sagte Liane. Dann leerte sie energisch ihre Tasse.

Es tat gut, einfach mal alles rauszulassen.

Liane verstand selbst nicht, warum diese junge Frau auf sie wirkte wie ein Beichtvater. Genau wie Greg hatte Nora sie dazu gebracht, sich erst ungehemmt auszuweinen und dann die Sache mit dem Krebs zu erzählen.

Nora war wirklich eine hervorragende Zuhörerin. Sie lauschte schweigend, aber aufmerksam. Wo die meisten Menschen im Affekt irgendwelche Trostfloskeln von sich gegeben hätten, nickte sie nur bedächtig. Auch als Liane zu Ende gesprochen hatte, blieb sie zunächst ruhig und wartete ab, ob noch etwas kam.

Liane wusste das zu schätzen. Doch dann war sie doch froh, als Nora endlich reagierte.

»Okay. Du hast also eine Überweisung zum HNO-Facharzt. Für eine Kehlkopfspiegelung. Du hast ein Kloßgefühl im Hals und musst dich häufig räuspern. Und du fürchtest, das könnte Krebs sein. Bestätigt hat das aber noch niemand. Hab ich das richtig zusammengefasst?«

Nun ja. So in Kurzform klang das ganz schön übertrieben. Vielleicht hatte sie voreilige Schlüsse gezogen? Um nicht zu sagen, hysterische …

»Hm, ja. Stimmt ziemlich genau«, erwiderte sie fast trotzig. Halb erwartete sie schon, dass Nora sie auslachen würde, doch das blieb aus.

»Ich kann verstehen, dass dir das Angst macht«, sagte die junge Frau stattdessen. Klang das wirklich neutral, oder schwang da ein Hauch von Belustigung mit?

»Angst ist eine wichtige Reaktion des Körpers auf drohende Gefahr. Wer furchtlos ist, geht unnötige Risiken ein«, verteidigte sich Liane. »Wenn niemand Angst hätte, wäre die Menschheit längst ausgestorben.«

Nora griff nach dem Salzgebäck. »Stimmt auch wieder. Darüber habe ich noch nie nachgedacht. Hast du denn oft Angst?«

Jetzt musste Liane lachen. »Frag lieber, wovor ich keine Angst habe!« Der Rum hatte sie überraschend redselig gemacht. »Ich fürchte mich zum Beispiel vor Gewittern, vor großen Hunden, vor Triebtätern, vor dem Fliegen, vor Keimen, vor Hornissen, vor zu hohem Tempo, vor der Dunkelheit …«

»Okay, okay, du gewinnst den Titel als ängstlichste Person, der ich je begegnet bin«, grinste Nora. »Und zugleich als tapferste. Immerhin hast du deine Furcht überwunden und einen Spaziergang im Dunkeln unternommen. Das nenne ich ganz schön mutig.«

Liane schwieg betroffen.

»Ich und mutig? Aber … ich bin doch ein Riesenfeigling!«

Oder vielleicht doch nicht?

»Ich mach uns erst mal neuen Tee.«

Das gab ihr Gelegenheit, sich zu sammeln – und Nora, das Thema zu wechseln. Doch als Liane mit gefüllten Tassen zurückkam, war die Miene ihrer Besucherin womöglich noch ernster als zuvor.

»Es gibt eine Sache, die noch wesentlich trauriger ist, als beim Sterben allein zu sein«, begann Nora vorsichtig, als befürchtete sie, damit eine weitere Tränenflut zu verursachen. Rasch fuhr sie fort: »Ich finde es erschreckend, wie viele Menschen am Ende ihres Lebens etwas bedauern. Und zwar vor allem schöne Dinge, die sie nicht getan oder erlebt haben. Noch nie hat sich jemand gewünscht, mehr geputzt, gearbeitet oder aufgeräumt zu haben. Die meisten fragen sich, warum sie nicht öfter am Meer spazieren gegangen sind, in der Sonne gesessen oder wertvolle Zeit mit lieben Menschen verbracht haben.«

Damit hatte sie Lianes Aufmerksamkeit geweckt. Und das warf zugleich eine neue Frage auf, die Liane förmlich auf der Stirn geschrieben stand: *Und was hat das alles mit mir zu tun?*

»Ich will auf keinen Fall, dass es mir irgendwann mal so geht«, schlug Nora die Brücke zum Hier und Jetzt. »Deshalb arbeite ich systematisch meine Bucket List ab. Das mit dem Monsterhäkeln habe ich abgehakt – es ist sogar zu einem richtigen Hobby geworden. Das Essen im Sternerestaurant ebenfalls. War ganz schön teuer. Aber toll! Als Nächstes will ich den Bosporus durchschwimmen. Vielleicht ziehe ich aber auch den Fallschirmsprung vor, mal sehen. Und was steht so alles auf deiner Bucket List?«

Liane starrte sie verständnislos an.

»Was für eine Liste?«, fragte sie, denn sie hatte wirklich noch nie von etwas namens Bucket List gehört. Auch nicht von der Löffelliste. Also der Liste der Dinge, die man noch tun will, bevor man den Löffel abgibt.

»Auf Englisch heißt es *to kick the bucket*. Daher der Name«, erklärte Nora.

Für einen Moment glaubte Liane, Nora würde sie verkohlen. Aber dann traute sie ihrer neuen Freundin doch nicht zu, sich so etwas spontan ausgedacht zu haben. Dazu klang das Ganze einfach zu verrückt.

»Nun ja«, fand sie. »Man sollte schon seine Angelegenheiten in Ordnung bringen, bevor man geht. Wenn man das heutzutage Bucket List nennt, soll's mir recht sein.«

Damit war das Thema für Liane erledigt. Eigentlich.

Aber natürlich ließ es Nora dabei nicht bewenden. Das hatte Liane befürchtet. So gut kannte sie ihre neue Bekannte inzwischen.

»Du musst doch auch eine Liste unerledigter Dinge haben«, beharrte die.

Liane schluckte. Natürlich gab es etwas Unerledigtes in ihrem Leben. Aber sie müsste wohl die Zeit zurückdrehen können, um diesen Punkt noch abzuhaken. Und von einer Liste zu sprechen, wäre doch ziemlich übertrieben.

»Da ist doch was«, rief Nora. »Erzähl!«

Hätte sie nicht schon zwei Tassen Tee mit Schuss intus gehabt, wäre sie so verschlossen geblieben, wie es nun mal ihre Art war. Doch heute Nacht – eigentlich war es schon fast früher Morgen – galten normale Maßstäbe nicht. Und so platzte sie einfach damit heraus. Mit ihrer Lebensgeschichte. Und der ihrer Mutter – soweit sie sie kannte. Nicht zu vergessen ihre Adoptivmutter, mit der sie seit zwanzig Jahren nicht mehr gesprochen hatte, weil sie ihr einfach nicht verzeihen konnte.

»Hätte sie mir früher erzählt, dass ich adoptiert bin, hätte ich noch die Chance gehabt, meine leibliche Mutter kennenzulernen«, schloss sie verbittert.

Dass es noch diesen Brief gab, der seit Jahren ungeöffnet in der Kommode lag, brachte sie nicht über die Lippen. Nora wäre imstande gewesen, danach zu suchen und ihn zu öffnen. Oder sie dazu zu bringen. Aber das kam nicht infrage. So viel Rum konnte sie gar nicht trinken.

Was für eine Nacht! Nora war froh, Liane nicht vorschnell abgeschrieben zu haben. Natürlich war sie ein bisschen weltfremd und wusste unfassbarerweise nicht, was eine Bucket List war. Nora hatte Grundlagenarbeit leisten müssen!

Aber zugleich steckte Liane voller Überraschungen. Sie war mutiger, als sie selbst ahnte, dessen war sich Nora sicher. Und sie hatte kein leichtes Schicksal. Bisher hatte sie sich von ihren Ängsten leiten lassen.

Aber durfte eine verschwiegene Adoptivmutter das restliche Leben komplett überschatten?

Liane schien das zuzulassen.

Nora dagegen widerstrebte dieser Gedanke. Man durfte sich doch von einer schwierigen Kindheit nicht für den Rest seines Lebens beherrschen lassen! Sie musste Liane dazu bringen, endlich Verantwortung für ihre Zukunft zu übernehmen, und die Bucket List war der perfekte Anfang dafür.

»Raus mit der Sprache!«, forderte sie. »Was steht sonst noch so auf deiner geheimen Wunschliste? Und ich meine nur Dinge, die im Bereich des Möglichen liegen. Da muss es doch etwas geben …«

»Da gibt es nichts«, behauptete Liane und gähnte demonstrativ. »Sag mal, bist du auch so müde?«

Doch so leicht ließ sich Nora nicht ablenken. Sie hatte es sich nun mal in den Kopf gesetzt, Liane in Sachen Bucket List auf die Sprünge zu helfen, und davon würde sie nichts abbringen. »Von irgendwas musst du doch träumen«, beharrte sie.

Liane schwieg eisern. Sie schien sich unbehaglich zu fühlen. Nora fürchtete schon, sie zu sehr bedrängt zu haben, da seufzte Liane und sagte: »*Träumen. Ein großes Wort.* Wann habe ich zuletzt von etwas geträumt? Da muss ich echt überlegen.«

Nora wagte kaum zu atmen, um Liane nicht abzulenken. Die schloss die Augen und wiegte sich leicht hin und her. Und auf einmal schien sie sich zu erinnern: »Das ist schon ewig her. Irgendwann in meiner Jugend. Ich war noch Schülerin, da träumte ich von der großen weiten Welt. In der Schule wurde damals die Adresse einer Organisation verbreitet, die Brieffreunde auf allen Kontinenten vermittelte. Ich meldete mich an und bekam die Adresse von Akira, einer Gleichaltrigen aus Meguro, einem Stadtbezirk im Nordosten Tokios.«

Japan also. Liane träumte von Japan! Darauf wäre Nora nie gekommen.

»Ein paar Jahre lang haben wir einander regelmäßig geschrieben. Eines Tages hat Akira mich sogar eingeladen, irgendwann mal nach Japan zu kommen. Ich habe höflicherweise zugesagt, um meine Brieffreundin nicht zu enttäuschen. Doch dann fing ich an, davon zu träumen, wie es wohl wäre, tatsächlich nach Asien zu reisen. Auch nachdem die Brieffreundschaft mit Akira längst eingeschlafen war, habe ich noch jahrelang alles verschlungen, was mit Japan zu tun hatte. Und auch heute noch liebe ich japanische Filme, Dokumentationen, Zeitungsartikel, Bücher … Aber dorthin zu reisen, kommt natürlich nicht infrage. Allein der Gedanke an einen Langstreckenflug versetzt mich in Panik.«

»Du willst also nach Tokio? Das ist doch mal ein großartiger erster Punkt für deine Bucket List!«, strahlte Nora.

Kapitel 9

Jetzt oder nie!

Worauf hatte sie sich da nur eingelassen? Nicht zum ersten Mal seit neulich Nacht bereute Liane, was sie getan hatte. Warum nur hatte sie sich zu diesem Wahnsinnsschritt überreden lassen … Das musste an Noras überzeugender Art gelegen haben, an dem Zauber der frühmorgendlichen Stunde, an ihrer Krankheit und vermutlich auch an dem vielen Rum im Tee. Dieser Cocktail hatte aus einer bedächtigen, abwägenden, vorsichtigen, sachlichen Person eine Irre gemacht, die mitten in der Nacht spontan eine Reise buchte. Online. Mit Kreditkarte. Und ohne Reiserücktrittversicherung.

Sie musste vollkommen übergeschnappt gewesen sein. Aber in dem Moment war es ihr völlig natürlich vorgekommen, ihren lange gehegten, heimlichen Wunsch in die Tat umzusetzen. Schließlich blieb ihr nicht mehr viel Zeit dazu, und Noras Gerede von dieser Bucket List klang irgendwie einleuchtend.

Und das hatte sie jetzt davon. Wieder eine schlaflose Nacht. Aber nicht, weil sie keine Ruhe fand, sondern weil sie auf den Flughafen-Shuttlebus wartete, der sie gegen halb fünf abholen würde.

Natürlich hatte sie den Wecker auf drei Uhr gestellt. Doch nun war sie viel zu früh fertig und saß frisch geduscht auf dem gepackten Koffer. Auf Frühstück hatte sie um diese Zeit keinen Appetit. Und ihr Gymnastikprogramm ließ sie auch ausfallen. Stattdessen konzentrierte sie sich ein letztes Mal auf ihre Checkliste, die schon ganz zerfleddert war, so oft hatte Liane sie in den letzten Tagen und Stunden zur Hand genommen.

Akribisch hatte sie aufgelistet und abgehakt, was alles in den Koffer musste.

Nun überprüfte sie ein letztes Mal ihr Handgepäck, einen ledernen Rucksack, den sie schon als Schülerin besessen hatte. In den letzten Jahren vor dem Abitur hatte er als Ranzenersatz gedient. In Tokio würde er die Handtasche ersetzen, sodass sie unterwegs immer beide Hände freihatte. Um sich in der U-Bahn festzuhalten, zum Beispiel. Oder im Stehen etwas essen und trinken zu können. Den Stadtplan auszubreiten. Oder sich die Augen zuzuhalten, wenn ihr alles zu viel würde …

Natürlich durfte der Rucksack nicht zu schwer sein, und doch sollte er alles Lebenswichtige beinhalten. Beispielsweise einen frischen Satz Unterwäsche, für den Fall, dass ihr Frachtgepäck abhandenkam. Sie hatte einmal gelesen, dass statistisch jeder hundertste Koffer beim Fliegen verloren ging. Also ein Prozent. Das hörte sich harmlos an. Doch bei weltweit 3,3 Milliarden Fluggästen pro Jahr waren das 33 Millionen Fälle. Nicht gerade wenig, fand Liane.

Aus demselben Grund hatte sie auch Erfrischungstücher dabei, außerdem eine Zahnbürste und Zahnpasta – natürlich die in der erlaubten Minitube. Als käme sie auf die absurde Idee, unterwegs aus Zahnpasta und Schwarzpulver eine Bombe zu basteln!

Mindestens ebenso wichtig waren die Schlafbrille, Ohrenstöpsel, ihr Nackenkissen und ein Paar Kuschelsocken für den Flug. Und Kaugummi für den Druckausgleich. Nicht zu vergessen der neue Stadtführer als Reiselektüre.

Last, but not least waren da noch ihre Reisedokumente – Flugticket, Impfausweis, Auslandskrankenversicherung, Hotelreservierung, Reisepass. Erneut kontrollierte sie, ob er noch gültig war. Selbstverständlich war er das. In solchen Dingen war Liane noch nie nachlässig gewesen. Sie hatte kein Verständnis für Menschen, die ohne gültigen Ausweis unterwegs waren oder den TÜV-Termin für ihr Auto verbummelten. Wozu gab es schließlich Kalender?

Sie warf einen Blick auf die Uhr. Viertel vor vier. Noch irrsinnig viel Zeit bis zur Abfahrt. Eine Dreiviertelstunde, viel länger hatte es auch nicht gedauert, gemeinsam mit Nora den günstigen Last-Minute-Flug nach Tokio inklusive dreier Übernachtungen in einem schicken Hotel zu finden – und zu buchen. Alles war so schnell gegangen, dass sie überhaupt keine Gelegenheit dazu gehabt hatte, an ihre chronische Flugangst zu denken.

Aber jetzt hatte sie noch alle Zeit der Welt, sich in eine gepflegte Panik hineinzusteigern, inklusive Herzrasen, Hyperventilieren und Hitzewallungen.

Doch nichts davon geschah.

Sosehr Liane auch in sich hineinhorchte, sie konnte keinerlei Symptome feststellen. Im Gegenteil, sie fühlte sich ganz ruhig und entspannt.

Ob das wohl Greg bewirkt hatte? Das Gespräch mit ihm hatte einiges in ihr ausgelöst. Als hätte er in ihrem Kopf einen Schalter umgelegt. Den, auf dem »Courage!« stand. Denn er hatte ja völlig recht: Was sollte ihr schon passieren?

Nun gut, das Flugzeug könnte abstürzen. Aber das würde ihr wenigstens eine lange Leidenszeit ersparen. Sie hatte das recherchiert: Tatsächlich würde sie nur die ersten paar Sekunden der Katastrophe miterleben, weil man durch den plötzlichen Druckunterschied relativ bald das Bewusstsein verliert. Eine Gnade, sozusagen.

Trotzdem.

Sie schluckte.

Jetzt war sie auf einmal doch etwas aufgeregt. Hatte sie auch ihre Beruhigungspillen eingepackt? Puh, ja, da waren sie.

Sicher ist sicher.

Schließlich wollte sie auf dem Langstreckenflug nicht für Aufsehen sorgen und womöglich noch ihre Sitznachbarn in Unruhe versetzen.

Nun hatte sie aber alles beisammen. Ohne Ausnahme. Alles war eingepackt, abgehakt, erledigt.

Nun ja.

Alles bis auf eine Sache …

Natürlich hätte sie den Gedanken auch einfach ignorieren können. Aber dann dachte sie an den Moment im Park, als sie geglaubt hatte, ihr letztes Stündlein hätte geschlagen. Da hatte sie vor allem bedauert, zu lange damit gezögert zu haben.

Die Uhr tickte. Noch eine knappe halbe Stunde. Das würde ja wohl locker reichen, um den Brief hervorzukramen, ihn zu lesen und das Thema endlich abzuhaken. Diesmal für immer.

»Los, Liane. Sei kein Feigling!«, feuerte sie sich selbst an. Und als ihr klar wurde, was sie da gerade gesagt hatte, lachte sie kopfschüttelnd. Denn kein Feigling zu sein, war ihr noch nie sonderlich erstrebenswert erschienen. Im Gegenteil, sie war stets stolz auf ihre gesunde Vorsicht gewesen. Hatte sie sich seit ihrem Arztbesuch wirklich so gründlich verändert?

Vielleicht. Aber selbst wenn nicht: Einen fast zwanzig Jahre alten Bettel-verzeih-mir-jammer-Brief zu lesen, stellte nun wirklich keine reale Gefahr dar. Abgesehen vielleicht von Ärger, Abscheu und Brechreiz.

Ihre Beine fühlten sich bleischwer an, als sie hinüber zur Kommode ging, betont langsam die mittlere Schublade aufzog und den hellblauen Umschlag zwischen Seidenschals, Handschuhen und Gürteln hervorzog.

Er fühlte sich kühl und glatt an. Und dicker, als sie ihn in Erinnerung gehabt hatte. Du liebe Zeit – wie viele Seiten mochte Ruth denn vollgeschrieben haben? Vielleicht verschob sie das Ganze doch lieber auf nächste Woche …

Aber noch während sie das erwog, hatten ihre Finger das Kuvert bereits aufgerissen. Als ob sie über ein Eigenleben verfügten und ihrer Zögerlichkeit zuvorkommen wollten. Nicht einmal Zeit, zu einem Brieföffner zu greifen, ließen sie sich.

Nun sah der Umschlag aus wie zermetzelt. Er gab den Blick frei auf den Brief darin. Liane zog ihn vorsichtig hervor und faltete ihn auf. Es war nur ein beigefarbener, mit schwarzem Kuli eng beschriebener Briefbogen.

Nun gab es keinen Weg mehr zurück. Sie atmete tief durch, schloss kurz die Augen, öffnete sie wieder, straffte die Schultern und begann zu lesen.

Meine geliebte Tochter,

stand da. Liane schnappte empört nach Luft.

Wie konnte Ruth es wagen, ausgerechnet diese Anrede zu wählen? Nach allem, was sie ihr angetan hatte. Und nach den bösen Worten, die gefallen waren.

Na, die hatte vielleicht Nerven!

Glaubte sie etwa, sie müsste nur so tun, als wäre nichts geschehen, und schon wäre alles wieder gut?

Nun ja, den Zahn hatte sie Ruth inzwischen gezogen. Indem sie einfach nie reagiert hatte.

Von wegen, die Zeit heilt alle Wunden. Liane hielt wenig von dieser Volksweisheit. Die Zeit hatte überhaupt nichts geheilt. Sonst würde sie sich jetzt nicht so aufregen – dreier Worte wegen.

Sie musste sich zusammenreißen und weiterlesen, wenn sie wissen wollte, was ihre Adoptivmutter ihr zu sagen hatte.

Noch fünfundzwanzig Minuten, bis der Bus kam. Das sollte reichen.

Meine geliebte Tochter,
ich weiß, was ich getan habe, ist unverzeihlich. Und egoistisch. Und hat dich sehr verletzt. Ich hätte es besser wissen sollen. Und vielleicht wusste ich es sogar besser, tief in mir drin. Aber ich konnte nicht anders.
Wie armselig das klingt, weiß ich selbst, Liane. Deshalb bitte ich dich auch gar nicht erst um Entschuldigung. Aber ich hoffe, dass du mich vielleicht ein klein wenig verstehst, wenn ich dir erzähle, wie es dazu gekommen ist.

Ja, klar. Und du setzt darauf, dass Verständnis der erste Schritt zur Vergebung ist, oder etwa nicht? Ganz schön raffiniert, das muss ich schon sagen. Aber glaub ja nicht, dass ich drauf reinfalle, Ruth, ich bin immun gegen dein Gesülze! Und überhaupt – was machst du schon wieder mit mir? Ich bin doch sonst nicht so unbeherrscht …

Solange ich denken kann, habe ich davon geträumt, Mutter zu werden. Ich liebe Kinder über alles, und dein Vater war auch ganz verrückt danach. Darin waren wir uns absolut einig. Er ging an keinem Kinderwagen vorüber, ohne nicht wenigstens einen kurzen Blick hineingeworfen und eine liebevolle Bemerkung über den Zwerg darin gemacht zu haben. Wir konnten es beide kaum erwarten, dass ich endlich schwanger würde, aber es klappte einfach

nicht. Zuerst versuchten wir, die Sache locker anzugehen, keinen Stress aufzubauen. Gut Ding will Weile haben und so. Wir waren ja noch jung und hatten alle Zeit der Welt, dachten wir.
Dann ließen wir uns untersuchen und erfuhren, dass die Wahrscheinlichkeit, auf natürlichem Wege ein Kind zu bekommen, minimal war. Ich unterzog mich einer Operation und nahm Hormone, und einmal war ich sogar schwanger. Ganz kurz, nur ein paar Wochen, dann hatte ich eine Fehlgeburt. Eigentlich kaum mehr als eine etwas stärkere Monatsblutung, aber sie bedeutete so viel. Nämlich das Ende aller Hoffnungen auf ein leibliches Baby.

Das ist ja alles wahnsinnig rührend. Und ich weiß auch schon, wie die Herzschmerzgeschichte weitergeht. Spoiler-Alarm: Ihr habt mich adoptiert, und alles war gut. Nein, halt! Nichts war gut. Fred – der Mann, den du meinen Vater nennst – ließ uns im Stich, und du hast mich angelogen. Aber warum? WARUM? Warum hörst du nicht auf, drum herumzureden, und kommst zur Sache?

Inzwischen waren wir über dreißig, hatten also längst nicht mehr alle Zeit der Welt. Stattdessen begann sie uns davonzulaufen. So ein Adoptionsverfahren kann nämlich dauern, und wenn man erst einmal vierzig ist, gilt man für die Behörden als ungeeignet.
Es war eine stressige Zeit für deinen Vater und mich.

Wir stritten viel, und manchmal fürchtete ich, er würde mich verlassen für eine jüngere, fruchtbare Frau. So ist es ja dann auch geschehen, aber erst Jahre später.
Wer weiß, wie alles gekommen wäre, wenn wir uns damals schon getrennt hätten. Du wärst dann in einer anderen Familie gelandet. Vielleicht hättest du Geschwister gehabt. Vielleicht mehr Luxus. Vielleicht aber auch weniger Liebe und Zuwendung. Wie auch immer, höchstwahrscheinlich hätte man dich in dieser Familie nicht so lange im Unklaren über deine wahre Herkunft gelassen. Aber du bist nun mal bei uns gelandet, und darüber bin ich mehr als glücklich.

Schön für dich. Ich bin's aber nicht! Ganz ehrlich: Jede andere Familie wäre mir lieber gewesen, solange man mir dort nur die Wahrheit erzählt hätte! Und wäre mein Zimmer nur ein Verschlag unter der Treppe gewesen …

Du warst ein wunderbares Kind, hattest immer ein sonniges Gemüt und ein sanftmütiges Wesen. Schon früh hast du durchgeschlafen, warst selten krank, beim Essen unproblematisch, später dann beliebt und fleißig in der Schule – es hätte besser nicht laufen können. Du wurdest sogar mehrmals zur Klassensprecherin gewählt, hattest einen supernetten Freundeskreis und zudem eine ganze Schar von Verehrern.

Wir hatten von Anfang an ein gutes Verhältnis, du und ich. Du hast mir alles erzählt, und ich hatte Verständnis für alles, was dir wichtig war. Sogar die Liebesbriefe, die du bekamst, hast du mir gezeigt, und ich gab dir Tipps für deine Dates. Ich hatte dich aufgeklärt und vertraute dir völlig.
Manchmal fühlte es sich eher an, als wären wir Freundinnen, nicht Mutter und Tochter.

Du meinst wohl Adoptivmutter und Adoptivtochter. Wir wollen doch bei den Fakten bleiben! Und mit deinem Aufklärungsgespräch musst du dich wahrlich nicht rühmen. Das kam um einiges zu spät. Du wärst vermutlich vom Stuhl gekippt, wenn du geahnt hättest, dass ich das alles längst aus der Praxis kannte …

Doch je lebenslustiger du wurdest, desto schwerer wurde mir das Herz. Denn ich wusste, dass ich deine heile Welt eines Tages zerstören musste.
Ich hatte mir vorgenommen, dir von deinen biologischen Eltern zu erzählen und davon, dass wir uns dich mehr als alles andere gewünscht haben. Hatte auch einiges darüber gelesen, wie man dieses schwierige Thema am besten anschneidet. Und in welchem Alter. So früh wie möglich, heißt es in der Fachliteratur. Und diesen Rat wollte ich befolgen.

Tja. Das war wohl nix.

Aber dann flog mir mein Leben um die Ohren. Fred, mein Fred, verließ mich ohne Vorwarnung und zog zu einer anderen, jüngeren Frau, mit der er wohl schon lange eine Affäre gehabt hatte.
Und sie war schwanger.
Er sagte, er habe sich in unserer Ehe einsam gefühlt. Ausgeschlossen aus der harmonischen Zweisamkeit zwischen dir und mir.
Ich glaube, das war eine Ausrede. Er hatte sich nicht nach einem Kind gesehnt, so wie ich, sondern nach einem eigenen Kind. Eines, das nicht nur seinen Namen trägt, sondern ihm vielleicht sogar ähnelt. Das seine Gene trägt.

Das ist bitter. Geb ich zu. Andererseits: Wenn einer so tickt, kann man doch eigentlich nur froh sein, ihn loszuwerden. Ich jedenfalls habe ihm nicht hinterhergeheult.

Aber wenn man's genau nimmt, wart ihr eigentlich auch in diesem Punkt ein perfektes Paar, oder? Er hat uns beide belogen, und du mich – ein Wunder, dass aus mir ein so wahrheitsliebender Mensch geworden ist. Vermutlich hab ich das von meinen leiblichen Eltern …

Nachdem Fred weg war, rückten wir beide nur noch enger zusammen, wurden ein eingeschworenes Team.

Wir hatten ja auch nur einander.
Und wir hatten es gut, das musst du zugeben! Wenn du an unsere Filmabende denkst, an unser gemeinsames Kochen, unsere Shoppingtouren, unsere Campingurlaube am See, unsere Gespräche über Bücher, über Gefühle, über Gott und die Welt …

Mensch, Ruth, das ist jetzt nicht fair. Musst du unbedingt meine schönsten Erinnerungen hervorkramen? Und mich dazu bringen, die Fassung zu verlieren?

Und sehr oft war ich kurz davor, dir von der Adoption zu erzählen. Sogar schon kurz nach Freds Auszug. Damals warst du fünf. Und schon so aufgeweckt – du hättest es begriffen.
Aber ich brachte es nicht über die Lippen.
Sicher willst du jetzt wissen, warum nicht.

Allerdings!

Ich gebe zu: aus Angst. Und Schwäche. Und aus Liebe.

Jetzt bin ich aber gespannt …

Gerade hatte sich erst dein Vater aus deinem Leben verabschiedet. Du warst verwirrt und traurig. Ich spürte, dass du jetzt Sicherheit brauchtest. Mein Geständnis hätte dich zu diesem Zeitpunkt nur verstört. Ich wusste, deine sorglose Kindheit wäre auf der Stelle vorbei. Deshalb musste ich dir diesen weiteren Schock einfach ersparen.
Und später, als du größer wurdest, war ich es, die diese Sicherheit brauchte. Immer wieder nahm ich mir vor, mit dir zu reden, und jedes Mal lag ich nachts wach und malte mir die Konsequenzen aus. Du würdest dich zurückziehen in dein Schneckenhaus, mir nicht länger vertrauen. Das hätte ich nicht ertragen.
Als du in die Pubertät kamst, konnte ich es noch weniger ansprechen. Schließlich ist das doch das Alter, in dem ein Mädchen seine Mutter besonders dringend braucht.
Und was, wenn du wütend würdest? Ich stellte mir vor, du würdest mich ebenfalls verlassen. Zu Fred ziehen oder freiwillig in ein Heim für Jugendliche. Dann hätte ich dich nicht mehr beschützen können. Also redete ich mir ein, dass der richtige Zeitpunkt einfach noch nicht gekommen war.

Ernsthaft, in ein Heim? Das hättest du mir zugetraut? Hast du mich denn überhaupt nicht gekannt?

Warum hast du bloß so lange gewartet, bis deine schlimmsten Befürchtungen wahr geworden sind?

Dein achtzehnter Geburtstag sollte es sein. Ich hatte alles so gut geplant. Wollte mit dir wandern gehen und ganz in Ruhe reden. All deine Fragen beantworten. Auch die nach deiner leiblichen Mutter. Ich kannte ja ihren Namen und sogar ihre Adresse. Wenn du den Wunsch äußern würdest, sie ausfindig zu machen, hätte ich dir helfen können.
Aber dann erfuhr ich, dass sie nicht mehr am Leben war. Seit einer ganzen Weile schon. Aber nicht so lange, dass du sie nicht hättest kennenlernen können, wenn ich dir rechtzeitig die Chance gegeben hätte.
Ich wünschte wirklich, ich könnte die Zeit zurückdrehen, liebe Liane.

Kannst du aber nicht. Zu spät bleibt zu spät.

An dem Tag, an dem ich von ihrem Tod erfuhr, habe ich dir von ihr erzählt. Mehr oder weniger spontan, ungeplant, obwohl ich ja jahrelang Zeit gehabt hätte, mir die richtigen Worte zurechtzulegen und dein Geburtstag, an dem ich dir ohnehin alles sagen wollte, kurz bevorstand.
Es wurde ein Fiasko. Schlimmer als in meiner Fantasie. Aber das muss ich dir ja nicht erzählen – wer wüsste es besser als du?
Du wolltest meine Erklärungen nicht hören und hast die Wohnung wutentbrannt verlassen. Für immer.

Nur einmal bist du zurückgekehrt, während ich bei der Arbeit war, um deine persönlichen Sachen zu packen und deinen Schlüssel auf den Tisch zu legen. Ich verstand es. Aber ich war unendlich traurig und bin es noch immer.

Dann haben wir ja was gemeinsam …

Ich habe gehofft, du würdest dich beruhigen und zurückkehren. Aber inzwischen sind mehrere Monate vergangen, ohne dass ich etwas von dir gehört hätte. Ich weiß nichts weiter von dir als deine Rufnummer und die Adresse, die im Telefonbuch steht. Du bist jetzt auch volljährig, sodass es mir rein rechtlich gar nicht zusteht, mich in dein Leben zu drängen. Oder dich sonst wie zu belästigen.

Außer mit diesem Brief, meinst du wohl.

Aber es gibt etwas, was du noch nicht weißt. Ich hatte vor, es dir zu erzählen, aber du wolltest ja kein Wort mehr hören.
Du wärst ohnehin nur noch wütender geworden.

Ich kann mir kaum vorstellen, dass das möglich ist.

Also auf die Gefahr hin, dass du mich auf immer und ewig hasst: Es gibt einen Brief. Von deiner Mutter an dich. Ich habe ihn seit Jahren und wollte ihn dir geben, sobald ich dir alles gesagt hätte. Es hätte dein Geburtstagsgeschenk zum Achtzehnten werden sollen. Aber ich kam nicht mehr dazu, ihn dir zu geben. Deshalb schicke ich ihn dir einfach mit der Post. Als Brief im Brief.
Wenn du schon mir nicht verzeihen kannst, dann doch vielleicht ihr. Du siehst, der Umschlag ist original verschlossen.

Bitte … was?

Ich hoffe, ihre Worte werden dich trösten. Überhaupt wünsche ich dir alles Glück der Welt. Denn ich werde dich immer lieben, egal, ob du je zurückkommst oder nicht. Und auch wenn ich nur deine Adoptivmutter bin: Für mich wirst du immer meine geliebte, wunderbare, kluge und schöne Tochter bleiben.
In Liebe, deine Mutter

Kapitel 10

Elfeinhalb Stunden

Um ein Haar hätte Julian Wagner den Flieger verpasst. Denn er hatte den Autoschlüssel einfach nicht finden können! Die Letzte, die ihn benutzt hatte, war Isabel gewesen – und die konnte er mitten in der Nacht schlecht anrufen, um sie zu fragen, wo sie ihn hingelegt hatte. Überhaupt wollte er sie gar nicht mehr anrufen, weder um diese Uhrzeit noch sonst irgendwann. Nie wieder!

Wie hatte er ihr nur vertrauen können? Sie wirkte so harmlos und süß … Damals, vor anderthalb Jahren, hatte er sich vor allem in ihre niedlichen Grübchen verliebt, ihre pechschwarzen Locken und ihr strahlendes Lächeln. Wie hätte er ahnen sollen, dass dieses zarte, hilfsbereite und fürsorgliche Geschöpf in Wahrheit ein hinterhältiges Biest war, das ihn erst mit seinem Mitbewohner betrügen und dann auch noch sein Konto leer räumen würde?

Er hätte die Hand für sie ins Feuer gelegt. Sonst hätte er ihr doch niemals die PIN seiner Kreditkarte verraten! Was sie allerdings nicht wusste: Er hatte mit seiner Bank vereinbart, dass außergewöhnlich hohe Transaktionen telefonisch bestätigt werden mussten.

Dennoch hatte er nicht schlecht gestaunt, als der Anruf kam und man ihn fragte, ob die Barabhebung in Höhe von tausend Euro in Ordnung sei. Nein, war sie nicht! Julian war empört – jemand hatte versucht, ihn zu bestehlen. Doch als er auf dem Überwachungsvideo der Bank Isabel erkannte, konnte er es nicht fassen. So ein durchtriebenes Luder …

Er musste sie gar nicht erst rausschmeißen – sie hatte Wind davon bekommen, dass sie aufgeflogen war, und sich aus dem Staub gemacht. Als er von der Bank zurückkam, waren ihre Bücher, Klamotten, Ladekabel, Handtaschen und Schminksachen genauso spurlos verschwunden wie sie selbst.

Auf dem Küchentisch lagen zehn Hunderter. Kommentarlos. Sie hatte nicht mal eins ihrer geliebten Post-its dazugeklebt, auf denen sie sonst immer ihre so liebevollen wie witzigen Botschaften hinterließ. Wenigstens zu einem lapidaren »Sorry« hätte sie sich durchringen können, fand Julian.

Und das fand auch sein Mitbewohner, den Isabels Verschwinden so sehr verstörte, dass er sich verplapperte und seine Affäre mit ihr preisgab. Und auch, dass er sie wohl versehentlich vorgewarnt hatte.

Das hatte Julian den Rest gegeben.

Zum Glück stand unmittelbar eine der größten Manga-Messen der Welt bevor, und er war sich sicher, dass er in Tokio, umgeben von unzähligen Verlegern, Zeichner-Kollegen und Fans, den ganzen Isabel-Mist vergessen konnte.

Nun hatte er doch wieder an sie denken müssen.

Aber nur wegen des blöden Autoschlüssels. Und nun, da er ihn gefunden hatte, zum Flughafen gerast war und in buchstäblich letzter Minute eingecheckt hatte, würde er sie wirklich aus seinem Gedächtnis löschen. Endgültig!

Zum Glück hatte sie einen Fensterplatz! Liane war wirklich froh darüber. Nicht wegen der Aussicht, im Gegenteil – die würde sie ignorieren, um nicht an die unnatürliche Reisehöhe und die damit verbundene Absturzgefahr erinnert zu werden. Sondern wegen der Tatsache, dass sie dann nur einen Sitznachbarn haben würde, nicht zwei.

Wenn sie sich den Passagier anschaute, der den Gangplatz gebucht hatte, tat ihr die Person, die sich gleich zwischen diesen Koloss und sie quetschen musste, schon jetzt leid.

Wenn überhaupt noch jemand auftauchte. Momentan sah es nicht danach aus. Fast alle Plätze waren längst belegt, und planmäßig waren es nur noch wenige Minuten bis zum Start.

Liane verdrängte den Gedanken daran, dass bald die Triebwerke aufheulen würden. Sie wusste genau, was dann folgte: Erst würde die Maschine langsam rollen, dann so stark beschleunigen, dass sie regelrecht in den Sitz gepresst werden würde, und schließlich abheben.

So stand es jedenfalls in den einschlägigen Anti-Flugangst-Tutorials im Internet. Die allesamt auf die Annahme setzten, dass die Panik verschwindet, wenn man weiß, was mit einem geschieht. Das war Liane im ersten Moment einleuchtend erschienen. Nun nicht mehr ganz so sehr.

Wie gut, dass sie einen Plan B hatte. B wie Beruhigungstabletten. Sie hatte sie griffbereit in der Jackentasche und nahm zur Sicherheit gleich zwei davon ein. Ohne Wasser, das ging im Notfall auch. Und dies war schließlich einer …

Am liebsten hätte Liane die ganze Reise gecancelt. Schon beim Einchecken wäre sie um ein Haar davongelaufen, brachte aber nicht den Mut auf, für einen Tumult zu sorgen.

Und dann war es zu spät für eine Umkehr – das Gepäck war schon an Bord und sie selbst zu verwirrt, um etwas anderes zu tun, als sich mit der Menge mitschieben zu lassen, und ehe sie sich's versah, saß sie im Flieger.

Vor ihr eine Familie mit quengeligen Kindern. Hinter ihr drei Geschäftsmänner, die unentwegt in ihrem unverständlichen Denglisch über irgendwelche Projekte schwadronierten. Nur direkt links neben ihr saß noch immer niemand.

Vielleicht war es sogar besser, wenn dieser Platz frei bliebe. Dann musste sie sich wenigstens nicht unterhalten. Die Vorstellung, sich nervtötendes Geplapper über frühere oder geplante Urlaubsreisen oder gar irgendwelche wundervollen Kinder und Enkel anhören zu müssen, ließ sie innerlich aufstöhnen.

Nein, Liane wollte nichts hören über glückliche Zeiten, glückliche Familien, glückliche Menschen.

Sie wollte in Ruhe unglücklich sein.

Und wütend!

Auf Ruth, die es auch nach zwanzig Jahren Funkstille schaffte, sie emotional völlig aus der Bahn zu werfen.

Auf sich selbst, weil sie es weder fertigbrachte, Ruth zu verzeihen, noch, sie weiter so zu hassen wie bisher.

Und auf die ganze Situation. Dass sie den Brief nicht viel früher gelesen hatte. Und dass keine Zeit mehr geblieben war, den zweiten Brief – den ihrer leiblichen Mutter – noch zu lesen, bevor der Shuttlebus kam.

Ihn mitzunehmen und hier, umringt von Hunderten wildfremder Passagiere, zu lesen, kam überhaupt nicht infrage. Höchstens später im Hotel. Aber was, wenn ihre Tasche abhandenkam? Dann war die Chance, jemals zu erfahren, was ihre Mutter ihr zu sagen hatte, für immer dahin.

Also hatte sie die beiden Briefumschläge – der eine geöffnet, der andere schweren Herzens noch geschlossen – wieder in die Schublade zurückgelegt, in der sie in den letzten Jahren darauf gewartet hatten, dass Liane sie endlich öffnete.

Zum Glück würde sie bloß drei Tage wegbleiben. Nicht nur, weil der Flug deshalb so extrem günstig war, sondern auch, weil sie es nicht länger aushalten könnte. Die Neugier auf den Briefinhalt hätte sie sonst noch schneller umgebracht als der Krebs.

Aber vielleicht war es sowieso besser, dass sie noch ein bisschen Zeit hatte, sich seelisch und moralisch auf Violas Zeilen vorzubereiten. Wenn sie ehrlich war, hatte Ruths Brief sie heftiger aus der Bahn geworfen, als sie es erwartet hätte. Sie war regelrecht überwältigt von all den Emotionen, die darin steckten – und die prompt auch in ihr hochgekommen waren. Sie hätte es vermutlich gar nicht geschafft, eine zweite Dosis mütterlicher Gefühle zu verkraften, bevor sie die erste verdaut hatte. Dabei war Ruth ja nicht einmal ihre Mutter.

Ein gehetztes »Sorry, darf ich mal eben durch?« unterbrach ihre Gedanken. Sie blickte auf. Ein gefährlich aussehender Mittdreißiger mit allerhand Tattoos, jeder Menge Piercings (auch im Gesicht!), einem schwarzen Kapuzenpulli mit wildem Drachenmotiv und riesigen Kopfhörern lässig um den Hals gehängt, hatte gerade seine Reisetasche im Handgepäckfach verstaut und wollte jetzt seinen Platz einnehmen. Den Sitz neben Liane.

Na, das konnte ja heiter werden!

Nachdem sich Julian an seinem außerordentlich voluminösen Sitznachbarn vorbeigeschlängelt hatte, ließ er sich erleichtert auf seinen Platz sinken.

So! Das wäre geschafft.

Gerade noch rechtzeitig. Ein paar Sekunden später, und man hätte ihn nicht mehr an Bord gelassen. Damit wäre die Manga-Messe für ihn gelaufen gewesen.

»Hi«, begrüßte er seine Mitreisenden.

»Tach«, brummte der Koloss von links.

»Schönen guten Morgen«, sagte die Dame am Fenster, die ein bisschen so aussah wie seine frühere Deutschlehrerin: Stoffhose, Hemdbluse, Perlenohrringe, Hochsteckfrisur.

Aber irgendetwas an ihrem Erscheinungsbild irritierte ihn.

Als die Maschine anrollte und seine Sitznachbarin so fest die Armlehnen umkrallte, dass die Knöchel weiß hervortraten, wurde Julian klar, dass sie ganz und gar unentspannt war. Hoffentlich bekam sie in den kommenden elfeinhalb Stunden keine Panikattacke! Oder Reiseübelkeit … Er hatte einmal auf einem Langstreckenflug neben einem kotzenden Kleinkind gesessen, das genügte ihm für alle Zeiten.

»Waren Sie schon mal in Tokio?«, wandte er sich an sie, um sie abzulenken.

»Nein, Sie?«, erwiderte die Deutschlehrerinnen-Doppelgängerin mit leicht zittriger Stimme.

»Schon oft. Eine faszinierende Stadt! Ich kann gar nicht genug davon bekommen. Welche Sehenswürdigkeiten haben Sie sich denn vorgenommen?«

Da musste sie gar nicht lange überlegen. »Erst mal den Kaiserpalast und den Meiji-Schrein, dann natürlich auch das Nationaltheater und den Tokyo Tower, und wenn die Zeit reicht, schau ich mir auch noch den Tsukiji-Fischmarkt an … Oh, ich glaube, es geht los!«

»Bisschen nervös? Dazu besteht kein Grund. Ich bin diese Strecke schon oft geflogen, und ich hab's jedes Mal überlebt.«

Seine Worte schienen sie nicht zu überzeugen, denn der Frau mit der Hochsteckfrisur brach jetzt sichtlich der Angstschweiß aus.

»Zum Glück ist es ein Nonstopflug, mehr als einen Start und eine Landung könnte ich nicht ertragen«, krächzte sie und strich sich nervös eine Haarsträhne, die sich gelöst hatte, hinters Ohr. »Dabei habe ich schon was zur Beruhigung genommen.«

»Pillen? Da kenn ich was Besseres«, grinste Julian. »Wie wäre es mit einem Drink, wenn wir auf Reisehöhe sind?«

»So früh am Morgen?«

»In Japan ist es immerhin schon Nachmittag.«

»Das ist allerdings ein Argument.«

Auf einmal erkannte Julian, was ihn vorhin irritiert hatte. Die Ähnlichkeit mit seiner früheren Deutschlehrerin betraf nur Outfit und Styling. Tatsächlich hätte die Frau nebenan locker die Tochter der Oberstudienrätin sein können, die ihn einst mit Schiller, Sonetten und Syntax gequält hatte. Trüge sie die Haare aber offen, wäre lässiger gekleidet und benähme sich etwas unverkrampfter, wäre sie garantiert umwerfend – mit ihren riesigen blauen Augen, dem sinnlichen Mund und ihren hohen Wangenknochen.

So völlig anders als Isabel, fuhr ihm durch den Kopf. Er verjagte den Gedanken. Isabel war Vergangenheit.

War die Frau neben ihm etwa ein Promi und hatte sich extra unscheinbar zurechtgemacht, um unerkannt reisen zu können?

Nein, vermutlich nicht – vielmehr machte sie den Eindruck, als ahnte sie überhaupt nichts von ihrer Anziehungskraft.

Höchste Zeit, dass sie da mal jemand aufklärte.

In Situationen wie dieser wünschte Liane, ihr Vorstellungsvermögen wäre nicht ganz so lebhaft. Während die Maschine beschleunigte, abhob und pfeilschnell immer höher stieg, malte sie sich aus, wie ein Vogelschwarm in die Turbinen geriet. Oder wie das Flugzeug vom Blitz getroffen wurde. Oder wie schwerbewaffnete Terroristen das Kommando übernahmen …

Das Resultat war jedes Mal dasselbe: Panik an Bord, Absturz, Exitus. Selbst den baldigen Krebstod vor Augen, fand sie diese Vorstellung nun doch ziemlich erschreckend.

»Na also, das war ja gar nicht so schlimm«, kommentierte der Gepiercte neben ihr, als sie endlich die Reisehöhe erreicht hatten. »Gleich gehen die Stewardessen herum und nehmen die ersten Bestellungen auf. Was nehmen wir – Sekt oder eine Bloody Mary?«

Nichts davon. Ich trinke eigentlich niemals Alkohol, und schon gar nicht am hellichten Vormittag.

Andererseits.

Normalerweise befand sie sich auch nicht in zehn Kilometern Höhe auf einem Elfeinhalbstundenflug nach Japan. Und war nicht todkrank.

»Ist Tomatensaft nicht das beliebteste Getränk über den Wolken?«, fragte Liane und lächelte zaghaft. »Ich denke, mit einer Bloody Mary liegen wir ziemlich im Trend, jedenfalls, was die Hauptzutat betrifft.«

»Ich bin übrigens Julian«, sagte der Gepiercte, als die Getränke serviert worden waren und sie anstoßen konnten.

Ich muss verrückt gewesen sein, als ich diesen Typen vorhin für gefährlich hielt. Was für ein Unsinn! Der ist einfach nur nett.

Wenn man die Tattoos und die Piercings ignorierte, strahlte er pure Lebensfreude aus. Ein kleines bisschen erinnerte er sie an Greg – wenn auch nicht vom Aussehen her. Aber sie mochte Julian. Und sie mochte Greg.

»Prost, Julian. Ich heiße Liane.«

So hatte sich Julian diesen Flug nicht vorgestellt. Vor ihm überforderte Eltern und ihre nervige Brut, hinter ihm drei mitteilungsbedürftige Businesskasper mit Profilneurose, links von ihm ein stark schwitzender Riese, der eigentlich zwei Sitze gebraucht hätte, und rechts von ihm … die schlafende Liane. Ihr Kopf ruhte auf seiner Schulter, und das schon seit Stunden. Was für ihn relativ unbequem war, schien für sie eine extrem komfortable Schlummerposition zu sein. Die Bloody Mary schien Liane völlig ausgeknockt zu haben … Offenbar vertrug sie nicht viel.

Man hätte nicht unbedingt behaupten können, dass sie schnarchte. Nein, es war eher ein entzückendes, leises Röcheln, hin und wieder.

Eigentlich störte es Julian gar nicht so sehr, dass sie ihm so nahe war. Trotz der verspannten Schulter. Denn es gab auch angenehme Empfindungen. Wenn er den Kopf ein wenig zur Seite neigte, konnte er zum Beispiel an ihrem Haar riechen. Es duftete irgendwie fruchtig. Nach Banane? Nein, das war es nicht. Auch nicht Ananas. Pfirsich? Ja, Pfirsich konnte hinkommen.

Fast war er enttäuscht, als sie langsam zu sich kam.

Erst verrieten das nur kleine Bewegungen, dann reckte sie sich vorsichtig und rieb sich verschlafen die Augen.

»Na, wieder fit?«, fragte er.

Erschrocken fuhr sie zu ihm herum. »Ich hab mich doch hoffentlich nicht zu breit gemacht im Schlaf? Falls ich Sie doch gestört habe, tut es mir leid, ehrlich!«

Julian lachte. »Also erstens waren wir vor deiner kleinen Auszeit schon beim Du. Und zweitens war es mir eine Ehre, dein Ruhekissen zu sein.«

Beschämt schlug sie die Hände vors Gesicht. »So was ist mir ja noch nie passiert. Das ist mir echt peinlich. Und wir duzen uns wirklich? Ich erinnere mich an nichts. Auch nicht an deinen Namen.«

»Julian. Aber deinen kenne ich noch. Also, Liane. Ich hätte da eine Idee, wie du dich bei mir und meiner Schulter revanchieren könntest.«

»Und zwar?«

»Wenn du wirklich zum ersten Mal nach Japan reist und Fisch magst, solltest du unbedingt Fugu essen gehen. Genauer gesagt, solltest du dich von mir einladen lassen. Rein zufällig kenne ich das beste Fugu-Restaurant von allen.«

»Ich mag Fisch, aber – sollte nicht ich diejenige sein, die dich als Wiedergutmachung einlädt?«

Sie schien keine Ahnung zu haben, worauf sie sich da einließ. Aber das machte die Sache nur noch lustiger.

»Kommt gar nicht infrage. Du darfst mir hinterher noch einen Sake ausgeben, als Absacker.«

»Einverstanden. Morgen Abend?«

»Ich kann's kaum erwarten!« Julian grinste.

Kapitel 11

Henkersmahlzeit – vielleicht

Was für ein Tag!

Tokio hatte Liane vollkommen in seinen Bann gezogen. Alles war genau so, wie sie es sich vorgestellt hatte – und zugleich absolut irreal. Als befände sie sich in ihrem Lieblingsfilm *Lost in Translation*.

In aller Frühe war sie zum Sightseeing aufgebrochen. Die Bustour hatte sie noch am Vorabend direkt im Hotel gebucht. So ein geführter Trip schien ihr die sicherste Variante zu sein.

Doch schon beim ersten Stopp, am Meiji-Schrein, beschloss sie spontan, die Gruppe zu verlassen und auf eigene Faust weiterzuziehen. Unter all den mitreisenden Paaren – von den frisch verheirateten Italienern bis zu den Amerikanern auf Weltreise – kam sie sich einsamer vor, als wäre sie allein unterwegs.

Als sie dann in die anonyme Menge eintauchte, durchströmte sie ein unerwartetes Glücksgefühl. Diese Stadt war so riesig, so beeindruckend! Und sie dagegen so klein und unbedeutend. Doch statt sich davon verunsichert zu fühlen, spendete ihr dieser Gedanke Trost: Sie war nichts als ein Staubkorn im Universum. Ob sie lebte oder starb, war unwichtig. Ihr Krebs spielte keine Rolle. Nichts spielte eine Rolle!

Erfüllt von dieser Erkenntnis, marschierte sie schnurstracks zum nahe gelegenen Bahnhof Harajuku, und bevor ihre Schüchternheit wieder Oberhand gewann, kaufte sie sich ein Tagesticket.

Wann der Entschluss in ihr gereift war, hätte sie hinterher gar nicht mehr sagen können. Sie wusste einfach, wohin sie wollte, und fragte sich durch. Und dann war sie da: im Stadtteil Meguro, der Heimat ihrer Brieffreundin aus Jugendtagen.

Akiras Adresse hatte sie auch nach all den Jahren noch im Kopf. Genauso wie Ruths Telefonnummer, die sie schon so lange nicht mehr gewählt hatte. Als wollte ihr Gedächtnis sie mit seiner Vorliebe für überflüssige Erinnerungen verhöhnen.

Aber in diesem Fall war sie froh darüber. Mit klopfendem Herzen spazierte sie durch das charmante Stadtviertel, am Kanal entlang, vorbei an Vintage-Läden, Bio-Cafés, Buchhandlungen und Kunstgalerien. Sie dachte an Greg und fragte sich, ob der Termin bei seinem Galeristen wohl erfolgreich gewesen war. Dann dachte sie an Julian und wunderte sich über sich selbst, dass sie sich mit so einem Freak verabredet hatte.

Irgendwann stand sie an der Ecke, an der eigentlich das Mehrfamilienhaus stehen sollte, in dem vor über zwei Jahrzehnten seitenlange Briefe an Liane geschrieben worden waren. Augenblicklich hatte sich die Frage, was sie sagen sollte, wenn sie plötzlich vor Akira stehen würde, erübrigt. Denn hier wohnte sie definitiv nicht mehr. Hier wohnte überhaupt niemand mehr, stattdessen gingen Hunderte, vielleicht Tausende Menschen täglich ein und aus. Denn wo früher ein Wohnviertel gewesen war, befand sich jetzt eine nagelneue Shopping Mall. Statt Enttäuschung verspürte Liane eher Erleichterung – und Erstaunen darüber, dass sie so empfand. Doch dann begriff sie: Ihr eigentlicher Traum war immer gewesen, Tokio kennenzulernen – nicht Akira. Und heute galt das mehr denn je: Akira und sie hätten vermutlich überhaupt nichts mehr gemeinsam außer einer vagen Erinnerung an einen unbeholfenen Briefwechsel in ihrer Jugend. Erwachsen zu werden bedeutete schließlich auch, Dinge loszulassen. Liane kehrte auf dem Absatz um und wandte sich ihrem nächsten Programmpunkt zu.

Als sie Stunden später wieder ihr Hotelzimmer betrat, war sie hochzufrieden mit sich und ihren Erlebnissen. Was sie da vorhin in Meguro gespürt hatte, war das wahre Leben. Das war Freiheit. Vielleicht sogar Glück.

Allerdings hätte sie nicht gedacht, dass Abenteuer dieser Art dermaßen anstrengend waren. Was sie nun als Erstes brauchte, war eine schöne heiße Dusche. Und dann würde sie sich kurz aufs Ohr legen. Nur ein paar Minuten …

Im Foyer des zentral gelegenen Viersternehotels tummelten sich, von ihm selbst abgesehen, ausschließlich Anzugträger, die Blicke auf ihr Smartphone oder ihr Tablet gerichtet. Außer den beiden Rezeptionistinnen waren seltsamerweise überhaupt keine Frauen im

Raum, was wohl ein Zufall sein musste, denn gestern beim Einchecken war es definitiv anders gewesen – Julian Wagner erinnerte sich noch lebhaft an die stark geschminkte Diva, die drei kichernden Modepüppchen und die Nonne.

Und natürlich an Liane.

Verrückt, dass sie tatsächlich im selben Hotel wohnten. Nachdem sie das festgestellt hatten, lag es natürlich nahe, sich ein Taxi dorthin zu teilen. Und auch die Verabredung zum Fugu-Essen gestaltete sich nun viel einfacher mit der Hotelhalle als Treffpunkt.

Julian war ein bisschen früh dran und nutzte die Zeit, um einen japanischen grünen Tee zu genießen und den Tag Revue passieren zu lassen.

Einen extrem erfolgreichen Tag, wie er zufrieden resümierte. Die Messe hatte seine kühnsten Erwartungen übertroffen: Er hatte nicht nur drei Buchideen verkauft, sondern auch eine Auszeichnung für seinen aktuellen Manga-Roman erhalten. Außerdem hatte er viele befreundete Kolleginnen und Kollegen aus aller Welt getroffen und war bei der Signierstunde von Fans regelrecht belagert worden.

Besser hätte es gar nicht laufen können!

Und nun freute sich Julian darauf, diesen perfekten Tag gemeinsam mit Liane ausklingen zu lassen. Wenn alles so klappte, wie er es geplant hatte, stand das Beste noch bevor.

Aber wo blieb sie nur? Julian warf einen Blick auf die Uhr. Sie waren um sieben Uhr verabredet gewesen. Jetzt war es schon Viertel nach.

Gehörte Liane etwa zu den chronisch unpünktlichen Frauen, die Stunden vor dem Spiegel verbrachten und sich nicht entscheiden konnten, welches Outfit sie tragen sollten? Nein, so schätzte er sie nun wirklich nicht ein.

Viel eher konnte er sich vorstellen, dass sie Muffensausen bekommen hatte. Vielleicht hatte sie ja das Stichwort »Fugu« gegoogelt?

Und dann gab es noch die Möglichkeit, dass er einfach nicht ihr Typ war. Rein optisch traf das garantiert zu. Aber eigentlich hatte er gestern das Gefühl gehabt, dass es da eine Verbindung zwischen ihnen gab. Trotz aller äußeren Unterschiede waren sie auf eine seltsame Weise doch auf einer Wellenlänge.

Um einen tollen Abend miteinander zu erleben, sollte das auf jeden Fall ausreichen. Liebe Zeit, er wollte sie ja nicht heiraten! Von Beziehungen hatte er vorerst die Nase gestrichen voll. Aber man konnte doch wohl die gemeinsame Zeit genießen! Schließlich war man doch erwachsen. Und wenn nichts weiter passierte, auch gut. Er freute sich darauf, ihr beim Essen Gesellschaft zu leisten. Einsame Restaurantbesuche fand er frustrierend.

Zwanzig nach sieben. Ob sie noch kam?

Liane erwachte vom Knurren ihres Magens. Hatte sie seit dem Frühstück überhaupt etwas gegessen? Sie konnte sich nicht mehr daran erinnern. Egal. Bald würde es ja etwas Leckeres geben. Sicher war es langsam Zeit, sich fertig zu machen.

Sie schaltete den Fernseher ein auf der Suche nach einem englischsprachigen Nachrichtenkanal und erschrak, als sie die eingeblendete Uhrzeit las.

Verflixt! Es war schon kurz nach sieben, und sie war weder frisiert noch angezogen. Schnell schlüpfte sie in ein paar saubere Sachen und drehte die Haare zu einem lässigen Dutt hoch. Sonst machte sie das gründlicher, mit Haarnadeln statt mit einem Gummiband, aber so ging es flotter. Sie wollte Julian nicht noch länger warten lassen.

Der hatte sich in einen der schicken Sessel im Foyer gefläzt, doch als er Liane entdeckte, sprang er auf.

»Hey, ich dachte schon, du hättest es dir anders überlegt«, sagte er und begrüßte sie mit einem Wangenkuss.

»Sorry, ich bin einfach noch nicht an die hiesige Zeit gewöhnt. Danke, dass du gewartet hast. Auf jeden Fall habe ich jetzt Hunger wie ein Bär. Und Fisch liebe ich ganz besonders. Der ist ja auch so gesund. Wie überhaupt die japanische Küche. Ich hab gelesen, die ist extrem vitaminreich und kalorienarm – wusstest du das?«

Julian grinste. »Darauf kannst du Gift nehmen!« Und dann: »Wollen wir?«

Der Fußweg zu dem Restaurant, in dem er einen Tisch für zwei reserviert hatte, war nicht allzu weit entfernt. Unterwegs plauderte Julian über seinen Tag auf der Messe, und Liane fand spannend, was er zu erzählen hatte. Bevor sie ihm begegnet war, hatte sie noch nie etwas von Manga, Anime oder Cosplay gehört. Sie kannte Mickey Mouse und Donald Duck, klar. Und sie hatte *Bambi* gesehen – nachträglich der traumatischste Film, den sie je angeschaut hatte. So sehr hatte sie niemals zuvor oder danach weinen müssen, nicht über eine erfundene Geschichte. Dabei hatte sie damals noch geglaubt, Ruth sei ihre leibliche Mutter. Dass sie selbst im Grunde Bambis Schicksal teilte, ahnte sie nicht.

»Mangas sind eine eigene Kunstform. Mit Disney-Comics hat das nichts zu tun.« Abrupt blieb er stehen. »Da sind wir ja schon!«

Liane musterte neugierig das bunt beschilderte und beleuchtete Restaurant, über dessen Eingang ein ziemlich großer, ziemlich runder Fisch abgebildet war.

»Der sieht ja aus, als hätte er einen Fußball verschluckt«, prustete sie los. Nach diesem erlebnisreichen Tag war Liane nicht nur hungrig, sondern auch ausgelassener Stimmung. Ob das wohl an Julians Anwesenheit lag? Es tat gut, ausnahmsweise einmal nicht allein unterwegs zu sein. Und er brachte sie zum Lachen.

»Was – warum guckst du so komisch?«, kommentierte sie Julians Grimasse.

»Nun ja, scheinbar weißt du nicht, dass Fugu das japanische Wort für Kugelfisch ist.«

Liane runzelte die Stirn. »Du meinst diesen merkwürdigen Fisch, der sich bei Gefahr aufpumpt, um Angreifer abzuschrecken?«

»Genau den«, erwiderte Julian, während er ihr die Tür aufhielt und nach ihr das Lokal betrat.

So formvollendete Umgangsformen hätte sie ihm nicht zugetraut. Dass er trotz wilder Tattoos und gefährlich aussehender Piercings einfach nur ein netter

Kerl war, hatte sie gestern schon durchschaut. Aber dass er ihr nun sogar den Stuhl zurechtrückte, empfand sie als erfreuliche Überraschung.

»Sehr nett, danke«, strahlte sie ihn an.

Als der Kellner kam, beeindruckte Julian sie, indem er für sie beide in fließendem Japanisch die Bestellung aufgab. Das klang völlig anders als alle Fremdsprachen, die sie kannte – geheimnisvoll, aber wohlklingend und vokalreich.

»Ich habe uns Sake zum Fugu bestellt – das ist japanischer Reiswein, der passt wunderbar dazu«, erklärte er.

»Entschuldigen Sie bitte – haben Sie denn gar keine Angst?«, mischte sich eine Dame vom Nebentisch ein. Eine Wienerin, dem Tonfall nach. »Sie wirken so entspannt.«

Liane begriff nicht, worauf sie hinauswollte. »Aber – wovor sollten wir uns denn fürchten?«

Julian räusperte sich und machte ein schuldbewusstes Gesicht. »Okay, Liane – ich glaube, ich muss dir ein Geständnis machen.«

Wenn sie jetzt gleich aufstehen und sich verabschieden würde, wäre das kein Wunder. Julian rechnete fast schon damit. Aber es blieb ihm nichts anderes übrig, als ihr reinen Wein einzuschenken. Genauer gesagt: zu erklären, dass das Muskelfleisch des Fugu als Delikatesse galt, seine Innereien aber hochgiftig waren. Weshalb es eine spezielle Lizenz erforderte, diesen Fisch überhaupt servieren zu dürfen.

»Fugu-Köche müssen zusätzlich zur eigentlichen Berufsausbildung noch eine mehrjährige Spezialausbildung durchlaufen«, fügte er eilig hinzu. »Die Vorschriften sind sehr streng und das Risiko entsprechend gering.«

Liane erbleichte – oder hatte es im fahlen Schein der Kerze bloß den Anschein?

»Was für ein Gift?«, fragte sie schließlich fast tonlos. »Und wie stark ist es?«

Das ließ sich jetzt leider nicht beschönigen. »Tetrodotoxin heißt es. Und es ist gefährlicher als Zyankali.« Er merkte selbst, wie erschreckend sich das anhörte. Wenn er Liane wäre, würde er auf der Stelle verschwinden. »Aber das Gift steckt ausschließlich in Haut, Innereien und Blut«, schob er lahm hinterher. Als ob das beruhigender klänge.

Liane stand nicht auf. Sie bewegte sich überhaupt nicht. Stattdessen blieb sie aufrecht sitzen und schaute ihm geradewegs in die Augen. Ihre waren blau. Sehr blau.

Sie sollte Pokerspielerin werden, dachte Julian. Selbst wenn sein Leben davon abhinge, hätte er nicht vorhersagen können, wie Liane reagieren würde.

»Na dann«, sagte sie schließlich, ohne mit der Wimper zu zucken. »Dann wollen wir mal hoffen, dass der Koch weiß, was er tut. Prost!«

Sollte sie Julian von ihrer Krankheit erzählen? Nein, entschied sie, diesmal hatte sie keine Lust auf Tränen, Geständnisse, Umarmungen und Trostgespräche. Lieber wollte sie das alles vergessen und einfach leben. Nun ja, und wenn leben bedeutete, sich in Todesgefahr zu begeben, dann war das eben so.

»Cool«, sagte Julian und wirkte erleichtert. »Glaub mir, der Koch ist einer der besten überhaupt. Es besteht keine Gefahr, höchstens …« Er brach ab.

»Jetzt machst du mich neugierig. Höchstens was?«

»Nun ja, höchstens vielleicht die Chance, dass geringe Spuren des Giftes eine rauschhafte Euphorie auslösen würden, aber wer hätte dagegen schon etwas einzuwenden?«

Liane lächelte. Im normalen Leben war sie nicht gerade scharf auf Rauschzustände. Der heutige Tag war in jeglicher Hinsicht eine Ausnahme: Sie aß vielleicht giftigen Fisch mit Julian, einem fast Wildfremden, der Comics zeichnete und völlig fasziniert von der japanischen Kultur war. Und vielleicht auch ein bisschen von ihr? Allein dieser Gedanke zeigte, wie fernab sie von ihrem Alltag war – und das nicht nur kilometermäßig.

Der Fugu wurde serviert. Hauchdünne Scheiben, die sie mit Sojasoße würzte, damit sie überhaupt nach etwas schmeckten. Eigentlich Verschwendung, dafür so irre viel Geld auszugeben. Aber Julian hatte nun mal drauf bestanden.

Ihr Mund kribbelte.

War daran das Gift schuld?

Wenn sie jetzt starb, blieb ihr wenigstens die Kehlkopfspiegelung erspart. Und natürlich die anschließenden Therapien. OP, Chemo, Bestrahlung. Bestimmt nicht sehr angenehm.

Aber vielleicht war dieses Prickeln ja auch völlig harmlos. Eigentlich fand sie es sogar angenehm.

Lianes Gedanken wanderten zu Ruth. Wie sie wohl

heute aussah? Ob es ihr gut ging? Dann dachte sie an Nora und ihre Bucket List. Die junge Frau würde nicht schlecht staunen, wenn sie von Lianes Giftfischabenteuer wüsste. Beziehungsweise wenn sie bald davon erfahren würde. Wenn sie diesen Abend, die kommende Nacht und den langen Rückflug überlebt hatte, würde sie Nora natürlich ausführlich Bericht erstatten.

Das Prickeln wurde stärker, ihr Mund fühlte sich fast taub an. Ob es Julian wohl ähnlich ging? Sie betrachtete sein kantiges Gesicht, das manchmal so überraschend weiche Züge aufwies. Vielleicht hatte er sich all diese Tattoos und Piercings nur stechen lassen, um irgendwie … tollkühner zu wirken.

Ob dieses Lippenpiercing wohl störte beim Küssen?

Rasch nahm sie einen Schluck Sake, um diesen höchst unangebrachten Gedanken wegzuspülen. So ganz ließ er sich allerdings nicht vertreiben.

»Sollen wir uns direkt auf den Rückweg machen, oder hast du Lust auf einen Spaziergang?«, fragte Julian, als sie ausgetrunken hatten.

»Ein Spaziergang wäre wunderbar«, fand Liane. Das klang irgendwie romantisch.

Nachdem sie die Rechnung beglichen hatten, machten sie sich auf den Heimweg. Unterwegs begegneten sie jungen Leuten in ausgeflippten Outfits, von der Schulmädchenuniform bis zum androgynen Anzug. Sie passierten angesagte Bars und traditionelle Cafés, Kinos und Kneipen, Jazzlokale und natürlich Karaokebars. Alles neonbunt beleuchtet.

Julian hakte sie unter. Das Prickeln verstärkte sich.

Ich bin nicht gestorben, dachte sie. Nur leicht berauscht.

Vom Fugu, vom Leben, von dieser Stadt …

Viel zu schnell erreichten sie ihr Hotel.

»Noch ein Absacker an der Rooftop-Bar?«, schlug Julian vor.

Besser wäre es, jetzt schlafen zu gehen.

»Klar, warum nicht?«, erwiderte sie stattdessen.

Dann hielt sie inne. Der Gedanke war geradezu verwegen. Er durfte ihr nie über die Lippen kommen. So etwas ging überhaupt nicht!

Sie betraten den Fahrstuhl. Julian wollte schon drücken, da hielt Liane ihn auf.

»Und wenn wir stattdessen einfach etwas aus der Minibar trinken?«

Herrje.

Hatte sie das eben tatsächlich vorgeschlagen? Das musste sie geträumt haben. So etwas würde sie doch nie tun!

Aber … Warum sollte er sie sonst so anschauen? Und dann auf die Fünf drücken – die Etage, in der sie wohnte?

Offenbar hatte sie wirklich einen Mann, den sie kaum kannte, eingeladen, mit auf ihr Zimmer zu kommen. Nachts. Einen Mann, den sie zwar sympathisch fand, aber ganz sicher nicht liebte. Und der so ziemlich das komplette Gegenteil ihres Traummannes war.

»Okay«, sagte er und trat einen Schritt näher. »Gute Idee.«

Sie schluckte.

Was hättest du getan?

Hallo, Viola. Da bin ich mal wieder.

Ich weiß, es ist weder Muttertag noch Weihnachten noch dein Geburts- oder Todestag. Aber so lang kann ich nicht mehr warten. Wer weiß, ob ich bis dahin noch lebe.

Und, na ja, ich brauche jemanden zum Reden.

Jemanden, der mich nicht verurteilt, vielleicht sogar ein bisschen versteht.

Ich meine, eine Frau, die mit sechzehn Mutter geworden ist, hat doch bestimmt Verständnis für ein spontanes Liebesabenteuer, oder? Vielleicht würdest du einen One-Night-Stand ganz normal finden. Für mich ist es das nicht.

Im Gegenteil.

Ich fühle mich, als hätte ich alles, was meinem Leben bisher Halt und Sinn gab, über Bord geworfen. Und das auch noch freiwillig.

Wobei – es gab Zeiten, in denen waren wir uns in dieser Hinsicht ziemlich ähnlich. Mit sechzehn hätte auch ich durchaus schwanger werden können, hätte ich nicht die Pille genommen und zudem auf einem Kondom bestanden. Ich glaube, mein jüngeres Ich von damals fände mein Abenteuer mit Julian so richtig gut und würde mir dafür applaudieren.

Aber ich bin nun mal kein Teenie mehr. Und meine letzte Beziehung ist Jahre her! Falls Kondome ein Mindesthaltbarkeitsdatum haben, dürften die in meinem Arzneischränkchen längst abgelaufen sein.

Zum Glück hatte Julian welche dabei …

Du siehst, das Ganze hat mich wirklich total unvorbereitet getroffen, und vermutlich ist es auch das, was mich jetzt so aus der Bahn wirft. Obwohl wir uns vermutlich nie wiedersehen werden.

Wer mich kennt, weiß, dass bei mir alles durchgeplant sein muss. Ich brauche Regeln, einen festen Rahmen für meinen Alltag.

Nicht weil ich so tugendhaft bin, sondern weil es mir Sicherheit gibt. Damit ich nicht ins Bodenlose falle.

Und jetzt ist gar nichts mehr sicher. Ich kenne mich selbst nicht mehr! Und das Schlimmste ist: Ich bereue es nicht einmal!

Natürlich ist Julian kein Mann fürs Leben. Jedenfalls nicht für meins. Er ist so … anders. Nicht nur wegen all der Piercings und Tattoos. Sondern weil sein ganzes Leben so spontan und verrückt ist wie dieser gemeinsame Abend, den wir hatten.

Ehrlich – auf Dauer würde ich das nicht aushalten!

Aber auf Dauer würde ich auch mein altes Leben nicht mehr ertragen.

Julian hat mich quasi wach geküsst.

Und wie!

Er ist echt ein super Küsser …

Und Liebhaber.

Aber ich will jetzt nicht ins Detail gehen. Das ist echt nichts, was eine Tochter ihrer Mutter erzählen will.

Seltsam, dass ich gerade deshalb viel unbefangener mit dir reden kann, als ich es mit Ruth je konnte.

Vielleicht wäre es zwischen uns ganz anders gewesen? Mehr so wie unter Schwestern. Altersmäßig wäre das sogar hingekommen.

Und jetzt habe ich dich bereits überholt.

Manchmal frage ich mich, was du mit den fünf Jahren angefangen hättest, die ich schon länger auf der Welt bin, als du es je warst.

Ich jedenfalls habe nichts Besonderes damit angefangen. Ich habe jeden Morgen meine Übungen gemacht, etwas Gesundes gefrühstückt, mich dezent geschminkt, bin im Businesskostüm zur Arbeit gegangen, war tüchtig und produktiv, habe auf dem Heimweg eingekauft und abends noch ein bisschen gelesen oder ferngesehen. Das war's. Keine Freundschaften, keine Liebesgeschichten, keine aufregenden Erlebnisse.

Es wäre also nicht viel verloren, wenn ich bald sterben würde.

Jedenfalls wenn ich so weitermachen würde wie bisher.

Aber, Mutter, ich kann so nicht weitermachen.

Das weiß ich nicht erst seit Julian. Schon Greg hat mir das klargemacht. Und Nora erst recht. Wegen Nora bin ich überhaupt erst nach Japan geflogen …

Aber ich will dich nicht verwirren.

Was ich meine, ist: Was hattest denn du noch für Wünsche und Träume? Was stand auf deiner Bucket List?

Was hättest du noch alles vorgehabt, wenn du nicht so jung gestorben wärst? Wohin wärst du gern gereist? Was wolltest du einmal ausprobieren?

Hättest du mich gesucht?

Bisher habe ich daran immer gezweifelt. Ich habe geglaubt, die Suche wäre, wenn überhaupt, von mir ausgegangen.

Aber jetzt weiß ich ja von dem Brief …

Ja, ich geb's zu: Ich habe ihn noch nicht gelesen. Nur den von Ruth. Und daran habe ich noch immer ordentlich zu kauen.

Eigentlich hatte ich vor, deinen gleich nach meiner Rückkehr aus Tokio zu lesen. Aber das ist jetzt schon zwei Tage her, und ich habe es immer noch nicht fertiggebracht.

Ich habe Angst, er könnte völlig belanglos sein. Zu sachlich. Oder weinerlich und voller Selbstmitleid.

Falls du eine gefühlskalte, egozentrische Heulsuse warst, Mutter, dann will ich es lieber nicht wissen.

Ich will nicht enttäuscht werden.

Nicht schon wieder.

Denn weißt du, irgendwie habe ich mir in den letzten zwanzig Jahren natürlich ein Bild von dir gemacht. In meiner Vorstellung bist du eine Frau mit weizenblonden langen Haaren, die ein Batikkleid trägt und mir auf dem Spielplatz sanft über den Kopf streicht, um mich zu trösten, weil ich hingefallen bin.

»Das ist kein Beinbruch, meine Große«, höre ich dich leise sagen. Dann bindest du mir die Schuhe, über deren offene Schnürsenkel ich gestolpert bin, und putzt mir die Nase.

So wie es eine gute Mutter nun mal tut.

Diese Illusion ist wunderschön. Ich weiß, sie entspringt meiner Fantasie und hat nicht das Geringste mit der Realität zu tun. Aber es wäre so schön, wenn sie wahr wäre. Oder der Wahrheit wenigstens nahe käme …

Ich wünschte, ich hätte echte Erinnerungen.

Ja, ich wünschte, es wäre noch nicht zu spät, und ich könnte dich kennenlernen. Dir all die Fragen stellen, die man als Tochter seiner Mutter eben so stellt.

Und ich wünschte, ich könnte dich um Rat fragen.

Denn ich habe Angst, Viola.

Angst vor dem Sterben.

Denn so langsam fängt das Leben an, mir Spaß zu machen. Und ich habe Lust, noch mehr auszuprobieren. Verrückte Dinge. Beängstigende Dinge.

Bald erfahre ich übrigens, wie viel Zeit mir dafür bleibt. Übermorgen habe ich den Arzttermin, der die Wahrheit ans Licht bringen wird.

Ich kann ihn kaum erwarten.

Und fürchte mich gleichzeitig davor …

Wärst du doch nur da, um mir Mut zu machen. Meine Hand zu halten. Zu versprechen, dass alles gut wird.

Aber wenn alles gut würde, wärst du noch bei mir.

Wir hätten uns rechtzeitig kennengelernt.

Ich stünde jetzt nicht an deinem Grab und würde Rotz und Wasser flennen.

Und ich hätte nicht bloß diesen Brief von dir, den ich nicht zu öffnen wage.

Aber ich werd's tun. Versprochen!

Kapitel 12

Die Angstmasche

Sosehr sie ihre Arbeit als Altenpflegerin auch liebte – freizuhaben, fand Nora hin und wieder auch ganz wunderbar. Vor allem, wenn sie etwas Schönes vorhatte, so wie heute. Der Tee stand bereit, die Kekse ebenso, und der ganze Tisch war übersät mit Wollknäueln in sämtlichen Farben des Regenbogens. Alles war hergerichtet für einen gemütlichen Monsterhäkelnachmittag!

Und das Allerbeste daran war, dass Nora ihn nicht allein verbringen würde, sondern in sehr angenehmer Gesellschaft. Sie hatte sich so gefreut, Liane heute früh beim Bäcker zu treffen, und sie spontan eingeladen. Natürlich war sie wahnsinnig gespannt darauf, was ihre neue Freundin von ihrer großen Reise zu erzählen hatte. Sicher nur Gutes – das hatte sie Liane schon angesehen. Da war so ein neues Funkeln in ihren Augen gewesen.

Nora wusste, es war verrückt, aber dieses Funkeln verbuchte sie auf ihr Konto – zumindest teilweise. Denn hätte sie Liane neulich nachts nicht im Park getroffen, dann wüsste die noch immer nicht, was eine Bucket List ist, und wäre auch garantiert nicht nach

Japan geflogen, um dort allerhand Aufregendes zu erleben, das ihr offenbar richtig gutgetan hatte.

Um exakt drei Uhr klingelte es. Liane war pünktlich. Wie nicht anders zu erwarten.

Es konnte losgehen …

Das letzte Mal hatte Liane in der Grundschule gehäkelt. In der weiterführenden Schule hatten Handarbeiten zu ihrer großen Erleichterung nicht mehr auf dem Stundenplan gestanden. An sich hielt sie nichts von derartigen Freizeitaktivitäten. Wollpullis trug sie ohnehin nicht, Zierdeckchen waren Staubfänger, und bevor sie eine Tischdecke besticken würde, müsste es schon im Hochsommer schneien. Aber diese verrückten kleinen Häkelmonster, die Nora nachts im Park verteilte, hatten es ihr angetan.

»Ich mach eins in Lila und Gelb«, entschied Liane, nachdem Nora sie mit Tee versorgt und ihr die Häkelanleitung erklärt hatte.

»Wie du willst – deiner Fantasie sind keine Grenzen gesetzt«, erwiderte Nora, »genauso wie meiner Neugier. Wie war Tokio? Na los, du musst mir unbedingt alles erzählen. Und nichts auslassen!«

Liane spürte, wie sie leicht errötete. Rasch nippte sie an ihrem Tee, um das zu überspielen, und steckte sich anschließend einen Keks in den Mund, um Zeit zu schinden.

»Ich weiß gar nicht, wo ich anfangen soll«, sagte sie dann. »Es war überwältigend! Riesig, laut, bunt, grell … und einfach wunderbar.«

»Klingt nach Liebe auf den ersten Blick.«

»Liebe? Aber nein, das war doch nur ...« Liane unterbrach sich, als ihr klar wurde, dass Nora ja gar nichts von Julian wissen konnte und daher auch sicher nicht auf ihre gemeinsame Nacht anspielte. »Ja, du hast völlig recht«, fuhr sie hastig fort, »sofern man überhaupt eine Stadt lieben kann, dann hat es mich wirklich erwischt.«

Und so schilderte sie ausführlich ihren Trip nach Meguro, ihre vergebliche Suche nach Akira dort, und ihr Fugu-Abenteuer.

»Ernsthaft – du hast Giftfisch probiert? Du bist ja noch viel cooler, als ich gedacht hätte!« Nora war tief beeindruckt.

»War eigentlich nichts Besonderes. Geschmacklich sowieso nicht – ohne Sojasoße wäre es absolut fad gewesen. Und Gift ist da ohnehin nicht drin, das wird alles total streng überwacht.«

Wie sie von Julian wusste. Doch die Geschichte mit ihm würde sie für sich behalten. Um jeden Preis. Sie war ihr Geheimnis.

Nicht dass sie es bereuen würde – o nein, es war wunderbar gewesen. Und irgendwie kam es ihr auch ein bisschen so vor, als wäre alles nur ein Traum, der erst dann Wirklichkeit würde, wenn er in Worte gefasst wurde.

Bestimmt wäre Nora beeindruckt, wenn sie von dieser Affäre wüsste – ein Punkt mehr für die Bucket List zum Abhaken.

Aber sie verstand ja immer noch nicht, wie sie so

etwas hatte tun können. Sie hatte auch keineswegs vor, dergleichen zu wiederholen. Normalerweise war sie eher prüde. Und keine Frau für eine Nacht! Wenn überhaupt, dann sollte Intimität nur in einer tiefen, ehrlichen Beziehung stattfinden.

Was war nur los gewesen mit ihr? Daran konnte nun nicht allein der Fisch schuld sein. Lag es vielleicht doch an ihrer Angst vorm Sterben, die in ihr einen schier unstillbaren Lebenshunger geweckt hatte?

Erneut klingelte es.

»Erwartest du noch weiteren Besuch?«

Nora grinste. »Mach dich auf was gefasst. Gleich lernst du jemanden kennen, der cooler ist als wir beide zusammen. Beziehungsweise: *die* cooler ist. Es ist eine Sie.«

Die alte Liane wäre jetzt pikiert gewesen. Das hätte Nora ruhig vorher mit ihr absprechen können. Schließlich hatte sie mit einem ruhigen Nachmittag zu zweit gerechnet, nicht mit einer Party.

Die neue Liane war gespannt, wer da vor der Tür stand. Das versprach ja interessant zu werden …

Mit ihrer Leopardenmusterbluse, der eng geschnittenen Jeans, den silberglitzernden Sneakers und dem lilafarbenen Schimmer in den Zuckerwattehaaren war Erna Ritter auf jeden Fall eine Erscheinung, die man nicht so leicht vergaß. Liane erkannte ihre Nachbarin selbstverständlich sofort. Dennoch hätte sie nicht erstaunter sein können – mit ihr hatte sie nun gar nicht gerechnet.

»Hallo zusammen«, rief die alte Dame fröhlich und ließ sich in den freien Ohrensessel sinken. »Ich bin die

Erna. Könnte sein, dass ich mal wieder die Stubenälteste bin, also bestimme ich jetzt einfach, dass hier geduzt wird. Einverstanden?«

»Ist mir eine Ehre. Ich bin Nora. Aber das weißt du ja schon.«

»Klar. Und Liane kenne ich auch. Wobei – was heißt hier kennen? Kennt man überhaupt jemals einen anderen Menschen?«

»Gute Frage«, erwiderte Liane. »Ich kenne mich ja nicht mal selbst so genau.«

Erna Ritter lachte. »Ich mag diese seltsame Kreatur, die du da häkelst. Bekomm ich das, wenn es fertig ist?«

»Ja, klar. Und werden Sie – entschuldige bitte. Wirst *du* auch eins häkeln?«

Verschmitzt nickte die alte Dame. »Ein schwarzes mit neongrünen Streifen. Und gelben Augen. Wenn ich schon etwas so Spießiges mache wie Häkeln, dann muss es wenigstens etwas Witziges sein!«

»Warum häkelst du überhaupt, wenn du das so spießig findest?«, fragte Nora neugierig.

»Weil du junges Huhn mich mit dem Häkelfieber infiziert hast«, antwortete Erna und prustete los.

Liane war fasziniert. Bisher kannte sie Erna Ritter nur vom Sehen. Man hatte sich im Treppenhaus gegrüßt, manchmal auch nur kurz zugelächelt, mehr nicht. Und wenn sie dann weitergegangen war, dachte sie keine Sekunde länger an die Nachbarin mit den ausgeflippten Klamotten und dem lila Schimmer im Haar. Doch hätte sie versucht, sich vorzustellen, wie sie wohl tickte, dann wären ihr vermutlich Kreuzworträtsel eingefallen oder Puzzle oder Tarotkarten – keine philosophischen Bonmots zur Begrüßung, keine Häkelmonster, keine Kicheranfälle.

Hoffentlich werde ich auch einmal so eine verrückte Alte wie sie, fuhr ihr durch den Kopf. Und prompt staunte sie über diesen Gedanken. Noch vor nicht allzu langer Zeit hatte sie sich ihr zukünftiges Ich als distinguierte Dame mit Twinset, Seidentuch und Perlenkette vorgestellt.

Dann fiel ihr ein, dass sie voraussichtlich weder das eine noch das andere werden, sondern jung sterben würde.

»Liane hat übrigens jetzt auch eine Bucket List«, verkündete Nora just in diesem Augenblick und riss sie aus den trüben Gedanken.

Erna Ritter wirkte hochinteressiert. »Herzlichen Glückwunsch, meine Liebe! Mein Leben ist so viel aufregender, seit ich meine habe und Punkt für Punkt abarbeite.«

»Stell dir vor, Erna hat sich schon ein Tattoo stechen lassen, einen Tanzwettbewerb gewonnen, ein Instagram-Profil eingerichtet und in einem Iglu übernachtet, und das alles innerhalb eines halben Jahres.«

»In meinem Alter ist Zögern eben pure Zeitvergeudung …«

Jetzt war Liane wirklich beeindruckt. Im Vergleich dazu waren ihr nächtlicher Spaziergang und ihre Japanreise geradezu harmlos. Die Tatsache, dass sie einen Anhalter mitgenommen hatte, konnte man nicht gelten lassen – schließlich war das nicht ihre bewusste Entscheidung gewesen, sondern einfach so passiert. Erna dagegen hatte sich für das Tattoo und all die anderen Dinge sehr wohl entschieden.

»Und was hast du als Nächstes vor?«, fragte Liane.

»Nun, ich schwanke noch. Entweder mache ich mit der Achterbahnfahrt weiter oder mit der Thai-Massage oder dem Fallschirmsprung.«

»Wennschon, dennschon«, sagte Nora, fasziniert von der Lebenslust und dem Unternehmungsgeist der alten Dame. Sie war so ganz anders als die hilfs- und pflegebedürftigen Senioren, mit denen sie sonst zu tun hatte. »Ich würde den Fallschirmsprung wählen.«

»Erzähl mir lieber, was auf deiner eigenen Bucket List als Nächstes drankommt«, parierte Erna.

Da musste Nora nicht lange überlegen. »Das Bosporus Cross Continental Swimming habe ich für nächsten Sommer eingeplant. Dieses Jahr will ich noch Bier brauen lernen, auf den Eiffelturm steigen und eine vegane Torte backen. Und dann ist da noch der Fallschirmsprung. Hey, das muss doch ein Zeichen sein. Den haben wir beide vor. Wir sollten das gemeinsam machen, wie wär's?«

Nora hatte noch die Begeisterungsfähigkeit, die sie schon als kleines Mädchen ausgezeichnet hatte – und die wirkte offenbar ansteckend, denn Erna stimmte prompt zu: »Einverstanden! Das wird garantiert ein Riesenspaß! Liane, bist du auch mit von der Partie?«

Nora beugte sich neugierig nach vorn und beobachtete, wie sich Lianes Miene in Sekundenschnelle wandelte. Erst unbeschwert und fröhlich, dann irritiert, verblüfft und schließlich schockiert. Ob sich Liane wohl dazu durchringen würde, mitzumachen? Wenn Nora in diesem Moment drauf wetten müsste, könnte sie sich nicht entscheiden. Die Wahrscheinlichkeit schätzte sie auf fünfzig zu fünfzig.

Die spinnen ja wohl!

Sie und Fallschirmspringen. Das musste man sich einmal vorstellen – als ob sie freiwillig aus einem Hubschrauber springen würde. Eine geradezu absurde Vorstellung!

»Da muss ich passen«, sagte Liane. »Das ist einfach nichts für mich.«

»So?«, bohrte Erna nach. »Und was ist was für dich? Verrätst du uns, welche Punkte auf deiner Bucket List als Nächstes dran sind?«

Jetzt musste sie improvisieren.

»Na ja, ich werde vielleicht Italienisch lernen. Und mir eine Jeans kaufen. Oder einen Monat lang komplett auf Plastik verzichten.«

Erna hielt mit ihrer Meinung nicht hinter dem Berg. »Pah! Was sind denn das für armselige Ziele? Italienisch lernen – das hab ich schon vor Jahrzehnten abgehakt. War nicht so prickelnd, übrigens – ein Volkshochschulkurs voll gelangweilter, sprachunbegabter Hausfrauen. Muss man nicht haben.«

Auch Nora war nicht überzeugt. »Du besitzt keine einzige Jeans? Ernsthaft? Dann wird es aber wirklich höchste Zeit. Aber so richtig aufregend ist das ja nicht.

Nicht so spannend wie deine Japanreise, jedenfalls – oder wie unser geplanter Fallschirmsprung. Los, sei kein Frosch!«

Nun ja. Es gab da durchaus noch etwas Aufregenderes auf Lianes Liste: Violas Brief. Aber auch der sollte ihr Geheimnis bleiben. Vielleicht würde sie Nora eines Tages davon erzählen, aber zunächst einmal musste sie sich durchringen, ihn zu lesen.

Liane dachte fieberhaft nach, während sie eine Monstermasche nach der anderen häkelte.

Okay, vielleicht hatten die beiden ja recht.

Und überhaupt: Was eine Achtzigjährige mit lila Haaren konnte, das würde sie ja wohl auch fertigbringen! Wovor sollte sie sich auch fürchten? Etwa vor dem Tod?

Im Vergleich zu der Sache mit dem Brief erschien ihr so ein Fallschirmsprung beinahe harmlos.

Kapitel 13

Make-over

Minutenlang stand sie bereits da, reglos und kerzengerade, und starrte auf die geöffnete Kommodenschublade. Genauer gesagt, auf den noch immer verschlossenen Briefumschlag, der darin lag. Fast kam es ihr vor, als schaute der sie vorwurfsvoll an, doch diesen absurden Gedanken verscheuchte sie rasch wieder. Es war nur ein simples Kuvert. Ein seelenloser Gegenstand. Doch galt das auch für seinen Inhalt? Von Ruths Brief konnte man das nicht gerade behaupten.

Mit jeder Faser ihres Körpers sehnte sie sich danach, den Umschlag aufzureißen und die Worte, die Viola vor einem Vierteljahrhundert an sie gerichtet hatte, in sich aufzusaugen. Doch zugleich fürchtete sie sich davor – mehr als vor dem Fallschirmsprung, zu dem sie sich dummerweise hatte überreden lassen. Und mehr als vor dem anstehenden Arztbesuch. Heute Nachmittag war es so weit. Um halb vier. Bis dahin waren es noch fünf lange Stunden! Und in dieser Zeit würde sie unweigerlich verrückt werden, wenn sie es nicht schaffte, sich abzulenken …

Der Brief wäre dazu zwar geeignet, doch zugleich

würde er sie aufwühlen und noch nervöser machen – also schloss sie die Schublade wieder, ohne ihn anzurühren.

Aber sie hatte fest vor, ihn zu lesen.

Bald, sehr bald.

Heute dagegen würde sie sich anderweitig beschäftigen. Und nach einem Blick in den Spiegel wusste sie auch, wie. In diesem Aufzug konnte sie nun wirklich nicht aus einem Hubschrauber springen. Und auch keine anderen Abenteuer erleben. Wenn sie weiter ihre Bucket List abarbeiten wollte, dann brauchte sie dazu die richtige Ausrüstung. Und dazu gehörte etwas, was ebenfalls auf ihrer Liste stand: eine Jeans.

Ja, sie würde sich heute eine Jeans kaufen. Zum ersten Mal nach über fünfzehn Jahren. Seit damals hatte sie – je nach Anlass – nur noch wenige unterschiedliche Outfits in Gebrauch: Nachts trug sie selbstverständlich einen Pyjama, im Büro und unterwegs ein Kostüm oder einen Hosenanzug, beim Sport Gymnastikhose mit Trikot und in der Freizeit einen ihrer Hausanzüge aus Nickistoff oder einen altmodischen Trainingsanzug. Es wäre ihr beim besten Willen keine Gelegenheit eingefallen, bei der sie eine Jeans hätte gebrauchen können.

Jedenfalls war das bis vor Kurzem so gewesen. Inzwischen hatte sie schon so einige Situationen erlebt, in denen so eine Hose durchaus angemessener gewesen wäre als ein Rock. Zum Beispiel beim ausgedehnten Stadtbummel in Tokio. Oder bei nächtlichen Spaziergängen …

Nun gut. Dann würde sie eben Noras Rat befolgen und zu Lady Denim fahren, jenem Laden im Zentrum, der ausschließlich Jeansmode für Frauen anbot, und das angeblich in allen erdenklichen Formen, Farben, Schnitten und Größen, nebst Zubehör. Wenn sie dort kein solches Beinkleid fand, das ihr passte, dann nirgendwo.

»Wie, du kannst nicht kommen?«, schnaubte Sarah Hofmann empört in ihr Smartphone. Das war ja wohl nicht zu fassen! Fabienne war schon immer eine der eher unzuverlässigen Kolleginnen gewesen, aber das hier setzte allem bisher Dagewesenen die Krone auf.

»Na ja, ich bin halt krank«, lautete die lakonische Antwort.

»Und du bist nicht auf die Idee gekommen, mich früher zu informieren, sodass ich vielleicht noch Zeit gehabt hätte, eine Vertretung zu organisieren?« Vielleicht hätte Lara Zeit gehabt oder Mirjam. Aber so kurzfristig würde das garantiert nicht mehr klappen. Also durfte sie sich auf eine Doppelschicht einstellen. Normalerweise hätte ihr das nicht allzu viel ausgemacht, denn das Extraeinkommen konnte sie immer gut gebrauchen. Jung, hübsch, schick und gepflegt auszusehen, kostete ein Schweinegeld. Außerdem liebte Sarah ihre Arbeit bei Lady Denim. Wenn sie gut drauf war, schaffte sie es, sogar der unförmigsten Kundin einzureden, dass sie in ihrer neuen Hose einfach zum Anbeißen aussah. Und natürlich hatte sie einen Blick dafür, welcher Hintern in welche Größe passte, welche Figur für welche Marke prädestiniert war und wer bereit war, eins der hochpreisigen Modelle zu kaufen. Sarah war eine Spitzenverkäuferin! Aber heute war sie leider genervt.

Fabienne schien das gleichgültig zu sein. »Erst mal wollte ich abwarten, ob das Fieber nicht noch runtergeht. Ging es aber nicht. Und dann bin ich eingeschlafen, sorry. Du, ich muss auflegen, bin total schlapp. Du bist ein Schatz!«

Völlig überrumpelt schob Sarah ihr roségoldfarbenes Smartphone zurück in die Hosentasche. Fabienne war ja lustig! Und schien nicht einmal ein schlechtes Gewissen zu haben …

Das würde ein langer Tag werden. Zumal heute echt wenig los war. Bei Nieselwetter hatte niemand Lust auf einen Stadtbummel, da blieb man lieber zu Hause. Zum Glück hatte sie ein Buch dabei, um sich die Leerlaufzeit zu vertreiben. Eigentlich hatte sie es eingesteckt, um sich nachher nicht mit Kiki, ihrer Friseurin, unterhalten zu müssen. Die war zwar begnadet, wenn es um Strähnchen, Stufen und Extensions ging, aber ihr Geplapper konnte einen schier wahnsinnig machen!

»Ich nehm dann doch die Schwarze«, verkündete das junge Mädchen mit Zahnspange, das seit einer halben Stunde zwischen diesem Modell und demselben in Hellblau geschwankt hatte. Bestimmt eine Schulschwänzerin, dachte Sarah. Vormittags dürfte sie eigentlich keine Zeit zum Shoppen haben. Aber sie schluckte einen entsprechenden Kommentar hinunter. Es war noch nicht so lange her, dass sie selbst die Schulbank gedrückt und die eine oder andere Chemiedoppelstunde blaugemacht hatte.

»Alles klar, das macht neunundvierzig Euro«, sagte sie stattdessen freundlich. Sobald die Zahnspangenträgerin den Laden verlassen hätte, würde sie bei Kiki anrufen und ihren Termin absagen.

Während das Mädchen umständlich einen zerknitterten Fünfzig-Euro-Schein aus seiner Einhorn-Geldbörse zog, wanderte Sarahs Blick nach draußen. Auf der gegenüberliegenden Straßenseite stand eine Politesse und schaute herüber. Genauer gesagt, tat sie so, als würde sie das Katze-entlaufen-Plakat an der alten Kastanie studieren, doch in Wahrheit hatte sie den Eingangsbereich von Lady Denim im Blick.

Das war ja seltsam. Was die wohl vorhatte?

»Hier, das Geld«, sagte das Mädchen mit der Zahnspange.

»Und einen Euro zurück, vielen Dank!«, erwiderte Sarah. »Tschüss, bis dann«, rief sie ihr hinterher.

Als sie wieder hinausschaute, war die Politesse verschwunden. Vielleicht hatte sie sich ja getäuscht, und die Frau hatte nur eine kurze Pause eingelegt. Und überhaupt – weshalb sollte sie das Lady Denim beobachten? Hier war schließlich kein Drogenumschlagplatz, und eine Politesse war auch keine Kriminalbeamtin …

Sie zog ihr Smartphone hervor und wollte gerade die Kontaktliste unter K wie Kiki öffnen, da erklang das silbrig helle Glöckchen, das eine neue Kundin ankündigte. Als sie sah, um wen es sich dabei handelte, ließ Sarah vor Überraschung fast ihr Handy fallen …

Hatte sie sich etwa in der Adresse geirrt und war versehentlich in einen Teenie-Laden geraten? Nein, das konnte nicht sein. Über dem Eingang hatte eindeutig Lady Denim gestanden – in knallroten, ziemlich verschnörkelten Buchstaben. Die Fachgeschäfte, in denen Liane sonst einkaufte, hatten dezentere Logos und vor allem eine völlig andere Atmosphäre – ruhig, gediegen, konservativ. Davon konnte hier weiß Gott nicht die Rede sein, im Gegenteil: Im Hintergrund lief ziemlich aggressiv klingende Musik mit mehr Rhythmus als Melodie und mehr Sprech- als Wohlgesang. Auch die gedimmte Beleuchtung erinnerte eher an eine Bar. Und diese Verkäuferin mit den goldenen Engelslocken und der knallengen Jeans, die an mindestens drei Stellen riesige Löcher aufwies, war doch höchstens fünfzehn! Oder vielleicht doch schon volljährig? Die jungen Frauen von heute waren so schwer zu schätzen. Einerseits beherrschten sie es perfekt, sich auf älter zu schminken, andererseits erschienen sie Liane trotz allem wie halbe Kinder. Was vermutlich daran lag, dass sie selbst langsam alt wurde. Siebenunddreißig. Wenn sie so früh Mutter geworden wäre wie Viola, hätte sie jetzt eine erwachsene Tochter, in deren Augen sie vermutlich ein Dinosaurier wäre.

Und das fände sie durchaus okay. Vermutlich würde sie sogar darüber lachen, denn sie wollte gar nicht mehr so blutjung sein. Warum also sollte sie sich kleiden wie eine Zwanzigjährige?

Himmel, was hatte sie hier überhaupt verloren? Die Panik vor der alles entscheidenden Kehlkopfuntersuchung hatte sie wohl unzurechnungsfähig gemacht. Oder hatte sie etwa schon Metastasen im Gehirn?

Ich und eine Jeans, dachte sie, während sie ihren Anblick im deckenhohen Wandspiegel musterte. Warum nicht gleich ein Faschingskostüm? Als Funkenmariechen, Indianerin, Pippi Langstrumpf oder Hexe wäre sie sich auch nicht verkleideter vorgekommen. Eindeutig – sie war hier fehl am Platz!

Am liebsten hätte sie sich umgedreht und fluchtartig den Laden verlassen. Doch es war zu spät – die Goldgelockte kam schon lächelnd auf sie zu. Da musste sie jetzt durch, wenn sie nicht wahnsinnig unhöflich sein wollte.

Mit jedem Schritt, den sich Sarah der neuen Kundin näherte, musste sie ihren vorherigen Eindruck revidieren.

Nein, diese Frau war weder Politesse noch sonst wie uniformiert – sie trug einfach nur ein dunkelblaues Kostüm. Und sie war garantiert keine Jeansträgerin. Was sie hier wohl suchte? Vielleicht einen Geschenkgutschein? Bestimmt für ihre Tochter. Sarah schätzte ihre neue Kundin auf Ende vierzig – ungefähr so wie ihre eigene Mutter. Na ja, aber die trug immerhin keine solchen Omaklamotten. Viele ältere Frauen kauften hier Jeans, allerdings eher Comfort Fit mit viel Stretch als French Cut und Low Waist. Von Destroyed Look oder Shotgun Denim ganz zu schweigen.

Dabei hätte zumindest diese Kundin so etwas durchaus tragen können, erkannte Sarah mit geübtem Blick. Für ihr Alter hatte sie eine super Figur! Zumindest

Regular Fit würde ihr gut stehen, wenn nicht sogar Slim Fit.

Jetzt war Sarah nah genug, um zu erkennen, dass diese Frau eigentlich gar nicht so übel aussah, wenn man mal von ihrem unmodernen Styling absah. Und daran ließ sich schließlich etwas ändern. Wenn das jemand schaffte, dann sie!

»Kann ich Ihnen behilflich sein?«, fragte Sarah und lächelte.

Die Kundin lächelte zurück. »Sehr gern. Ich suche eine Jeanshose. Was würden Sie mir denn empfehlen?«

Okay. Entweder sie war gebotoxt oder deutlich jünger als Sarahs Mutter. Und Botox passte noch viel weniger zu dieser Frau als Denim.

Wie hatte sie sich nur so täuschen können?

Die Hose, die Goldlöckchen ausgewählt hatte, passte wie angegossen. Die junge Frau schien eine ungemein tüchtige Kraft zu sein. Energisch schloss Liane die Knöpfe. Seltsam, dass es gar keinen Reißverschluss gab. Das hatte so etwas … Ursprüngliches. Noch ungewohnter als die Knopfleiste war das Gefühl des Denimstoffs auf ihrer Haut. So fest und stabil. Als könnte die Hose sie beschützen. Oder sie selbstbewusster machen.

Das grelle Neonlicht in der Umkleidekabine bewirkte leider das genaue Gegenteil. Deshalb riss sie schwungvoll den Vorhang auf, um sich stattdessen in dem großen Spiegel zu mustern, der ihr noch vor wenigen Minuten gezeigt hatte, dass sie alt und vollkommen fehl am Platz war.

Warum eigentlich? Diese Hose schien wie für sie gemacht zu sein. Bequem, aber nicht zu weit, figurbetonend, aber auch nicht zu eng. Sogar die weiße Hemdbluse sah richtig gut dazu aus. Und die Pumps ebenfalls.

Liane drehte und wendete sich. War das wirklich sie selbst? Nora würde Augen machen!

»Die steht Ihnen eins a«, nickte Goldlöckchen zufrieden. »Und sie bringt Ihr knackiges Hinterteil super zur Geltung.«

Das war wohl ein Kompliment. Nicht gerade die Art von Sprache, die sie für angebracht hielt, aber Liane freute sich trotzdem.

»Danke«, strahlte sie. »Ich fühle mich … wie rundumerneuert.«

»Warten Sie, ich hole Ihnen noch ein paar coole Oberteile. Und passende Sneakers. Welche Schuhgröße tragen Sie – achtunddreißig?«

»Stimmt genau«, erwiderte Liane verblüfft, »aber eigentlich wollte ich doch nur …«

»Schon klar, es geht mir auch nur um den optischen Effekt. Warten Sie nur ab, Ihre neue Gesamterscheinung wird Sie umhauen!«

Liane lachte. »Na gut, dann überraschen Sie mich mal.«

Ihr Projekt machte Sarah von Minute zu Minute mehr Spaß. Sie fühlte sich wie eine moderne Zauberin, die aus einem unscheinbaren Aschenputtel einen echten Hingucker machte. Die bunten Shirts, die sie ausgewählt hatte, passten perfekt zu der Regular Fit Jeans – lässig, modern und für alle Anlässe geeignet. Zusammen mit den knöchelhohen Sneakers in angesagtem Oliv sah ihr Versuchsobjekt mindestens um fünfzehn Jahre jünger aus als zuvor.

Jetzt beobachtete Sarah mit stillem Vergnügen, wie die Kundin ihre Verwandlung im Spiegel bestaunte.

»Ich erkenne mich ja kaum selbst«, sagte sie wieder und wieder. »Packen Sie bitte meine alten Sachen ein. Auch die Schuhe. Ich behalte die neuen gleich an.«

»Sehr gern«, strahlte Sarah und holte rasch eine Schere, um die Preisschilder abzuschneiden. Während ihre Kundin noch immer ihr Spiegelbild bewunderte, verstaute sie das Kostüm, die Bluse und die Pumps in einer Tüte. Dabei blieb ihr nicht verborgen, wie die Frau kritisch ihre Haare beäugte.

»Mit grauen Strähnen müssen Sie sich bestimmt noch nicht rumärgern«, sagte sie dabei, als sie Sarahs Blick bemerkte. »Die sind mir bisher noch nie aufgefallen. Aber in diesem Licht …«

»Ach, das ist doch nichts Schlimmes«, beeilte sich Sarah zu sagen und meinte damit: So was kann man ja färben. Und ein Haarschnitt würde auch nicht schaden.

»Sie haben recht – das ist eben der Lauf der Zeit. Andere haben schließlich auch graue Haare«, seufzte ihre Kundin.

Sarah zog die Stirn kraus. Das hatte sie damit ganz und gar nicht sagen wollen.

»Andererseits«, fuhr die Frau fort, »muss man das heutzutage nicht mehr hinnehmen. Vielleicht sollte ich mir eine Tönung kaufen.«

Na also. Sie begriff es wohl doch.

»Genau«, bestätigte Sarah, während sie die Preisschilder scannte. Dann nannte sie den nicht unerheblichen Gesamtbetrag, und ihre Kundin zückte die Kreditkarte.

»Übrigens«, sagte Sarah, »mir kommt da gerade eine Idee. Wenn Sie gleich etwas gegen Ihre grauen Strähnen tun wollen, sollten Sie zu Kikis Salon am anderen Ende der Fußgängerzone gehen und ihr liebe Grüße von mir bestellen. Sagen Sie, Sie übernehmen Sarahs Termin, die leider heute länger arbeiten muss. Wie wär's?«

Verdutzt legte ihr Gegenüber den Kopf schräg und nickte dann entschlossen. »Perfekt. Mach ich. Danke!«

Kapitel 14

Rollentausch

Liane entdeckte ein völlig neues Gehgefühl. In den flachen Schuhen konnte sie mit ihrer kompletten Fußsohle abrollen. Auf diese Weise hatte sie viel mehr Kontakt zum Boden und fühlte sich so geerdet wie nie zuvor. Und dynamischer denn je – ganz ohne ihr übliches Absatzgeklapper. Sie brauchte es gar nicht, um sich als stark und energiegeladen zu erleben. Und sie hatte den dringenden Verdacht, das lag an der Jeans.

Ihr Auto parkte ungefähr auf halbem Weg zwischen Lady Denim und Kikis Salon. Sie machte kurz halt, um die Tüte mit ihren alten Klamotten im Kofferraum zu verstauen und ein neues Parkticket zu lösen. Eigentlich war das nicht erlaubt – streng genommen hätte sie umparken müssen, denn sie hatte die Höchstparkdauer bereits überschritten. Und die alte Kostüm-Liane hätte das bestimmt auch getan. Aber die Jeans-Liane fand diese Regel total albern und setzte sich bedenkenlos darüber hinweg. Einfach so.

Dann musste sie sich sputen, um nicht zu spät zu Sarahs Termin zu kommen. Hatte sie sich jemals so spontan zu einer optischen Veränderung entschlossen?

Sie wunderte sich über sich selbst. Andererseits – warum sollte sie nicht? Bis zu ihrem Arzttermin war noch ewig Zeit. Kaum dachte sie daran, stellte sich die Aufregung wieder ein. Sie musste sich also weiter ablenken. Beim Shopping hatte das ganz wunderbar funktioniert. Wenn sie Glück hatte, würde das beim Friseur genauso sein.

Und überhaupt: Wenn schon jung sterben, dann dabei auch jung aussehen. Mit diesem Gedanken betrat sie Kikis Salon.

»Wahnsinn, deine Haare haben die Farbe ja super angenommen. Find ich mega. Bist du auch happy? Kannst du echt sein, das wird der Hammer! Aber das Zeug muss jetzt runter. Achtung, Waschbecken von hinten. Jetzt bitte andocken … perfekt. Noch bisschen tiefer den Kopf. Ja, genau. Ist die Temperatur recht so? Wow, das sieht einfach verschärft aus. Bin ganz verknallt in deine Strähnchen. Aber weißt du was? Irgendwie passt der Rest deiner Frisur nicht so recht dazu. Wenn ich darf, würde ich ein bisschen von der Länge wegnehmen und komplett durchstufen. Und einen Pony schneiden. Nicht viele können einen Pony tragen, wusstest du das? Und du gehörst dazu.

Echt, du lässt mir freie Hand? Der Wahnsinn! Cool, so was hört man ja gerne. Aber erst verpasse ich dir noch eine Kur. Die ist gut für die Struktur der Haare. Das reinste Wundermittel, ich schwör. Das lass ich extra aus Neuseeland einfliegen. Keine Ahnung, warum das hierzulande niemand produziert, ist doch voll umständlich, das Zeugs um den halben Erdball fliegen zu lassen, von der Umwelt mal ganz zu schweigen, aber ich muss es einfach haben! Fühlt sich auch gut an. Und riecht super. Erst dachte ich, das wäre Ananasaroma, aber natürlich ist es Kiwi. Da hätte ich ja auch gleich drauf kommen können. Okay, jetzt spüle ich es wieder aus – Temperatur okay? Wenn du willst, dreh ich es auch kühler. Oder wärmer. Gut so? Umso besser.

Übrigens würd ich dir nachher noch gern die Augenbrauen nachzupfen. Keine Angst, ich hab da eine fast schmerzfreie Methode. Und es sind auch nur ganz wenige störende Härchen, aber die müssen weg, damit man den natürlichen Schwung deiner Brauen sieht. Hat dir schon mal jemand gesagt, dass der einfach perfekt ist? Tja, dann wird's wohl höchste Zeit, dass ich's tu. Musst nicht rot anlaufen. Komplimente sind wie Conditioner für die Seele, sag ich immer. Und wenn man keine hören will, warum macht man sich dann überhaupt hübsch? Wär ja pure Verschwendung. Also echt, du musst üben, Komplimente anzunehmen. Und zu genießen. Einfach danke sagen und innerlich denken: bääääääääm!!! Weißt du, was ich meine? Kriegste hin, das spür ich. Ich hab Antennen für so was.

Überhaupt für Leute. Dich zum Beispiel kenne ich erst seit einer Stunde. Aber ich weiß, dass ganz viel Aufregendes vor dir liegt. Und Liebe. Und Überraschungen. Und manchmal auch alles zusammen. Hey, ich könnte fast neidisch werden! Wenn ich nicht glücklich verlieblobt wäre. Hab ich selbst erfunden, das Wort. Verlieblobt. Denn man bleibt schließlich weiterhin verliebt, wenn man sich verlobt. Wäre ja auch schlimm, wenn das dann aufhören würde. Dann würde ja niemand mehr heiraten, und das fände ich megaschade, denn ich mach so gerne Hochzeitsfrisuren.

Kannst du mal nach unten gucken? Nicht nur mit den Augen, richtig Kinn runter. Ja, genau. So, fertig mit dem Schneiden. Wir machen noch ein bisschen Schaum rein, bevor ich föhne. Hast du Festigerschaum zu Hause? Würd ich dir dringend empfehlen. Damit ist Styling so einfach wie Kochbeutelreiskochen: gelingt immer und klebt nicht. Und immer schön kneten beim Föhnen. Boah, schau dich nur an. Hammer. Echt Hammer!«

Als Liane wieder auf der Straße stand, fühlte sie sich, als hätte sie mit viel Glück einen Tornado überlebt. Wie auf Wolken schwebte sie zurück zu ihrem Wagen. In jedem Schaufenster, an dem sie vorbeikam, überprüfte sie ihr Spiegelbild und staunte über die vollkommene Verwandlung, die sie gerade durchlebt hatte. Die reinste Metamorphose! So was war anstrengend. Jetzt hätte sie eigentlich eine Stärkung vertragen können, aber dazu war nun keine Zeit mehr. Die letzten Stunden waren nur so dahingeflogen, auch wenn ihr Kikis Geplapper schier endlos vorgekommen war.

Es war ungewohnt, ohne hohe Absätze Auto zu fahren. Aber nicht unangenehm. Eigentlich sogar besser. Nachdem Liane das Stadtzentrum hinter sich gelassen und sich auf die Stadtautobahn eingefädelt hatte, fing sie sogar an, fröhlich zu pfeifen. Sie pfiff höchst selten, und beim Autofahren hatte sie so etwas noch nie zuvor getan. Was ebenfalls noch nie vorgekommen war: Sie warf Blicke in den Rückspiegel, um ihren neuen Look zu bestaunen. Was so ein paar ausgezupfte Brauenhärchen und frisch geschnittene Ponyfransen doch alles bewirken konnten! Auf einmal erschienen ihr die Augen größer, die Nase schmaler, der Mund voller und die Wangenknochen ausgeprägter.

Jedenfalls schaute sie häufiger in den Rückspiegel als aufs Armaturenbrett. Vor allem häufiger als auf die Tankanzeige. Was ungünstig war, denn hätte Liane ein Auge darauf gehabt, wäre ihr aufgefallen, dass sie rot leuchtete. So war sie leider völlig unvorbereitet, als der Wagen plötzlich zu ruckeln begann und der Motor schließlich erstarb. Obwohl sie das Gaspedal komplett durchtrat, wurde das Fahrtempo immer langsamer.

Verflixt!

Auf der Autobahn mit leerem Tank liegen zu bleiben, war ein deutlich schwereres Vergehen, als nach überschrittener Höchstparkdauer ein neues Ticket zu ziehen. Vor allem wurde es strenger geahndet. Darauf stand eine saftige Strafe, inklusive eines Punktes in Flensburg. Das hatte sie gerade neulich erst irgendwo gelesen.

Zum Glück gelang es ihr gerade so, auf einen Parkplatz zu rollen, bevor das Auto endgültig stehen blieb.

»Puh, na Gott sei Dank!«, stieß sie laut hervor, und dann brach sie in Lachen aus.

Der Kostüm-Liane wäre so etwas nie passiert. Die war immer perfekt organisiert gewesen und hätte die Tankanzeige nie aus den Augen verloren.

Seit sie nicht mehr permanent darüber nachdachte,

was alles passieren könnte, war sie unvorsichtiger geworden.

Aber die neue Liane verlor wenigstens nicht die Fassung. Nicht einmal den Humor. Shit happens. So war das eben. Was zählte, war, wie sie mit dieser Situation umging. Es gab immer einen Plan B.

Beziehungsweise einen Plan N. N wie Nora. Ja, sie würde Nora anrufen und sie bitten, mit einem Kanister Benzin vorbeizukommen. Manchmal waren die einfachsten Lösungen die besten!

Erneut musste sie sich selbst korrigieren: Die einfachsten Lösungen wären vielleicht die besten, wenn die Voraussetzungen stimmten. Die Voraussetzung für einen Anruf war beispielsweise, dass man ein funktionstüchtiges Handy hatte. Statt eines mit leerem Akku.

So ein Mist! Und nun?

Wie sollte sie jetzt noch ruhig und bedächtig bleiben? Oder gar lachen? Es musste doch eine Lösung geben. Sie brauchte einen Plan. Irgendeinen. Egal, wie verrückt er sich vielleicht anhörte. Und das Verrückteste, was ihr einfiel, war die Sache mit dem Daumen.

Ja, genau. Sie würde einfach trampen.

Entschlossen stieg sie aus dem Wagen, holte den leeren Benzinkanister, den sie immer dabeihatte, aus dem Kofferraum, verschloss das Auto, schwang ihre Handtasche über die Schulter und marschierte los in Richtung Auffahrt.

Noch vor wenigen Wochen wäre sie lieber hundert Kilometer gelaufen, als auch nur fünf Kilometer weit mit einem Wildfremden mitzufahren. Seltsamerweise hatte sie inzwischen überhaupt keine Angst mehr davor. Ihr würde schon keiner an die Gurgel gehen. Und wenn doch, wäre sie wenigstens eine schöne Leiche. Eine mit neuen Sneakers, einer coolen Jeans und erstklassigen Strähnchen.

Ja, sie sah gut aus. Da konnte man doch wohl erwarten, dass bald jemand anhielt?

Es dauerte sage und schreibe siebzehn lange Minuten, bevor das passierte. Und es war weder ein SUV noch ein schickes Cabrio oder ein PS-starkes Powergefährt. Sondern ein graublauer, ziemlich verbeulter Kleinbus. Aber das war ihr vollkommen gleichgültig. Hauptsache, jemand nahm sie mit. Sie sprintete los, riss die Tür auf und stieg ein.

Mit den Worten »Vielen herzlichen Dank, Sie sind meine Rettung!« stieg die Frau mit dem Benzinkanister ein und strahlte ihn an. Dann weiteten sich ihre großen blauen Augen vor Überraschung: »Ich glaub's ja nicht – was für ein Zufall!«

Sie schien ihn wiederzuerkennen. Er sie aber nicht. Jedenfalls nicht sofort. Gregor Hill brauchte ein paar Sekunden, bis er sie identifiziert hatte. »Liane? Bist du das? Wow, du hast dich ja ganz schön verändert!«

Wo waren die Business-Klamotten geblieben, die Hochsteckfrisur und die Sekretärinnenschuhe?

Andererseits: Ihre faszinierenden Gesichtszüge waren noch dieselben. Nur dass sie jetzt für jedermann sichtbar waren, nicht nur für Künstler wie ihn, der die Fähigkeit besaß, hinter die Fassade zu blicken.

Doch was war Fassade und was war echt? Hatte ihm Liane bei ihrer ersten Begegnung etwas vorgespielt? War sie damals verkleidet gewesen – oder war sie es heute?

»Stimmt, mir ist mein Spiegelbild selbst noch fremd«, lachte sie, und da erkannte Greg, dass sie weder damals noch jetzt eine Maske getragen hatte. Sie war noch dieselbe Liane – nur nicht mehr so zugeknöpft. Als hätte sie jemand wach geküsst.

»Diesmal ist es umgekehrt: Mein Auto ist liegen geblieben. Kein Benzin mehr. So was ist mir noch nie passiert. Bringst du mich zur nächsten Tankstelle?«

»Aber natürlich, und ich fahre dich auch wieder zurück«, erwiderte Greg. »Endlich kann ich mich dafür revanchieren, dass du mich gerettet hast, als meine Karre verreckt ist.« Und endlich sah er sie wieder. Seit ihrer ersten Begegnung hatte er fast täglich an sie gedacht. Wie hatte er so dämlich sein können, sie davonfahren zu lassen, ohne wenigstens ihren Nachnamen zu kennen? Oder ihre Telefonnummer …

»Du bist ein Schatz! War dein Gespräch mit dem Galeristen damals wenigstens erfolgreich?«

»Oh ja, das war es! Ich habe seitdem drei Gemälde verkauft, und es sind zwei große Ausstellungen geplant – eine in Berlin und eine in New York. Das ist mehr, als ich gehofft hatte. Man könnte sagen, die Zeiten als brotloser Künstler sind vorbei. Theoretisch könnte ich mir inzwischen sogar ein schickeres Auto leisten, aber ich liebe meinen alten Campingbus nun mal über alles, und nachdem er neulich generalüberholt wurde, fährt er auch wieder zuverlässig. Auch wenn er nach wie vor aussieht, als wäre er reif für die Schrottpresse.«

»Wahnsinn, das ist ja großartig. Mensch, das freut mich total!« Ihre Augen funkelten vor Begeisterung. Ob sie überhaupt wusste, wie bezaubernd sie aussah?

»Hey, da ist ja schon die Tankstelle. Ich bin gleich zurück.«

Greg schaute ihr nach, wie sie ausstieg und mit energischen Schritten auf die Zapfsäule zulief. Das Schicksal hatte zuweilen einen seltsamen Humor, fand er. Zwei Autopannen, zwei Zufallsbegegnungen – das musste doch etwas zu bedeuten haben. Zumindest war es eine zweite Chance für ihn. Noch einmal würde er sie nicht aus den Augen verlieren.

»Bei dir scheint sich ja auch allerhand getan zu haben. Erzähl doch mal, wie ist es dir denn ergangen?«, wechselte Greg das Thema, nachdem Liane wieder neben ihm saß. Er war neugierig, was ihre äußerliche Verwandlung ausgelöst hatte.

Während Greg sie zurück zum Autobahnparkplatz chauffierte, berichtete Liane von ihrer nächtlichen Begegnung mit der Monsterhäklerin Nora, von ihrer Reise nach Tokio und ihrer Bucket List. »New York würde mich übrigens auch total reizen. Wann findet denn deine Ausstellung statt?«

Greg kam aus dem Staunen nicht heraus. Wo war die verzweifelte, verängstigte, gehemmte Liane geblieben, die er vor gar nicht allzu langer Zeit kennengelernt hatte?

»Erst nächstes Jahr«, erwiderte er, »und ich würde

mich riesig freuen, wenn du zur Vernissage fliegen würdest.«

»Das kommt sofort auf meine Liste!« Liane klang fröhlich, hoffnungsvoll und unternehmungslustig. Und überhaupt nicht mehr so heiser und kratzig wie zuletzt.

»Das Ergebnis deiner Kehlkopfspiegelung hat offenbar Entwarnung gegeben«, stellte er zufrieden fest. Doch das hätte er wohl lieber nicht sagen sollen.

»Oh, Shit!«, rief Liane erschrocken. Mit einem Mal war ihr Lächeln verschwunden.

Wie hatte das nur passieren können? Seit Wochen schwebte dieser Termin über ihr wie ein Damoklesschwert, und ohne die Ablenkungsmanöver hätte sie heute an nichts anderes denken können als an den bevorstehenden Arzttermin. Und nun das – sie hatte ihn vergessen.

»Wann musst du denn dort sein?«, fragte Greg, der die Situation offenbar sofort erfasste.

Sie seufzte. »Der Termin war vor genau fünf Minuten. Ich hab ihn verpasst. Jetzt muss ich bestimmt wieder wochenlang auf einen neuen warten.« Doch so frustriert sie auch war, und so sehr sie sich über sich selbst ärgerte – im tiefsten Inneren empfand sie pure Erleichterung. Heute war ein guter Tag. Nicht der, an dem sie ihr Todesurteil zu hören bekommen würde.

»Wenn du gleich anrufst und sagst, dass es ein paar Minuten später wird, quetschen sie dich vielleicht noch rein«, schlug Greg vor.

»Geht nicht – mein Akku ist leer.«

»Dann nimm mein Handy.«

»Ich hab die Nummer nicht im Kopf.«

»So was kann man googeln. Wie heißt denn die Praxis?«

Greg wollte sicher nur behilflich sein, und sie war ihm dafür auch dankbar, aber es wäre ihr lieber gewesen, er hätte nicht jeden ihrer Einwände sofort entkräftet.

Schneller, als es ihr lieb war, hatte Greg die Nummer gefunden und gewählt, und schon zwei Minuten später war der Aufschub futsch.

»Sie haben Glück«, sagte die tüchtige Praxismanagerin.

Oder Pech, dachte Liane.

»Wenn Sie es schaffen, in einer halben Stunde hier zu sein, kommen Sie sofort dran. Da hat eben jemand abgesagt.«

Oder ist gestorben.

Ob ihr Hausarzt wohl auch den nächsten Check-up-Termin neu vergeben wird, wenn sie demnächst das Zeitliche gesegnet hatte?

»Ja, das schaffe ich«, erwiderte sie tonlos. »Danke.«

Das letzte Stück bis zum Parkplatz schwiegen sie beide. Lianes Euphorie von vorhin war verschwunden. Sie dachte jetzt nur noch an die Untersuchung und das, was dabei herauskommen würde.

Die neue Frisur hätte sie sich sparen können.

Zum Glück bewies Greg so viel Gespür, sie nicht mit Fragen zu löchern. Erst als er seinen Bus neben Lianes Wagen parkte, ergriff er wieder das Wort.

»Wenn du mir deine Nummer gibst, melde ich mich bei dir. Ist dir doch recht, oder? Vielleicht können wir uns mal auf einen Kaffee oder so treffen.«

»Aber klar doch«, erwiderte Liane, auch wenn sie eigentlich lieber Tee trank als Kaffee. Gregs Vorschlag war eine nette Geste. Überhaupt war er ausgesprochen nett. Und irgendwie süß.

»Warte, ich diktiere dir die Nummer«, sagte sie. Das war sie ihm schuldig.

Doch sie war nicht sicher, ob sie sich in diesem Leben je wieder mit irgendwem auf irgendwas treffen würde.

Kapitel 15

Schockdiagnose

Wenn sie vor etwas Bammel hatte, pflegte Liane sich abzulenken. So war das schon in der Schule gewesen. Vor der mündlichen Abiturprüfung zum Beispiel hatte sie im Geiste ihre aktuellen Lieblingssongs aufgelistet. »From Sarah with Love« von Sarah Connor war auf Platz eins. Dicht gefolgt von »Only Time« von Enya und »Eternity« von Robbie Williams. Wobei sie eigentlich auch »Uptown Girl« von Westlife sehr liebte, genauso wie LeAnn Rimes »Can't Fight the Moonlight«. Sie verschob Letztere auf Rang zwei, wodurch Robbie aus den Top drei rutschte, was im Grunde ein Unding war, weshalb sie diesen wiederum mit Enya tauschte. Es war im Grunde unmöglich, sich festzulegen. Aber genauso unmöglich war es auch, in Prüfungspanik zu geraten, während sie über ihr Ranking nachdachte – und genau das war Sinn der Sache.

Die Charts verfolgte Liane längst nicht mehr. Und über Lieblingssongs hatte sie schon ewig nicht mehr nachgedacht. Dabei wäre Ablenkung jetzt so dringend nötig gewesen. Wie ein Häufchen Elend saß sie im Wartezimmer der HNO-Praxis und dachte darüber nach, dass das Leben eigentlich viel zu schön war, um ein baldiges Ende akzeptieren zu können. Vor ein paar Wochen, als sie diesen Termin vereinbart hatte, war das noch anders gewesen. Da hatte sie auch noch nicht so viel zu verlieren gehabt. Inzwischen war sie Greg begegnet und Nora, sie war in Japan gewesen, und es gab eine Bucket List. Ja, sie hatte noch so viele Ideen, was sie mit ihrem Leben anfangen könnte – wäre da nicht diese verdammte Krankheit. Bald würde sie erfahren, wie viel Zeit ihr noch blieb. Was, wenn es nur noch wenige Monate waren? Welche Pläne waren ihr am wichtigsten? Und für welche würde keine Zeit mehr bleiben?

Aber vielleicht bestand ja noch Hoffnung. Möglicherweise war sie doch therapierbar. Egal, wie gering die Chancen auf Genesung standen, sie würde kämpfen!

Und wenn sie geheilt wäre, würde sie ihren Job kündigen und eine eigene Eventagentur gründen. Aber keine, die irgendwelchen Managern einen Adrenalinkick verschaffte, sondern eine, die ängstlichen Menschen den Spaß am Abenteuer Leben näherbringen würde. Schließlich konnte das Schicksal nicht jedem mit einer tödlichen Krankheit auf die Sprünge helfen, so wie ihr. Gott sei Dank!

Doch zuallererst musste sie diese verdammte Kehlkopfspiegelung hinter sich bringen. So langsam wurde sie wirklich sehr nervös. Und da war sie nicht die Einzige …

Mit Ingeborg Sutorius' Krankengeschichte konnten nur die wenigsten mithalten. Sie hatte schon so allerhand

Unappetitliches hinter sich. Steißbeinfisteln, Zahnwurzelentzündungen, Warzen, Gallensteine, Hämorrhoiden, Sodbrennen, Fettstuhl … Nichts davon wirklich gefährlich, aber extrem unangenehm. Nun hatte sie auch noch Knötchen auf den Stimmbändern, weshalb ihr Chorleiter sie vom hohen Sopran in den tiefen Alt verschieben wollte. Was ihr jedoch ganz und gar nicht in den Kram passte. Denn das komplette Repertoire ihres Kirchenchores umzulernen wäre mindestens so lästig gewesen wie ein Ekzem. Zumal sich die Melodie viel leichter merken ließ als die Begleitung. Lieber ließ sie sich operieren. Narkose, schnippschnapp, und zack – hätte sie ihre Glockenstimme zurück. So war jedenfalls ihr Plan gewesen. Doch dann hatte sie erfahren, dass sie zuerst eine Kehlkopfspiegelung überstehen musste. Die, wie sie von ihrer Großcousine Annerose wusste, kein Vergnügen sein würde …

»Haben Sie auch eine Laryngoskopie vor sich? Na, hoffentlich haben Sie keinen ausgeprägten Würgereiz. Ich will gar nicht darüber nachdenken, dass mir gleich ein Gerät in den Hals geschoben wird. Mir wird ja schon beim Friseur übel, wenn der Umhang so eng sitzt. Und Rollkragenpullover kann ich schon gar nicht tragen! Sind Sie auch so empfindlich? Wenn es zu schlimm wird, kann ich für nichts garantieren – dann strampele ich mich frei und ergreife die Flucht! Man müsste mich schon festschnallen, um das zu verhindern. Aber dann bekäme ich ja erst recht Panik! Mein Mann sagt, da musst du wohl durch, Ingeborg, wenn du nicht zum Alt wechseln willst. Er hat gut reden – als Basssänger.

Tiefer geht's ja eh nicht. Ich dagegen … Und was, wenn bei der Untersuchung etwas verletzt wird? Dann findet das nächste Requiem ohne mich statt.«

Ingeborg Sutorius achtete nicht darauf, ob ihr jemand zuhörte. Und ob sich die Menschen, die nicht umhinkamen, das zu tun, von ihrem Geplapper gestört fühlen könnten. Nie wäre sie auf die Idee gekommen, jemand könnte sich wünschen, dass sie sich sofort in Luft auflöste. Denn zu reden tat ihr gut. Leider ausschließlich ihr.

»Liane Klein, bitte in Untersuchungszimmer drei«, schepperte es aus dem Lautsprecher über der Tür.

Erst in diesem Moment fiel Ingeborg Sutorius auf, dass die junge Frau, die nun aufstand, höchst besorgt dreinblickte. Manche Leute waren aber auch wirklich unglaublich wehleidig!

Für Dr. Marga Schiller waren Kehlkopfspiegelungen in etwa so aufregend wie ein kleines Nickerchen in der Mittagspause. Seit gut zweiunddreißig Jahren praktizierte sie als Hals-Nasen-Ohren-Ärztin und hatte in dieser Zeit mehrere Tausend Laryngoskopien durchgeführt. Früher mit Kehlkopfspiegel und Stirnlampe, inzwischen mit einem Endoskop, an dem sich ein bewegliches Prisma befand. Auf diese Weise war ihr Blick in den Rachen der Patienten perfekt ausgeleuchtet, hoch aufgelöst und vergrößert. Nichts blieb ihr verborgen.

Es sei denn, die Patienten kooperierten nicht. In diesem Fall brach ihr auch nach all den Jahren noch der Schweiß aus, und sie sehnte sich nach ihrem bequemen Sofa, wo sie davon träumen würde, den ganzen Laden hier zu verkaufen und einfach nur noch das zu tun, worauf sie Lust hatte. Wenn sie nur wüsste, was das sein könnte. Denn schon von klein an war sie auf Arbeit programmiert. Aus der fleißigen Schülerin und ausgezeichneten Abiturientin war eine vorbildliche Studentin und schließlich eine Ärztin geworden, die für ihren Beruf lebt. Da war gar keine Zeit geblieben für irgendwelche Hobbys.

Nun ja, vorerst würde sie noch ein paar Jahre weiterpraktizieren. Die Arbeit machte ihr immer noch Spaß – meistens jedenfalls.

Jetzt gerade schwante ihr jedoch Unangenehmes, denn sie war erfahren genug, eine Mimose auf den ersten Blick zu erkennen. Als sie das Untersuchungszimmer betrat und Liane Klein dort wie ein erbärmliches Häufchen Elend auf dem Untersuchungsstuhl sah, wusste sie sofort, dass sie es hier mit einem besonders ausgeprägten Exemplar zu tun hatte. Einem mit Schweiß auf der Stirn, fest ineinander verschlungenen Händen und zusammengepresstem Kiefer. Da würde sie ihre liebe Mühe haben. Ohne ausreichende Mundöffnung war die Untersuchung zum Scheitern verurteilt, und wenn die gute Frau auch noch eine Panikattacke bekam oder anfing zu würgen, wären Hopfen und Malz verloren.

Doch Dr. Marga Schiller ließ sich nichts anmerken. Stattdessen begrüßte sie ihre verängstigte Patientin freundlich und setzte dabei voll auf die Wirkung ihrer beruhigenden, samtweichen Senta-Berger-Stimme. »Entspannen Sie sich, atmen Sie tief durch und denken Sie an etwas Schönes«, sagte sie, als es losgehen sollte, und das schien – wie meistens – zu funktionieren. Der Kiefer wurde lockerer, die Hände entkrampften sich, und der eben noch ängstlich verkniffene Mund öffnete sich so weit, dass Dr. Schiller problemlos loslegen konnte.

»Nicht erschrecken, ich werde jetzt Ihre Zunge festhalten und leicht daran ziehen. Danach schiebe ich das Endoskop an Zunge und Gaumenzäpfchen vorbei in Ihren Rachen. Bleiben Sie locker, dann ist es auch ganz schnell vorbei. Schmerzen werden Sie keine haben, das kann ich Ihnen versprechen.«

Die Patientin vor ihr schien jeden Widerstand aufzugeben und schloss die Augen. Diesen Moment musste sie ausnutzen.

Im Vergleich dazu, was diese anstrengende Schreckschraube im Wartezimmer prophezeit hatte, war die ganze Sache halb so wild, fand Liane. Ohnehin hatte sie im Laufe ihres Lebens die Erfahrung gemacht, dass man sich nur alles in den dunkelsten Farben ausmalen musste, um dann positiv überrascht zu werden. So auch in diesem Fall. Sie musste kaum würgen, und selbst diesen minimalen Reflex schaffte sie zu unterdrücken. Was Selbstbeherrschung betraf, konnte ihr so schnell niemand etwas vormachen. Nicht nach jahrelanger Morgengymnastik bei offenem Fenster. Wer sich dazu auch im tiefsten Winter durchrang, den konnte so schnell nichts erschrecken. Auch kein medizinisches Instrument, das einem in den Hals geschoben wurde.

Wovor sich Liane viel mehr fürchtete, war das, was

nach der Untersuchung kam. Dass Dr. Schiller einen mitleidvollen »Sie Ärmste, nutzen Sie die verbleibende Zeit und regeln Sie Ihre Angelegenheiten«-Blick aufsetzen würde. Oder einen, aus dem »Wenn Sie doch nur früher gekommen wären – jetzt ist es leider zu spät, nix zu machen, selbst schuld« abzulesen war.

Nachdem die Ärztin ihre Untersuchung beendet hatte, öffnete Liane die Augen deshalb nur langsam wieder. Dr. Schillers Miene zu deuten, gelang ihr nicht sofort, und sie wurde noch nervöser. War das ein irritierter Blick oder ein überraschter, vielleicht auch ein neugieriger oder gar ein erschrockener? Und wie passte das zu ihrer Diagnose?

Endlich brach Dr. Schiller das bleierne Schweigen.

»Aus welchem Grund wurden Sie eigentlich zu mir geschickt?«, fragte sie und warf einen Blick auf die Überweisung von Dr. Mangold. »Abklärung Ursache Missempfindungen«, murmelte sie halblaut. Und lauter dann, an Liane gewandt: »Spüren Sie eine Enge im Hals? Druck? Heiserkeit? Schmerzen?«

Verblüfft horchte Liane in sich hinein. Heiser war sie schon länger nicht mehr gewesen. Und dieses Kloßgefühl war auch verschwunden. Wann eigentlich? Zwischen dem nächtlichen Spaziergang im Park und Tokio, vermutlich.

»Nun ja, akut nicht unbedingt, aber genau das waren die Symptome.«

Jedenfalls noch vor ein paar Wochen.

»Hm«, machte Dr. Marga Schiller und zuckte mit den Schultern.

Gab es etwas Schlimmeres als ratlose Ärzte?

O Gott, sie war bestimmt ein hoffnungsloser Fall! Nicht zu retten. Da half auch keine Chemo mehr …

»Vermutlich hatten Sie da nur ein bisschen Stress. Sieht nämlich alles unauffällig aus.«

Liane musste sich wohl verhört haben. »Unauffällig? Sie meinen – um ein Haar hätten Sie den Tumor übersehen?«

Dr. Schiller hatte sich getäuscht. Diese Patientin war keine Mimose, was die unangenehme Untersuchung betraf. Die hatte sie überstanden, ohne mit der Wimper zu zucken. Wenn doch nur alle Leute so wären, dann wäre ihr Job wesentlich einfacher.

Im Vergleich zu so manchem knallharten Kerl, der auf ihrem Untersuchungsstuhl zum jammernden Weichei wurde, hatte sich Liane Klein wacker geschlagen. Heldinnenhaft, sozusagen.

Allerdings war sie eine Hypochonderin höchsten Grades. Sicher hätte diese Patientin noch viel scheußlichere Prozeduren über sich ergehen lassen, nur um ihre schlimmsten Vermutungen bestätigt zu sehen. Als erfahrene Ärztin kannte sie diese Spezies. Wenn man ihnen dann Entwarnung gab, wollten sie es nicht glauben, so sehr man sich auch den Mund franselig redete.

Im Stillen beglückwünschte sich Dr. Marga Schiller dazu, unlängst in ein neues Untersuchungsinstrument investiert zu haben, das über eine Videofunktion verfügte. Zu Testzwecken hatte sie die eben aktiviert. Es würde also gar nicht nötig sein, der verängstigten Patientin mit Engelszungen zu versichern, dass sie kerngesund war – nein, sie konnte es ihr einfach zeigen.

Mit ein paar geschickten Handgriffen verband Dr. Schiller das Instrument mit einem Computer und drehte dann den Monitor herum, sodass sie beide gute Sicht darauf hatten.

»Hier sehen Sie Ihre wunderbar gesunde Schleimhaut. Keine Entzündung, kein verdächtiger weißer Fleck, kein Tumor. Wunderbare Stimmlippen. Ein Kehlkopf wie aus dem Lehrbuch. Alles perfekt. Herzlichen Glückwunsch!«

Also wenn das nicht eindeutig war … Selbst die misstrauischste Hypochonderin weit und breit sollte begreifen, dass sie aufatmen konnte.

Doch statt sich zu freuen, sank Liane Klein in sich zusammen. Mit Tränen in den Augen hauchte sie: »Kein Kehlkopfkrebs?«

»Nicht der kleinste Hinweis auf Krebs«, versicherte Dr. Schiller, »und soweit ich es beurteilen kann, auch sonst keine lebensbedrohliche Krankheit.«

Die Augen ihrer Patientin weiteten sich. »Ich … werde also leben?«

»Aber natürlich werden Sie das! Wie kommen Sie bloß darauf, es könnte anders sein?«

Noch nicht …

Diesmal hab ich leider keinen Blumenstock für dich dabei, Viola, und noch nicht einmal einen Strauß Nelken. Dafür aber eine gute Nachricht. Eine richtig großartige Super-Duper-Nachricht. Ich bin völlig gesund.

Yay.

Also kein Krebs.

Keine OP.

Kein baldiges Ableben.

Ich sollte jubeln. Vor Freude Luftsprünge machen. Wohooo!

Okay, ich weiß – das klingt nicht überzeugend. Was wohl hauptsächlich daran liegt, dass ich es nicht so richtig bin.

Stattdessen bin ich völlig verwirrt: Was kommt nun? Wie wird mein Leben in Zukunft aussehen? Soll ich etwa zurück ins Büro? Oder tatsächlich eine eigene Agentur gründen? Der Gedanke erschien mir vorhin noch verlockend – jetzt kommt er mir völlig absurd vor. Doch weiterzumachen wie früher ist genauso undenkbar.

Was ist nur los mit mir, Mutter? Warum ticke ich dermaßen verkehrt? Kannst du mir das mal erklären?

Natürlich nicht, ich weiß. Du hast mir noch nie etwas erklärt. Weder, wer die Weihnachtsgeschenke bringt, noch, wo die Babys herkommen, und schon gar nicht, wie man sein Leben in den Griff bekommt.

Ich frage mich, wie du reagiert hättest, wenn du in letzter Sekunde doch noch davongekommen wärst, so wie ich jetzt.

Da standest du also am Stauende und warst genervt wegen der Verspätung. Hast vermutlich am Radio herumgespielt, um einen Sender zu finden, dessen Verkehrsfunk dir die Dauer der Verzögerung verraten würde. Damit du dich wenigstens darauf einstellen konntest.

Mal angenommen, du hast, während du der Auflistung der Staus und Behinderungen zuhörtest, einen Lippenstift aus der Handtasche geangelt. Und als du in den Rückspiegel schautest, um ihn sauber aufzutragen, konntest du sehen, wie ein Lkw in einem Affentempo auf dich zugerast kam. Und dir wurde klar, dass es keinen Puffer gab zwischen deinem Kleinwagen und dem Transporter, der vor dir stand. Es blieben dir nur noch wenige Sekunden, bevor von dir, dem Auto und deinem Leben nichts mehr übrig wäre. Gerade mal genug Zeit, um die Augen vor Schreck aufzureißen und einen spitzen Schrei auszustoßen. Aber keine mehr, um einen letzten klaren Gedanken zu fassen. An mich zum Beispiel. Ganz zu schweigen von dem sprichwörtlichen Film, der vor dem inneren Auge abläuft.

Und nehmen wir weiter an, der erwartete Aufprall wäre ausgeblieben. Du hättest eine ganze Weile gebraucht, bis dir klar geworden wäre, dass er längst hätte passieren müssen. Und als du zitternd wieder in den Rückspiegel schautest, hättest du erkannt, wie knapp das Ganze war. Dass zwischen den Laster und dein Auto nicht viel mehr als ein Blatt Papier gepasst hätte.

Dass du einem tragischen Unfalltod wie durch ein Wunder entronnen warst.

Was wäre deine erste Reaktion gewesen? Hättest du erleichtert aufgelacht, fröhlich in die Hände geklatscht und vor Glück gejauchzt?

Kann ich mir kaum vorstellen. Ehrlich nicht.

Weißt du, was ich vielmehr glaube? Dass du in Tränen ausgebrochen wärst. Vermutlich wärst du sogar regelrecht hysterisch geworden. Du hättest die Panik bekommen, für die du zuvor keine Zeit mehr gehabt hattest, und das nun umso gründlicher. Wer weiß, vielleicht hättest du sogar medizinische oder zumindest psychologische Betreuung gebraucht, und als der Stau sich auflöste, wärst du nicht dazu in der Lage gewesen, selbst weiterzufahren. Noch monatelang hättest du Angst hinterm Steuer gehabt, außerdem Schlafstörungen und Schwierigkeiten, dich zu konzentrieren …

Puh.

Wenn ich mir das so vorstelle, wird klar, dass meine eigene Reaktion wohl doch nicht so merkwürdig ist. Vielmehr kommt sie mir jetzt geradezu logisch vor.

Für den Moment.

Aber wenn ich den Schock, zu überleben, erst einmal verarbeitet habe, bin ich bestimmt froh.

Genauso wie ich froh wäre, wenn ich dich in deinem Zuhause besuchen könnte statt hier auf dem Friedhof.

Und ich wette, du wärst es auch.

In einer Therapie hättest du garantiert gelernt, jeden neuen Tag zu schätzen. Man hätte dir beigebracht, dich in Achtsamkeit zu üben und Pläne zu schmieden. Denn natürlich kann man nach so einer Nahtoderfahrung nicht weitermachen wie zuvor. So als hätte man alle Zeit der Welt, und eine Minute, eine Stunde oder ein einzelner Tag wäre nicht sehr kostbar.

Ich für meinen Teil habe jetzt begriffen, dass das Leben endlich sein muss, damit man es schätzt. Würde es ewig dauern, wäre es keinen Pfifferling wert.

Weißt du was, Viola? Ich danke dir. Fürs Zuhören. Und wenn ein bisschen Zeit ins Land gegangen ist, werde ich die Sache mit der Endlichkeit und der Achtsamkeit bestimmt verinnerlichen. Dann fällt mir gewiss auch ein, wie alles weitergehen soll. Und ich werde mir über meine Gefühle klar werden. Zum Beispiel die für Greg. Warum habe ich mich vorhin so wahnsinnig gefreut, ihn zu treffen? Und warum pocht mein Herz nicht mindestens genauso heftig, wenn ich an Julian denke? Vor allem: Warum habe ich seit Tagen nicht mehr an ihn gedacht? Immerhin war er mein erster Liebhaber seit Jahren. Da sollte man doch meinen, dass mir die wundervolle Nacht mit ihm nicht mehr aus dem Kopf gehen würde.

So etwas vergisst man doch nicht!

Oder liegt es daran, dass ich mich kein bisschen nach einer Wiederholung sehne? Auch nicht nach einem Treffen oder gar einer Beziehung. Jedenfalls nicht mit Julian.

Er ist einfach nicht der Richtige für mich.

Er war lediglich der Richtige, um meinen Lebensmut zu wecken. Und den brauche ich jetzt dringend, nun, da ich weiterleben werde …

Keine Ahnung, ob die Liebe auch zu meinem künftigen Leben gehören wird. Vermutlich eher nicht. Darüber denke ich nach, wenn es so weit ist.

Aber vorerst werde ich etwas probieren, was ich noch nie getan habe. Und wofür meine neue Jeans einfach wie gemacht ist.

Hey, wie gefällt sie dir eigentlich, Mutter?

Kapitel 16

Und nun?

So schwierig hätte sich Liane die Sache nicht vorgestellt. Ihre Füße fanden kaum Halt, ihre Hände waren schon ganz zerschunden, ihre Muskeln zitterten vor Anstrengung, sie schwitzte und keuchte wie eine Dampflok.

Vielleicht war das Ganze nichts weiter als eine Schnapsidee. Immerhin war sie kein Affe, sondern eine zivilisierte Frau von siebenunddreißig Jahren. Sie sollte auf einem Sofa sitzen, nicht auf einem Ast.

Aber Liane wäre nicht sie selbst, wenn sie jetzt aufgäbe. Heute würde sie gleich zwei Vorhaben abhaken können – erst den Jeanskauf und jetzt diese Tollkühnheit. Sie hatte sich vorgenommen, die mächtige Eiche im Park zu erklimmen, und sie würde es auch durchziehen! Denn selbst wenn sich in ihrem Leben in letzter Zeit so einiges geändert hatte, eines blieb bestehen: nämlich ihre Überzeugung, dass die Menschheit ohne Disziplin verloren wäre. Früher hätte sie gesagt: »… ohne Disziplin noch auf den Bäumen säße«, doch diese Wortwahl schien ihr jetzt nicht mehr angebracht. Schließlich schickte sie sich gerade an, genau das zu tun …

Während sie sich emporkämpfte, erreichte die Erkenntnis, dass sie weiterleben würde, endlich ihr Bewusstsein. Die Erleichterung durchströmte ihren Körper wie ein stärkendes Elixier. Energisch stemmte sie sich langsam, aber sicher nach oben. Ihre Griffe wurden zielsicherer, ihr Atem ging regelmäßiger, und sie registrierte ein ungewohntes, aber keineswegs unangenehmes Gefühl. Es dauerte eine Weile, bis ihr klar wurde, was es war: Spaß. Sie hatte diebischen, kindlichen, riesengroßen Spaß!

Und dann schwang sie ein Bein über eine Astgabelung, als wäre es ein Sattel, und umfasste den Eichenstamm wie den Hals eines Pferdes. Sie hatte es geschafft.

Was würde wohl die alte Liane dazu sagen? Die hätte sich selbstverständlich nie auf so eine Kletterpartie eingelassen. Viel zu gefährlich. Man konnte dabei abrutschen. Sich eine Zecke einfangen. Oder einen Holzsplitter, der sich entzündete und eine Sepsis nach sich zog. Man konnte selbstverständlich auch in Panik geraten. Ohnmächtig werden. Herunterfallen …

Doch an diese Gefahren verschwendete die neue Liane gerade überhaupt keinen Gedanken. Stattdessen genoss sie die Aussicht von da oben und versuchte sich daran zu erinnern, wann sie damit aufgehört hatte, verrückte Dinge zu tun.

Als Teenager hatte sie große, wahnwitzige Zukunftspläne geschmiedet. Alles war ihr möglich erschienen: Sie wollte Tierschützerin in Afrika werden. Elefanten, Gnus und Löwen retten. Eine Zeit lang hatte sie auch davon geträumt, einmal Pilotin zu sein. Oder Drogenfahnderin.

Kaum zu fassen, dass ihr das entfallen war. Nicht nur ihre Träume hatte sie vergessen, sondern sogar die Tatsache, dass sie jemals existiert hatten. Und jetzt, da sie dazu gezwungen war, ihr Leben neu zu überdenken, kamen sie auf einmal wieder zum Vorschein.

Liane musste lachen. Sie und Löwen. Sie hatte ja schon gewaltigen Respekt vor zahmen Hauskatzen. Weil sie so unberechenbar waren. Eben noch schnurrten sie sanft, und gleich darauf fuhren sie fauchend ihre Krallen aus.

Zwar kletterte Liane inzwischen auf Bäume, aber Wildhüterin wäre wohl doch nicht das Richtige für sie. Und auch wenn sie ihre Flugangst dank Julian und Bloody Mary zumindest für die Tokioreise spontan überwunden hatte, würde sie in diesem Leben bestimmt keine Pilotin mehr.

Aber das war nicht schlimm. Wer sagte, dass sie halbgare Ideen von früher aufwärmen musste, um voranzukommen? Wichtig war nur, dass sie ihre einstige Fähigkeit, ohne Schere im Kopf zu träumen, reaktivierte. Sie musste wieder lernen, Dinge so lange für möglich zu halten, bis ihr jemand das Gegenteil bewies – und nicht, Gegenargumente zu sammeln, noch bevor sie sich überhaupt für etwas begeisterte.

Liane nahm sich vor, nicht länger darüber zu grübeln, was realisierbar sein könnte. Sondern in sich hineinzuhorchen, um herauszufinden, worauf sie Lust hatte.

Momentan war es zum Beispiel ein großes Stück Buttercremetorte! Doch zuerst musste sie von diesem Baum herunter.

Nur wie?

Eine neue Generation Häkelmonster wartete darauf, in die Freiheit entlassen zu werden. Nora verstaute die Produktion der letzten Wochen in ihrem Rucksack, was mehr Zeit in Anspruch nahm, als theoretisch nötig gewesen wäre. Doch praktisch musste sie sich von jedem Einzelnen verabschieden, denn nachher im Park würde sie den perfekten Platz für die quietschbunten Minibiester suchen, da blieb keine Zeit zum Abschiednehmen. Eins nach dem anderen wanderte in den Beutel, erst die giftgrünen, dann die orangefarbenen, die gelblila gestreiften und schließlich die blau melierten.

Im Park war nicht viel los. Die Mütter mit den spielenden Kleinkindern waren längst zu Hause, hatten ihnen Abendbrot verabreicht und sie zu Bett gebracht. Die Feierabend-Jogger würden erst später aufkreuzen, nachdem sie sich von ihren hochwichtigen Projekten losgeeist und ihre topmodernen Büros verlassen hatten. Kurz nach ihnen würden auch die verliebten Pärchen auftauchen und noch später die Jugendlichen, die heimlich Dosenbier trinken und einen Joint kreisen lassen würden.

Momentan jedoch war sie allein hier, wenn man von dem steinalten Spaziergänger absah, der gerade auf den gegenüberliegenden Ausgang zutrippelte.

Für die ersten fünf Monster wählte sie eine Buchsbaumhecke und platzierte sie dort jeweils im Abstand von einer Armlänge nebeneinander. Die geringelten Exemplare kamen in ein Blumenbeet, die giftgrünen unter die mächtige Eiche und ... Moment – warum regnete es Blätter? Schließlich war Juni, nicht Oktober.

Nora legte den Kopf in den Nacken und kniff die

Augen zusammen. Sie erkannte ein Paar Sneakers, an die sich zwei Jeanshosenbeine anschlossen. Darüber ein T-Shirt und blonde gestufte Haare.

»Hey, Nora. Du kommst ja wie gerufen. Kannst du mir einen brauchbaren Tipp geben, wie ich hier runterkomme?«

Nora stutzte.

»Liane, bist du das?«

»Du bist nicht die Erste, die das heute fragt.«

Na, das war ja mal eine gewaltige Überraschung. »Arbeitest du etwa an deiner Bucket List?«

Schweigen. Ächzen. Wieder regnete es Blätter.

»Ich arbeite vermutlich daran, mir gleich den Hals und die Haxen zu brechen. Was ziemlich bescheuert wäre, so kurz nachdem ich erfahren habe, dass ich nun doch nicht sterben werde.«

Nora musste diese Botschaft erst sacken lassen, bevor sie losjubelte wie ein aufgedrehter Fan, der sein Lieblingsteam anfeuert. Dabei hüpfte sie auf der Stelle und klatschte rhythmisch in die Hände.

»Hörst du bitte auf, dich so albern aufzuführen?«, ächzte Liane von oben. »Du musst mir runterhelfen, sonst war das hier der allerletzte Punkt auf meiner Bucket List.«

Okay, das klang, als ob es ernst wäre.

»Kein Problem«, behauptete Nora, obwohl sie auf einmal ziemlich nervös war. Sie durfte jetzt keinen Fehler machen. Schließlich wollte sie nicht für den Tod einer Frau verantwortlich sein, der gerade erst ein neues Leben geschenkt worden war.

»Also, wenn ich da oben säße, würde ich folgendermaßen vorgehen. Du löst jetzt die rechte Hand von dem Stamm vor dir und greifst nach dem Ast schräg unter dir. Okay? Sehr gut. Dann drehst du dich in Richtung dieses Astes und schwingst schließlich dein linkes Bein über die Gabelung. Versuche, es um den Stamm zu schlingen. Wenn du dich festgeklammert hast, greifst du mit der linken Hand nach dem nächsttieferen Ast und tastest mit dem rechten Bein weiter, bis du Halt findest …«

Es funktionierte. Noras beruhigende Stimme leitete sie sicher an. Für einen Moment spürte Liane eine leichte Panik in sich aufsteigen, aber die verschwand so schnell, wie sie gekommen war. Und dann hatte sie endlich wieder festen Boden unter den Füßen.

»Deine Frisur ist toll«, sagte Nora und grinste.

»Und ich trage eine Jeans!« Liane wirbelte im Kreis herum, um ihr neues Outfit zu präsentieren, und verlor dabei um ein Haar das Gleichgewicht.

»Ich bin schwer beeindruckt. Du siehst scharf aus.«

Liane war es nicht gewohnt, als scharf bezeichnet zu werden. Das war ihr irgendwie unangenehm, und deshalb überspielte sie diesen Kommentar mit einer flapsigen Bemerkung.

»Nicht hungrig? Das bin ich nämlich. Wie ein Wolf!«

Nora lachte. »Und worauf hat der Wolf Lust?«

Die Antwort kam wie auf Knopfdruck: »Torte!«

Die Bäckerei an der Ecke hatte zwar nur zwei kleine Tische, sodass man sie kaum als Café bezeichnen konnte, aber hier gab es die leckersten Kuchen und Torten weit und breit. Außerdem war die Atmosphäre herrlich authentisch und der Service supernett. Liane stellte sich ihren Chef Henning in diesem Laden vor und wie extrem fehl am Platz er in dieser Umgebung wirken würde – allein das schon sprach dafür, hier einzukehren.

Sie ließ sich ein großes Stück Frankfurter Kranz abschneiden. Da konnte auch Nora, die zuvor behauptet hatte, keinen Appetit zu haben, nicht länger widerstehen und bestellte sich eine Schnitte Erdbeer-Biskuitrolle. Liane schmunzelte. Nora hätte wirklich etwas versäumt. Und besondere Erlebnisse zu versäumen, passte nicht zu ihr.

»Himmlisch«, schwärmte Nora mit vollem Mund, kaum dass sie den ersten Bissen gekostet hatte, und Liane nickte ganz verzückt.

Solange sie aßen, sprachen sie nicht. Erst nachdem sie den letzten Krümel vom Teller gepickt hatte, begann Nora, sie mit Fragen zu bombardieren.

»Bist du glücklich? Hast du damit gerechnet? Was hast du jetzt vor? Und was wird aus deiner Bucket List? Du machst doch trotzdem weiter, oder? Freust du dich auf den Befreiungssprung mit dem Fallschirm? Und wann gehst du wieder arbeiten? Du vermisst doch sicher deinen Job und deine Kollegen …«

Liane schwieg verblüfft. Je begeisterter ihre Freundin klang, desto nachdenklicher wurde sie, und schließlich unterbrach sie Nora mit einer kleinen Geste – zu mehr war sie nicht in der Lage.

»Oje, was ist los? Bist du etwa doch schwer krank?«

Nora schaute sie so erschrocken an, dass Liane nun doch lachen musste. »Nein, alles gut. Ich habe keinen Krebs. Aber ich habe leider auch überhaupt keine Antworten.«

An den Fallschirmsprung hatte sie schon seit einer Ewigkeit nicht mehr gedacht. Na ja, genau genommen erst seit heute Vormittag, aber das kam ihr unendlich lang vor. Man sollte die Zeit nicht in Sekunden, Minuten und Stunden messen, fand sie, sondern lieber in Umstylings, neuen Frisuren und lebensverändernden Diagnosen.

Nora sprang auf und umarmte sie spontan. Dieser unerwartete Körperkontakt brachte Liane für einen Moment aus dem Konzept. Nora deutete ihr Schweigen falsch und sprach schnell weiter: »Kein Problem, ich helfe dir, die Antworten zu finden. Wäre doch gelacht! Du hast in den letzten Wochen so viel geschafft, was du dir vorher nicht zugetraut hättest – da wird es wohl ein Klacks sein, jetzt mit voller Power weiterzumachen. Und wenn du keine Lust hast, musst du auch nicht aus dem Hubschrauber hüpfen. Wir finden neue Ziele für deine Bucket List.«

»Nein, kein Problem, ich mache auf jeden Fall weiter damit«, beteuerte Liane, die ganz gerührt war von Noras Eifer. Und als wäre es die natürlichste Sache der Welt, diese dämliche Angst ein für alle Mal hinter sich zu lassen, fügte sie hinzu: »Den Fallschirmsprung krieg ich schon hin.«

Denn das ist nicht die größte vorstellbare Mutprobe. Da hätte ich noch etwas ganz anderes in petto …

»Dann ist es der Job? Du willst nicht mehr dahin zurück, stimmt's?«

Liane schluckte. »Da bin ich nicht ganz sicher. Früher hätte ich mir nie vorstellen können, etwas anderes zu machen. Ich bin gut in dem, was ich tue. Aber inzwischen kommt mir der Gedanke, wieder dort zu arbeiten, geradezu absurd vor. Andererseits – was könnte ich sonst anfangen?«

Ich könnte herausfinden, was meine Wurzeln sind. Wo ich herkomme. Warum ich weggegeben wurde. Aber das ist leider kein Job. Nur mindestens genauso anstrengend.

»Okay, wir machen eine Liste deiner Vorlieben, Interessen und Fähigkeiten. Jagen das Ganze dann durch die Online-Suchmaschine und warten darauf, welchen Traumjob sie für dich ausspuckt.«

»Das ist wirklich lieb von dir, Nora, vielleicht tun wir das. Irgendwann einmal. Heute schaffe ich leider gar nichts mehr, was Hirnschmalz erfordert. Ich hatte einen anstrengenden Tag und bin einfach nur müde.«

Denn er kam mir vor wie eine ganze Woche oder eigentlich sogar ein ganzes Jahr.

»Kein Problem, das holen wir ein andermal nach. Hast du am Sonntag schon was vor? Ich besorge Sekt und was Süßes. Den Schampus zum Lockerwerden und Schokolade für die Seele.«

»Klingt wunderbar. Sonntag passt prima. Und die Schokolade bringe ich mit, okay?«

Liane war froh, als später die Wohnungstür hinter ihr ins Schloss fiel. Vorerst wollte sie noch keine Pläne schmieden – erst einmal musste sie sich an den Gedanken gewöhnen, dass sie weiterleben würde. Auf dem Weg ins Schlafzimmer streifte sie nacheinander die neuen Sneakers, das Shirt und den BH ab und hinterließ damit eine Spur zu ihrem Bett, auf das sie sich schließlich plumpsen ließ, um sich aus der Jeans zu pellen.

Als sie endlich in die Kissen sank, war sie hundemüde und aufgekratzt zugleich. Tausend Gedanken rasten ihr durch den Kopf.

»Ich lasse mich nicht hetzen«, sagte sie laut in die Dunkelheit hinein, wie um sich selbst zu überzeugen. »Vorerst bin ich noch mitten in meinem Jahresurlaub. Und wenn der nicht reicht, nehme ich anschließend einfach noch unbezahlten Urlaub. Mein Erspartes reicht für ein paar Monate. Damit kann ich die Zeit überbrücken, bis ich weiß, wie es weitergehen soll. Und jetzt muss ich schlafen. Morgen ist ein neuer Tag.«

Ich darf bloß nicht an die Kommode dort drüben denken und an den Brief darin. Denn dafür bin ich noch nicht bereit. Ich bin eben doch noch die alte Liane.

Einmal Feigling, immer Feigling.

Kapitel 17

Was wäre, wenn …

Nora hatte alles perfekt vorbereitet. In ihrem Wohnzimmer standen nicht nur der angekündigte Sekt und Kaltgetränke bereit, sondern auch ein Flipchart, ein Laptop und ein Karriereberatungsratgeber mit allerhand Tests. Wäre doch gelacht, wenn sie dermaßen ausgerüstet keine Antwort auf Lianes Frage nach ihrer beruflichen Zukunft finden würden.

Ein wenig nervös war sie durchaus, als Liane – pünktlich wie erwartet – klingelte. Hatte sie sich zu weit aus dem Fenster gelehnt mit ihrer Behauptung, problemlos den perfekten Traumjob für ihre Freundin finden zu können?

Wie versprochen hatte Liane eine Riesentafel Schokolade dabei und Käsecracker.

»Wir können auch einfach nur einen Film anschauen oder ein paar alte Folgen von *Grey's Anatomy*«, schlug sie vor, während sie sich in einen von Noras Sesseln pflanzte. »Hast du einen guten Thriller da? Oder was Romantisches?« Sie trug ihre neue Jeans und eine ihrer Blusen, die dazu aber deutlich lässiger aussah als zum üblichen Kostüm. Auch ihr Ton war irgendwie fröhlicher, als hätte das neue Outfit ihre Verwandlung beschleunigt.

»Kommt überhaupt nicht infrage«, widersprach Nora streng. »Wir werden heute deine Zukunft planen, keinen Hollywood-Schinken konsumieren. Schampus oder Saft?«

Liane bat um eine Apfelsaftschorle und griff nach einem Käsecracker.

Nora füllte zwei Gläser, schob Liane eines davon zu und schrieb dann mit einem Filzschreiber in großen Buchstaben »Lianes Talente« auf das Flipchart. Und weil die nicht sofort reagierte, setzte sie noch drei Ausrufezeichen dahinter und unterstrich diese Überschrift gleich doppelt.

»Erwartest du ernsthaft, dass ich mich jetzt selbst lobe? Das ist doch hier kein Bewerbungsgespräch. Echt, Nora, ich finde, das ist keine gute Idee. Wo soll das hinführen?«

»Es geht nicht um Eigenlob, sondern um Selbsterkenntnis. Was du gut kannst, das machst du auch lieber, ist doch klar. Also: Worin bist du so richtig super?«

Liane nippte schweigend an ihrer Apfelsaftschorle. Dann schaute sie aus dem Fenster. Fuhr sich mit der Hand durch die noch ungewohnte Frisur. Und betrachtete anschließend ihre sorgfältig kurz gefeilten Fingernägel. Nora gab schon fast die Hoffnung auf, dass sie noch antworten würde, da zuckte sie mit den Schultern und sagte: »Da müsstest du wohl meinen Chef fragen.«

»Okay«, nahm Nora den Faden auf, »dann stell dir einfach vor, was er sagen würde. Schließlich kennst du ihn seit vielen Jahren und kannst vermutlich in den meisten Situationen ziemlich genau prophezeien, was er als Nächstes von sich gibt.«

Das musste Liane grinsend zugeben. »Er ist nun wirklich nicht so schwer zu durchschauen. Kunststück, wenn jemand so eitel und zugleich ehrgeizig und egozentrisch ist wie Henning …«

»Wunderbar!«, rief Nora und notierte das Stichwort *Menschenkenntnis*.

Liane war nicht überzeugt, das war unschwer zu erkennen, doch sie erhob keinen Einspruch. Nora vermutete, sie wollte ihr damit eine Freude machen, und fand das rührend und frustrierend zugleich. Und das brachte sie darauf, als Nächstes *Einfühlungsvermögen* aufzuschreiben.

»Vielleicht sollte ich Kartenlegerin auf der Kirmes werden. Oder gleich auf dem Astrokanal im Fernsehen«, witzelte Liane. Wahrscheinlich tat sie das aus purer Unsicherheit, mutmaßte Nora, und weil sie nicht wollte, dass das Gespräch ins Stocken geriet, fuhr sie fort, die Liste mit den Stärken zu ergänzen, die sie an Liane bisher registriert hatte:

- *Optimismus*
- *Mut*
- *Fantasie*
- *Flexibilität*
- *Offenheit*
- *Bescheidenheit*
- *Spontaneität*
- *Zuverläss…*

»Nun mach mal halblang!«, unterbrach Liane sie. »Da werd ich ja rot beim bloßen Lesen.«

Triumphierend deutete Nora auf den Punkt *Bescheidenheit*: »Womit diese Stärke schon mal bewiesen wäre.«

»Mag sein«, stimmte Liane widerwillig zu. »Aber der Rest ist Unsinn. Ich bin vielleicht pünktlich, fleißig und gut organisiert, aber doch bestimmt nicht flexibel, spontan oder optimistisch. Ich bin ganz sicher die letzte Person auf diesem Planeten, auf die das zutrifft.«

Entschlossen verschränkte Nora die Arme vor der Brust: »Bist du keineswegs! Vielleicht war das früher anders, aber die Liane, die ich kennengelernt habe, ist trotz großer Flugangst spontan nach Japan geflogen und hat trotz drohender Krankheit nie den Lebensmut verloren. Das muss dir erst einmal jemand nachmachen.«

Liane stopfte sich hastig gleich zwei Stücke Schokolade in den Mund. Um nicht antworten zu müssen? Damit würde Nora sie nicht durchkommen lassen. Sie beschloss, einfach zu schweigen und abzuwarten, bis Liane die Stille nicht mehr ertrug.

»Okay, mal angenommen, diese alberne Liste entspräche den Tatsachen«, sagte die schließlich. »Was würdest du daraus schließen? Was wäre mein Traumjob? Berufsoptimistin? Stuntfrau? Märchenerzählerin?«

Da war Nora leider überfragt. Jedenfalls so aus dem Stand. Eigentlich hatte sie ja geplant, im Internet nach einer Antwort zu suchen, aber als sie *Menschenkenntnis + Mut + Spontaneität + Bescheidenheit + Zuverlässigkeit + Traumberuf* eingab, kamen überhaupt keine vernünftigen Treffer. Sie spürte, dass Liane langsam ungeduldig wurde. Jetzt musste sie ihr baldigst etwas Brauchbares liefern.

»Warte, ich gebe noch mal eine neue Kombination ein«, sagte Nora und klang dabei selbst nicht mehr besonders optimistisch.

»War lieb gemeint und auch sicher einen Versuch wert«, meinte Liane plötzlich und stand auf. »Danke für die Schorle. Ich gehe dann besser.«

Völlig überrumpelt starrte Nora ihrer Freundin hinterher, wie diese auf die Wohnungstür zusteuerte. Die wollte sich tatsächlich aus dem Staub machen!

»Man könnte fast meinen, dass du gar kein Interesse an einer Lösung hast«, rief sie ihr hinterher.

Wie eine ertappte Diebin verharrte Liane mitten in der Bewegung. Langsam drehte sie sich um. Ihr Blick wirkte schuldbewusst. Dann räusperte sie sich und sagte: »Da hast du vielleicht gar nicht so unrecht. Weißt du, ich würde gern etwas Sinnvolles machen. Etwas, das andere Menschen weiterbringt.«

»Genau das tue ich in meinem Job. Vielleicht wäre Altenpflegerin ja auch für dich das Richtige? Ich könnte dir ein Praktikum vermitteln.«

Liane zögerte. »Bevor ich anderen helfen kann, muss ich erst einmal mein eigenes Leben auf die Reihe kriegen. Nur – so weit bin ich noch nicht. Da fehlt noch eine Mutprobe. Vielleicht die schwerste meines Lebens.«

Gerade wollte Nora hier einhaken, da klingelte es. Liane, deren Hand ohnehin schon auf der Klinke lag, öffnete die Tür.

»Oh, hallo, Erna!«

»Komm rein!«, rief Nora.

»Keine Zeit«, winkte Erna Ritter ab. Heute trug sie eine Jegging in Silber-metallic, darüber lilafarbene Stiefel und ein schwarzes Jeanshemd mit Westernstickerei in Silber und Lila.

»Scharfes Outfit«, entfuhr es Liane, die gleich darauf errötete, als hätte sie etwas Verbotenes gesagt. Dabei war daran überhaupt nichts Verwerfliches – Nora hatte exakt dasselbe gedacht. Und auch Erna fand das Kompliment offenbar durchaus angemessen.

»Danke – ich geh in die Oper. *La Bohème*. Daher bin ich auch in Eile«, erklärte sie gut gelaunt. »Und überhaupt – in meinem Alter hat man nicht ewig Zeit. Ich will nicht länger warten mit dem Fallschirmsprung. Seid ihr noch dabei?«

Nora und Liane nickten.

»Wunderbar. Dann schlage ich nächsten Samstag vor. Passt das? Keine Einwände? Na also. Geht doch. Ich buche für uns drei Tandemsprünge. Melde mich noch mal wegen der Uhrzeit. Aber jetzt muss ich los. Tschüssi!«

Und weg war sie.

»Tja«, sagte Nora. »So viel zum Thema Spontaneität.«

»Und zum Thema Mut. Erna macht uns beiden noch ordentlich was vor«, erwiderte Liane. »Dein Altenheim würde sie garantiert gewaltig aufmischen, wenn sie jemals dort einziehen würde. Ach übrigens – ein Praktikum ist vielleicht doch keine schlechte Idee. Oder könnte ich einfach mal einen Tag lang hospitieren?«

Nora traute ihren Ohren kaum. Liane ging also ernsthaft auf ihren Vorschlag ein. »Klar«, strahlte sie. »Jederzeit!«

Den Rest dieses Sonntags verbrachte Liane mit ihrem Laptop auf dem Sofa und schaute sich Videos von Fallschirmsprüngen an. Menschen, denen die nackte Furcht ins Gesicht geschrieben stand, sprangen freiwillig aus scheppernden Hubschraubern, stießen dabei panische Schreie aus, hatten weder Körperhaltung noch Gesichtszüge unter Kontrolle und rasten ungebremst aus schwindelerregender Höhe dem Erdboden entgegen, bis sich endlich der Fallschirm öffnete und aus den Hilfeschreien begeistertes Jubeln wurde.

Der Gedanke, in wenigen Tagen das Gleiche zu tun, machte ihr zu ihrem eigenen Erstaunen überhaupt keine Angst. Dazu war er einfach zu absurd. Geradezu unfassbar, dass sie so etwas Verrücktes überhaupt nur in Erwägung zog.

Und doch hatte sie es den beiden zugesagt. Konnte sie jetzt noch einen Rückzieher machen?

Einerseits: Wer wollte es ihr verbieten? Schließlich war sie ein freier Mensch. Und doch: Sie war nicht dem Tod von der Schippe gesprungen, um sich dann umgehend wieder in Lebensgefahr zu begeben! Wenn sie ihren Verstand entscheiden ließe, müsste sie das Vorhaben zweifellos absagen.

Andererseits: Was man versprach, musste man auch halten. Diese Überzeugung war fest in Lianes Kopf verankert. Und selbst wenn ihr Noras und Ernas Enttäuschung gleichgültig wäre, ihre eigene würde sie nicht ignorieren können.

In den nächsten Tagen kreisten Lianes Gedanken fast ausschließlich um den bevorstehenden Fallschirmsprung. Oder, wie Nora ihn genannt hatte: Befreiungssprung. Wovon diese halsbrecherische Unternehmung sie befreien könnte, war Liane allerdings schleierhaft. Warum hatte sie sich nur dazu bereit erklärt? Irgendwann war sie sogar so weit, dass sie fast wünschte, Nora nie begegnet zu sein, keine Bucket List zu haben und ihr altes, geradliniges Leben weiterführen zu können. Ohne aufregende Vorhaben mit ungewissem Ausgang.

Am Mittwoch spielte sie mit dem Gedanken, nochmals einen Flug nach Japan zu buchen – oder nach Timbuktu, ganz egal, Hauptsache, weit weg. Aber dann tat sie es doch nicht. Denn sie wusste: Aus dieser Nummer kam sie jetzt nicht mehr raus.

Es sei denn, es gäbe sachliche Gründe, die dagegen sprächen.

Zum Beispiel medizinische!

Sie googelte *Fallschirmsprung + Gesundheit* und erfuhr, dass man mit schwerem Asthma, Diabetes, Herzbeschwerden oder einem akuten Bandscheibenvorfall lieber nicht springen sollte.

Nichts davon hatte sie vorzuweisen. Nicht einmal ansatzweise.

Auch während der Schwangerschaft sei Fallschirmspringen tabu, las sie weiter. Allerdings traf auch das nicht auf sie zu.

Vermutlich.

Andererseits …

Sie dachte an Julian. Natürlich hatte er ein Kondom benutzt, aber jeder wusste doch, wie unsicher die Dinger waren.

Was, wenn aus dieser total verrückten Nacht ein Kind hervorgegangen war? Der Gedanke warf sie regelrecht um. Nach ein paar tiefen Atemzügen machte sie sich auf den Weg zum nächstgelegenen Drogeriemarkt.

Sie kannte diese Schnelltests und deren Funktionsweise nur aus Filmen und hatte es bisher immer für eine Art Märchen gehalten, dass man nur über ein Stäbchen pinkeln musste, um zu erfahren, ob man schwanger war. Doch sie stellte fest, dass es tatsächlich so simpel war. Eigentlich ein Hohn, wenn man bedachte, welche Tragweite das Resultat dieses lächerlich primitiven Tests doch hatte.

Sie und ein Kind. Das war fast noch undenkbarer als der Sprung aus einem Hubschrauber. Ein Baby würde ihr Leben vollkommen auf den Kopf stellen, so viel stand fest. Wo bisher systematische Ordnung herrschte, würden Schnuller herumliegen und Legosteine und zerkrümelte Löffelbiskuits …

Stopp! Jetzt geht die Fantasie mit mir durch, dachte sie, während sie ein Stück Toilettenpapier auf dem Wannenrand ausbreitete und das Teststäbchen darauflegte. Doch in den drei Minuten Wartezeit, die es brauchte, bis das Ergebnis angezeigt wurde, drehte sich das Gedankenkarussell weiter. Sie sah sich mit einem glucksenden Wonneproppen auf dem Arm vor dem Weihnachtsbaum stehen. Oder Ball spielen auf einer wunderschönen Sommerwiese. Mit Gummistiefeln ausgelassen das Herbstlaub aufwirbeln. Zwischen Tulpen und Narzissen Ostereier suchen. Im Sandkasten sitzen. Ein Schlaflied singen …

Natürlich würde sie das Kleine nicht ohne Vater aufwachsen lassen – das brächte sie nicht fertig. Sie selbst hatte den größten Teil ihrer Jugend ohne Vater gelebt, von ihrem biologischen Erzeuger ganz zu schweigen.

Wie wäre es wohl gewesen, ihn zu kennen? Hätte er ihr das Fahrradfahren beigebracht, ihr bei Schulaufführungen zugejubelt und sie zum Abschlussball begleitet? Sie würde Julian aufspüren müssen, selbst auf die Gefahr hin, dass er als Familienvater überhaupt nicht taugte. Obwohl sie ihn keinesfalls als Partner wollte. Er war ein wunderbarer Liebhaber gewesen, ein witziger Kerl, und er hatte hoffentlich gute Gene. Aber würde er sich auch der Verantwortung stellen? Oder sie damit im Stich lassen? Wie auch immer – wenn aus ihrer gemeinsamen Liebesnacht in Tokio ein neues Menschlein hervorgegangen war, hatte sich die Frage nach einer passenden Lebensaufgabe quasi von selbst beantwortet.

Sie würde eine fabelhafte Mutter sein!

Natürlich würde sie zu wenig Schlaf kriegen, Windeln wechseln müssen, Erbrochenes aufwischen, Rotznasen säubern und mit Brei im Haar herumlaufen, aber das schafften andere schließlich auch. Irgendwie.

O Gott, würde sie das wirklich hinbekommen?

Als sie nach exakt drei Minuten das Teststäbchen kontrollierte, zitterten ihre Hände. Die Frage, auf welches Ergebnis sie hoffte, hätte sie nicht eindeutig beantworten können. Dann sah sie den blauen Streifen und ihr Herz hüpfte. Vor Aufregung, Glück, Vorfreude … und Verwirrung. Wie war das noch gleich mit dem Streifen? Wenn einer da war, hieß das doch, das Ergebnis war positiv. Oder? *Oder?*

Schnell las sie die Packungsbeilage noch einmal durch. Dann ließ sie das Papier sinken.

Sie hatte sich vertan. Das war nichts weiter als der Kontrollstreifen. Also: Kein Baby. Ach.

Kapitel 18

Doppelmutprobe

Auf einmal war es Samstag. Liane versuchte, die Zeit bis zur Abfahrt zum Flugplatz mit einem Buch totzuschlagen. Doch so spannend der Thriller auch war, sie schaffte es einfach nicht, sich zu konzentrieren. Wieder und wieder las sie dieselbe Seite, ohne auch nur im Entferntesten den Inhalt aufzunehmen. Schließlich gab sie auf. Hätte man sie um eine Zusammenfassung gebeten, hätte sie höchstens »Irgendwas mit einem verschwundenen Mädchen« antworten können.

Prompt dachte sie wieder an das Kind, von dem sie einen Moment lang geglaubt hatte, sie würde es unter ihrem Herzen tragen. Ihr gefiel diese altmodische Formulierung. Sie klang so viel bedeutungsvoller als »in anderen Umständen sein«. Beides verschleierte die nackten Tatsachen, doch der Unterschied zwischen verhüllend-poetisch und verhüllend-verklemmt war in ihren Augen mindestens so groß wie der zwischen einer Opernarie und einem Ballermann-Partyhit.

Die Vorstellung, Mutter zu werden, ließ sie seit Tagen nicht mehr los. Seit sie diesen dummen Kontrollstreifen für ein positives Ergebnis gehalten und einige Sekunden lang dieses überwältigende Glücksgefühl verspürt hatte, das jeder Vernunft entbehrte. Sie hatte nie von einem Baby geträumt. Und sie wusste, dass in ihrer aktuellen Lebenssituation alles dagegen sprach, an Nachwuchs zu denken. Und dennoch war sie enttäuscht. Irgendwie.

Jetzt blieb ihr nur noch eine Stunde, bis Nora und Erna sie abholen würden. Es wurde allmählich Zeit, sich umzuziehen. Liane spürte, wie sie langsam nervös wurde.

Die Uhr tickte. Es würde wirklich passieren. Sie würde springen. Das bevorstehende Abenteuer erschien ihr auf einmal erschreckend real. Deutlich realer jedenfalls als die Vorstellung, ein Baby zu haben. Wie in aller Welt sollte sie denn ein Kind aufziehen, so ganz ohne jegliche Unterstützung? Wie hatte sie darauf auch nur einen Augenblick lang hoffen können?

Alleinerziehende Mutter zu werden, war alles andere als ein erstklassiger Zukunftsplan. Hatte ihre leibliche Mutter damals vielleicht die gleichen Gedanken gehabt? War das der Grund gewesen, warum sie Liane zur Adoption freigegeben hatte?

Sie rief sich zur Ordnung: Nicht an die Vergangenheit denken. Auch nicht an die Zukunft, die noch total in den Sternen stand. Lieber an heute. An den Moment. Den Fallschirmsprung.

Abgesehen von ihrer Baumkletteraktion würde es ihre erste echte Mutprobe sein, seit sie erfahren hatte, dass sie doch nicht sterbenskrank war. Ob sich das wohl anders anfühlte? Sie war gespannt.

Wo hatte sie nur gleich ihre Sportunterwäsche verstaut? Sie kramte in der Kommode und hatte plötzlich einen hellblauen Umschlag in der Hand. Den Brief ihrer leiblichen Mutter! Den sie vor ihrem Abflug nach Japan dort wieder hineingestopft hatte. Sie hatte noch immer nicht gewagt, ihn zu öffnen. Stets war es ihr gelungen, das Thema zu verdrängen, aufzuschieben oder zu ignorieren.

Nun aber konnte sie nicht länger warten, das spürte sie. Denn was wäre, würde das Schicksal ihr einen Streich spielen und der Fallschirm aus irgendeinem Grund nicht aufgehen? Dann würde sie sterben, ohne zu wissen, was ihre Mutter geschrieben hatte. Und das ging nun wirklich nicht.

Zögernd öffnete Liane das Kuvert. Es war wie ein Déjà-vu – und doch so anders als damals, als Ruths Brief vor ihr lag. Diesmal hatte sie nicht die geringste Ahnung, was sie erwartete – schließlich war ihre Mutter im Grunde eine völlig Fremde. Zögernd zog sie den Briefbogen heraus und faltete ihn auf.

Meine geliebte Tochter,

las sie und zuckte zusammen. Exakt mit denselben Worten hatte Ruths Brief begonnen. Sollte das ein Zufall sein? Konnte es von Herzen kommen? Sie musste rasch weiterlesen.

Meine geliebte Tochter,
du musst mich ja sehr hassen. Oder zumindest verachten.
Jedenfalls täte ich das, wäre meine Mutter diejenige gewesen, die mich gleich nach der Geburt zu Fremden gegeben hätte …
Ja, genau das habe ich getan. Gerade mal eine knappe Minute lang habe ich dich im Arm halten dürfen, dann wurdest du mir weggenommen.
Weil es nicht anders ging.
Ja, das klingt ganz schön gefühllos, aber das war es kein bisschen. Ich tat es nicht aus Kaltherzigkeit, sondern weil ich fürchtete, dich zu sehr zu lieben, wenn ich dich länger bei mir hätte.
Es hat nicht funktioniert. Diese eine Minute hat gereicht, um mich für immer in dich kleines, wunderbares Wesen zu verlieben.
Ich halte es aus, dass du diese Gefühle nie erwidern konntest und das wohl auch künftig nicht tust. Das ist nicht der Grund für diesen Brief. Ich schreibe dir keineswegs, damit du mir verzeihst oder mich auch nur verstehst.
Ich schreibe dir, damit du weißt, dass es nicht an dir lag.
Du darfst nicht glauben, ich hätte dich nicht gewollt! Oh, wie sehr hatte ich mir gewünscht, dich behalten zu dürfen. Und davon träume ich noch heute.
Aber vorbei ist vorbei. Jetzt ist nicht die Zeit, die Vergangenheit zu bedauern. Erlaube mir trotzdem, zurückzublicken. Du bist vielleicht noch zu jung, um

das zu begreifen, aber die Vergangenheit zu kennen, ist wichtig für die Gegenwart – und die Zukunft. Meine und deine.

Irrtum, Mutter. Nur noch meine. Denn du hast keine mehr. Damals jedoch, als du diese Zeilen geschrieben hast, hattest du noch ein paar Jahre vor dir.

Wenn also jemand mein Leben hätte beeinflussen können, dann war es Ruth. Sie hätte mir deinen Brief einfach gleich übergeben müssen, statt ihn zurückzuhalten, bis es zu spät war.

Und jetzt ist alles sinnlos.

Diesen Brief zu lesen, ist sinnlos.

Die Gefühle, die er in mir hervorruft, sind sinnlos.

Die Tränen, die mir gerade über die Wangen strömen, sind sinnlos.

Aber nicht weiterzulesen, wäre ebenso sinnlos.

Manchmal frage ich mich, wie es nur so weit hatte kommen können. Bis zu dem Moment, an dem mich die erste Schwangerschaftsübelkeit überkam, lief mein Leben wunderbar. Jedenfalls hätte man aus der Distanz diesen Eindruck gewinnen können. Einige meiner Klassenkameradinnen waren regelrecht neidisch auf das beeindruckende Gründerzeithaus, in dem wir wohnten und in dem ich nicht nur ein eigenes Zimmer hatte, sondern gleich zwei und zudem noch einen begehbaren Kleiderschrank. Was sie nicht ahnten, war, was für ein strenges

Regiment mein Vater führte. Ungefragt bei Tisch zu reden, galt sogar schon als tabu und wurde mit Hausarrest bestraft.

Das war schlimm. Aber nur halb so schlimm wie die fromme Scheinheiligkeit meiner Mutter. Die mir nur dann Süßigkeiten zugestand, wenn ich sonntags in die Kirche ging. Während sie doch nach und nach sämtliche Todsünden beging: Sie war hochmütig und behandelte unsere Hausangestellte wie den letzten Dreck. Und zudem war sie geizig, weil sie ihr nicht einmal an Weihnachten ein Trinkgeld zahlte. Ihr Jähzorn war so furchteinflößend wie legendär. Ihre Genusssucht versuchte sie zwar zu verbergen, aber ihr immer breiter werdendes Hinterteil verriet die Wahrheit. Und obwohl sie auf nichts verzichten musste, war sie stets neidisch auf diejenigen, die noch mehr besaßen als wir. Aber daran, sie jemals bei etwas beobachtet zu haben, das man als Arbeit bezeichnen könnte, kann ich mich nicht erinnern. Denn sie war auch faul.

Tut mir leid, meine Kleine – deine Großeltern waren wirklich furchtbare Menschen. Sei froh, dass ich dir Familienfeiern mit ihnen erspart habe.

Okay, das sollte witzig sein, aber ich fürchte, das war es nicht.

Das klingt ja schrecklich! Konntest du ihnen jemals verzeihen? Ich weiß nicht, ob ich es gekonnt hätte.

Aber diese Frage stellt sich ja nun nicht mehr. Du bist tot,

Mutter, und deine Worte klingen ganz danach, als ob auch meine Großeltern längst nicht mehr leben.

Es tut mir leid, dass sie streng waren und ungerecht, aber immerhin waren sie deine leiblichen Eltern, und du hattest nie Zweifel, ob es sich nicht vielleicht doch um Wildfremde handelte, die dich belogen.

Man kann das nicht aufrechnen, ich weiß. Du hattest eine schwierige Zeit, ich aber auch. Und die dauert noch an! Ich bin vollkommen durcheinander, seit ich achtzehn bin. Jetzt bin ich siebenunddreißig. Manche bezeichnen mich als völlig verkorkst. Danke, Mutter!

Doch das Schlimmste, was meine Eltern je getan haben, war, mich zur schwersten Entscheidung meines Lebens zu zwingen.
Sie sprachen von Schande und Sünde. Von ihrem guten Ruf und der Familienehre. Kein einziges Mal fragten sie, wie es mir ging. Ob ich die Tritte des Babys spürte. Oder ob ich an den jungen Franzosen dachte, den ich während des Schüleraustauschs auf einer Party getroffen und der mich in einem klapprigen Peugeot geschwängert hatte, ohne dabei auch nur ein einziges Wort zu sprechen – oder auch nur seinen Namen zu nennen. Eine Dummheit, klar, aber ich war jung und tat es nicht aus Lust oder Liebe, sondern um gegen meine Eltern zu rebellieren. Der Schuss ging nach hinten los. Wie ich mich in der schlimmsten Situation meines Lebens fühlte, war ihnen völlig schnuppe. Ja, sie fragten nicht einmal,

ob ich Angst vor der Geburt hatte. Und wie ich mir meine Zukunft vorstellte.
Doch während sie abwechselnd auf mich einredeten oder mich mit Schweigen bestraften, malte ich mir aus, dich aufwachsen zu sehen. Mit dir Ball zu spielen. Schlitten zu fahren. Dir vorzulesen, Zöpfe zu flechten, ein Gutenachtlied vorzusingen. Was ich mir ganz und gar nicht vorstellte, war, kein Teil deines Lebens zu sein. Dich Wildfremden anzuvertrauen. Dich loszulassen, bevor du Wurzeln geschlagen und deine Flügel ausgebreitet hast.
Sie zwangen mich dazu. Das konnten sie tun, schließlich war ich noch minderjährig und völlig abhängig von ihnen. Und sie wussten genau, dass die Vorstellung, ohne Zuhause, ohne Geld und ohne Unterstützung für dich sorgen zu müssen, mir eine Heidenangst einjagte.

Ernsthaft, sie haben dich gezwungen? Das ist ja unvorstellbar! Wie hast du das nur ertragen? Oh, ich glaube, ich hasse meine Großeltern mindestens so sehr wie du!

An dem Tag, an dem ich dich zur Welt brachte, war nicht nur meine Kindheit vorbei, sondern auch meine Mutterschaft – und für sehr, sehr lange Zeit auch jegliche Freude in meinem Leben.
Aber zum Glück nicht für immer …
Sobald ich volljährig war, zog ich aus der Villa aus

und begann eine Ausbildung. Ich wurde Krankenschwester, und das war eine der besten Entscheidungen, die ich je getroffen habe. Dieser Beruf erfüllt mich noch heute jeden Tag. Inzwischen, neun Jahre später, leite ich eine ganze Station, werde respektiert, habe viele Freunde, ein erfülltes Leben – und eine Familie.
Ja, ich bin jetzt verheiratet. Schon seit ein paar Jahren. Und vor ein paar Wochen kam Leon auf die Welt.

Moooment!

Soll das etwa bedeuten, dass …?

Ich weiß zwar nicht, ob deine Adoptiveltern deinen Namen geändert oder behalten haben, aber ich finde, Leon und Liane klingt wunderbar. Wie der Titel eines Theaterstücks. Oder eines Gedichts. Ich wünschte, er könnte seine große Schwester kennenlernen. Und du dein Brüderchen. Aber das wird wohl nicht möglich sein.
Aber vielleicht werdet ihr euch eines Tages begegnen. Wer weiß?

Diese Neuigkeit haut mich regelrecht um.

Ich habe tatsächlich einen Bruder! Einen achtundzwanzigjährigen Bruder. Einen Blutsverwandten. Ein Bindeglied zu meinen Wurzeln.

Das ist überwältigend.

Und gleichzeitig deprimiert es mich. Denn es zeigt mir allzu deutlich, dass ich mich selbst im Grunde überhaupt nicht kenne.

Klingt das nicht verrückt?

Ich weiß leider gar nichts. Nicht einmal, ob du diesen Brief jemals bekommen wirst. Ich werde ihn an die Adoptionsbehörde schicken und darum bitten, dass man ihn an dich weiterleitet. Dass ich selbst Kontakt zu dir aufnehme, werden sie mir natürlich nie gestatten. Das wäre gegen die Vorschrift. Daher weiß ich leider nicht, wie die Leute heißen, die dich adoptiert haben, oder wo sie wohnen.

Ich weiß lediglich, wie deine neue Mutter aussieht. Wahrscheinlich dachten damals alle, ich würde schlafen. Dabei hatte ich nur deshalb die Augen geschlossen, um nicht mit ansehen zu müssen, wie sie dich hinaustragen. Aber dann hielt ich es doch nicht aus und schielte durch die halb offene Tür, um dich so lange wie möglich anschauen zu können, bevor du für immer verschwunden sein würdest.

Da sah ich sie – die Adoptivmutter. Sie hatte kastanienbraune schulterlange Locken, trug eine Häkeltunika und strahlte über beide Ohren. Ich wusste sofort, dass sie dir eine glückliche Kindheit bescheren würde. Wer auch immer sie ist, sie wird dir so viel Liebe geben, wie du brauchst, und vielleicht sogar noch viel mehr. Ich glaube, dieses Wissen war das Einzige, was mich damals hat durchhalten lassen.

Und wie soll ich durchhalten? Kannst du mir das verraten?

Es gibt keinen Tag, an dem ich nicht an dich denke, das sollst du wissen. Wir müssen nicht beieinander sein, um einander nah zu sein. Vielleicht ist das sogar besser so. Es wäre egoistisch, mir zu wünschen, dass du mich kennenlernen willst. Es sei denn, du möchtest es selbst.

Aber warum solltest du?

Es geht dir gut in deiner neuen Familie, davon bin ich überzeugt. Es sind wunderbare Menschen. Das weiß ich, seit ich sah, wie deine Adoptivmutter dich anschaute. Voller Liebe. Sie ist das Beste, was dir passieren konnte.

Ich war das leider nicht.

Aber ich verspreche dir, Leon von dir zu erzählen. Er soll wissen, dass er eine wundervolle Schwester hat, auch wenn sie nicht bei uns leben darf.

Ich hoffe, dass du glücklich bist. Ein erfülltes Leben führen wirst. Und vielleicht hin und wieder ein klein wenig an mich denkst. Wenn du das tust, sollst du wissen, dass ich es jeden einzelnen Tag bereut habe, dich nicht bei mir behalten zu haben. Du fehlst mir einfach so ... Aber dir geht es gut, wo du bist, das fühle ich. Und das ist die Hauptsache.

In Liebe

Deine Mutter Viola Bergmann

(die trotz allem überglücklich ist, dich geboren zu haben)

Kapitel 19

Völlig durcheinander

Exakt fünf Minuten vor der verabredeten Uhrzeit hielt Erna Ritter es nicht länger aus und presste ihre kleine, altersfleckige Hand mit den großen goldenen Klunkern auf Lianes Klingelknopf. Sie trug eine brandneue Jogginghose in schwarz-weißem Zebramuster, ein pinkfarbenes Sweatshirt und violett-weiße Freizeitschuhe. Nach dem, was sie im Internet gelesen hatte, das perfekte Outfit für die bevorstehende sportliche Herausforderung.

Es dauerte ungewöhnlich lange, bis sich Schritte näherten und die Tür geöffnet wurde.

Liane sah aus, als hätte sie einen Geist gesehen.

»Oh, Erna«, sagte sie mit leichter Verwunderung in der Stimme. Als hätte sie ihre Verabredung vollkommen vergessen.

Das darf doch nicht wahr sein, dachte Erna verärgert. Hätte ich mir ja denken können, dass sie in letzter Sekunde kneift.

Doch eigentlich wirkte Liane nicht nervös. Eher so, als hätte sie einen Schock erlitten. Und waren das etwa Tränen in ihren Augen?

»Wie sieht's aus?«, erkundigte sich Erna. »Bist du so weit?«

Eine rhetorische Frage, denn dass Liane alles andere als bereit war, sah man auf den ersten Blick. Kein Mensch sprang in einem Sommerkleid aus einem Hubschrauber!

»Lieber Himmel, der Fallschirmsprung!«, rief Liane urplötzlich aus, und wenn sie keine begnadete Schauspielerin war, kam ihr die Erkenntnis tatsächlich erst in diesem Moment. »Sorry, das hab ich völlig verschwitzt. Ich muss ewig dagesessen haben … Tut mir leid. Gib mir drei Minuten.«

Erna hätte nicht darauf gewettet, dass sie es in dieser Zeit tatsächlich schaffen würde, und eigentlich nicht einmal, dass Liane es überhaupt versuchen würde, doch dann tauchte sie bereits nach zweieinhalb Minuten wieder auf, im dunkelblauen Trainingsanzug und mit vermutlich zwanzig Jahre alten Allround-Turnschuhen an den Füßen.

»Nora hat mir gerade eine Nachricht geschickt«, erklärte sie. »Wir treffen uns unten am Auto.«

»Na, bestens«, kommentierte Erna Ritter. Und das meinte sie auch genauso. Sie war von Haus aus Optimistin. Und wenn sie in den seltenen Situationen, in denen sie schwarzsah, eines Besseren belehrt wurde, konnte ihr das nur recht sein. Doch was, wenn sie sich zu früh freute? Liane hatte noch mehr als genug Gelegenheiten, einen Rückzieher zu machen.

»Hast du Angst?«, bohrte Erna nach, während sie auf Lianes Auto zugingen, an dem Nora schon auf sie wartete.

»Angst? Das ist völlig untertrieben«, gestand Liane, und zu Ernas großer Verwunderung fügte sie mit einem schiefen Grinsen hinzu: »Aber ich habe mich viel zu lange von meinen Ängsten einschränken lassen. Deshalb werde ich sie diesmal einfach ignorieren und versuchen, das Ganze irgendwie zu genießen.«

»Gute Einstellung«, nickte Erna. »Ich wette, du wirst es nicht bereuen. Das wird ein wunderbares, unvergessliches Erlebnis. Für uns alle.«

»Gewiss«, erwiderte Liane schlicht.

Kaum zu fassen, dass die beiden so cool waren. Damit hätte Nora nicht gerechnet – vor allem nicht bei Liane. Nun war sie selbst offenbar die Einzige, die Bammel hatte. Und das nicht zu knapp.

Während Erna trotz ihres Alters strahlte wie ein junges Mädchen, wirkte Liane hoch konzentriert – fast als ob sie meditierte. Mit halb geschlossenen Augen saß sie neben ihr im Warteraum und schien vor sich hin zu murmeln. Betete sie etwa? Hatte sie doch Panik? Aber nein, ihre Hände waren entspannt, ihr Atem ging ruhig, auf ihrer Stirn stand kein Angstschweiß.

Nora wünschte, sie selbst wäre ebenso gelöst. Dabei hätte sie noch gestern darauf gewettet, dass Liane diejenige wäre, die durchdrehte und in letzter Sekunde absagte.

Während der Einweisung, bei der sie auch ihre Tandempartner – allesamt erfahrene Fallschirmspringer – kennenlernten, machte Liane sogar Scherze, während Nora einen trockenen Mund bekam.

Dann wurden die Kombianzüge verteilt, außerdem Helme, Sprungbrillen, Nierengurte und Knieschoner. Sie sollte sich also rundum geschützt fühlen. Aber das tat sie nicht. Sie fühlte sich vielmehr ausgeliefert und hilflos. Das Sicherheitsequipment wirkte auf sie wie ein riesiges Warnschild, auf dem »Vorsicht, Lebensgefahr« stand.

Lianes Tandempartner war ein drahtiger Lockenkopf um die fünfzig, der so lässig wirkte, als hätte er ein Kaffeekränzchen vor sich, keinen Fallschirmsprung mit einer blutigen Anfängerin. Erna würde zusammen mit einer vollschlanken Mittdreißigerin springen und Nora mit dem Mann, der sie vorhin unterwiesen hatte – Typ Superheld mit mehr Muskeln als Haaren.

»Zeit für den Start«, kommandierte er, und die ganze Truppe setzte sich in Bewegung. Einige von ihnen dynamischer als andere. Genauer gesagt: alle dynamischer als sie selbst! Nora fühlte sich, als hätte sie Blei in den Gliedern. Wie konnten die anderen nur so flott auf den Heli zumarschieren?

»Das Wetter ist perfekt, Temperatur fünfundzwanzig Grad, fast überhaupt kein Wind«, verkündete der Pilot. »Wir starten in Kürze. Sobald wir auf 4000 Metern Höhe sind, geht der Spaß los. Genießt euren Sprung.«

4000 Meter? Sie würde vier Kilometer über dem Erdboden rausspringen, und das auch noch freiwillig? Das war doch vollkommen irrsinnig! Wo blieb der verdammte Nervenkitzel? Die Begeisterung? Das Glücksgefühl?

Im Hubschrauber war es nicht gerade heimelig. Sondern laut, klapprig, erschreckend funktionell und einfach wahnsinnig einschüchternd.

Als sie nach viel zu kurzer Zeit die Absprunghöhe erreicht hatten, forderte ihr Tandemmaster sie auf, sich bereitzumachen. Was bedeutete, dass das Gurtzeug zwischen ihnen im Bereich der Schultern und der Hüften befestigt wurde. Sie bewegte sich dabei ungeschickt und hektisch, während ihre beiden Mitstreiterinnen total ruhig wirkten. Hatten sie etwa Beruhigungsmittel genommen? Das ging doch nicht mit rechten Dingen zu!

»Sie müssen Vertrauen haben«, sagte ihr Tandempartner. »Es ist zwar Ihr erster Sprung, aber beileibe nicht unserer. Bisher haben wir alle überlebt. Und wir haben nicht vor, das heute zu ändern.«

Das sollte vermutlich ein Scherz sein, um sie zu beruhigen. Aber es funktionierte leider nicht besonders gut.

Liane und ihr Lockenkopf waren als Erste dran.

Ich kriege das auch hin, versuchte Nora, sich selbst Mut zu machen. Liane konnte doch unmöglich mutiger sein als sie! Deal: Wenn Liane es durchzog, würde sie es auch tun. Aber Liane bekam bestimmt noch kalte Füße, und dann hätte sie selbst eine prima Ausrede, ebenfalls auszusteigen.

Doch dann kam alles ganz anders. Liane war zwar ziemlich blass und murmelte etwas von wackeligen Knien, doch als die Ausstiegsluke geöffnet wurde, machten sie und ihr Tandempartner sich bereit.

Und dann taten sie es. Sie sprangen einfach hinaus. Lianes Schrei klang ein wenig schrill, aber mehr aufgekratzt denn hysterisch. Und dann waren sie außerhalb ihres Blickfeldes.

Als Nächstes kamen Erna und die Mollige dran. Vor dem Absprung machten sie Witze darüber, dass Erna zwar ihre bisher älteste Tandempartnerin war, aber auch mit Abstand die coolste, und kicherten herum wie Teenies.

Nun blieb nur noch Nora selbst. Sie und der Superheld, der ihr auf einmal gar nicht mehr so besonders heldenhaft erschien.

Wollte sie das hier überhaupt?

War sie denn verrückt geworden, diese Sache auf ihre Bucket List zu setzen?

War vielleicht sogar die ganze Liste nichts als Nonsens?

»Jetzt sind wir dran«, sagte ihr Tandempartner. Es kam ihr vor wie eine Filmszene, bei der sie nicht Darstellerin, sondern Zuschauerin war.

»Okay«, hörte sie sich antworten. Danach dachte sie gar nichts mehr.

Die letzten zwei Wochen hatte Gregor Hill wie im Rausch erlebt. Im Farbrausch, um genau zu sein. Er hatte sich in sein neues Atelier zurückgezogen und es vierzehn Tage lang kein einziges Mal verlassen, sondern im Grunde rund um die Uhr gemalt. Ein Bild nach dem anderen. Die Ideen strömten nur so aus ihm heraus, und teilweise arbeitete er sogar beidhändig, um sie so schnell auf die Leinwand bannen zu können, wie sie ihm einfielen. So schuftete er bis zur absoluten Erschöpfung, und immer wenn er überhaupt nicht mehr konnte, legte er sich für ein paar Stunden auf das alte Cordsofa, das noch vom Vormieter in der Ecke stand. Ob es Tag oder Nacht war, spielte keine Rolle. War er wieder wach, kochte er sich eine Kanne Kaffee und stärkte sich mit einer Schüssel Müsli. Das genügte ihm und war vor allem immer griffbereit.

In diesen Wochen lebte er ausschließlich für seine Kunst, da war für so profane Dinge wie ausgewogene Ernährung, Feierabend, aber auch für Verabredungen oder Telefongespräche keine Zeit.

Was aber nicht bedeutete, dass er nicht an Liane dachte. Im Gegenteil – eigentlich dachte er ständig an sie. Aus einem Grund, den er selbst nicht genau benennen konnte, war sie zu seiner Muse geworden. Er musste sich nur ihr zauberhaftes Lächeln in Erinnerung rufen, ihre graziösen Hände und ihre elfenhafte Erscheinung, und schon fühlte er sich so inspiriert wie noch nie in seinem Leben.

Nach und nach entstand ein Kunstwerk nach dem anderen, und sie alle waren von einer ätherischen Leichtigkeit, die ihresgleichen suchte. Greg spürte genau, dass er im Begriff war, etwas Ungewöhnliches zu erschaffen, und deshalb kämpfte er auch nicht gegen seinen im Grunde völlig unverantwortlichen Lebenswandel an. Er wusste, dass diese Phase nicht ewig währen würde. Und so war er weder verwundert noch enttäuscht, als sie irgendwann so plötzlich endete, wie sie begonnen hatte.

Greg reinigte die Pinsel, lud die Bilder in seinen Bus und brachte sie zur Galerie. Dann fuhr er in seine neue

Wohnung, die er sich dank des plötzlichen Erfolges jetzt locker leisten konnte, duschte lange und ausgiebig, trank ein Glas Whisky aus der Flasche, die sein Opa ihm vermacht hatte und die er nur zu besonderen Anlässen hervorholte, bei denen er wünschte, er hätte sie mit seinem Opa gemeinsam feiern können, dann legte er sich aufs Ohr. Er verschlief den Nachmittag, die kommende Nacht und den halben nächsten Tag.

Nachdem er erwacht war, fiel ihm als Erstes ein, dass er versprochen hatte, sich bei Liane zu melden. Sofort sprang er aus dem Bett. Natürlich machte sein Handy keinen Mucks. Also aufladen. Okay. Als Greg geduscht aus dem Bad kam, ließ sich das Gerät zumindest einschalten. Wenn er es eingestöpselt ließ, konnte er bereits telefonieren. Doch was sollte er sagen? Sorry, Liane, ich habe ganz vergessen, dass es bei dir um Leben und Tod ging, aber ich hatte gerade einen Kreativitätsschub? Das klang geradezu lächerlich. Nein, er musste sich vor seinem Anruf ein paar Worte zurechtlegen.

Und vielleicht war auch eine Mahlzeit angebracht. Sein Magen knurrte wie ein wütender Grizzly – jedenfalls schien es ihm so. Also lief er rasch zur Bäckerei um die Ecke und erstand einen Laib Bauernbrot.

Der Akku war inzwischen zu 25 Prozent aufgeladen. Das würde ausreichen. Es gab jetzt keinen Grund mehr, noch länger zu zögern. Auch wenn er immer noch keine Ahnung hatte, was er Liane sagen sollte. Nun ja, vielleicht würde sich das irgendwie ergeben.

Greg wählte ihre Nummer und wippte nervös von den Fersen auf die Zehen und zurück. Was, wenn sie nicht mit ihm reden wollte? Wenn sie einfach wieder auflegte, weil sie enttäuscht von ihm war? Was, wenn sie nicht mehr lebte?!

»Hallo, Klein hier«, stoppte eine muntere Stimme sein Gedankenkarussell. Sie erinnerte ihn nur entfernt an die Liane, die er kennengelernt hatte. Für einen Moment bezweifelte er, die Nummer korrekt eingegeben zu haben, doch dann fiel ihm ein, dass Liane sie ihm ja höchstselbst diktiert hatte.

»Huhuuuu – hier spricht Liane, wer ist dran?«, zwitscherte sie, und da erkannte er sie endlich.

»Hey, Liane. Hier ist Greg. Für den Fall, dass du dich nicht an mich erinnerst: Ich bin der Künstlerheini, den du mal am Straßenrand aufgelesen hast – und umgekehrt. Und den man mit Fug und Recht als treulose Tomate bezeichnen könnte. Denn eigentlich wollte ich längst angerufen haben und …«

»Greg! Cool, dass du dich meldest, das ist ja eine nette Überraschung«, unterbrach sie seine Entschuldigung gut gelaunt. »Ich hoffe, dir geht es so ausgezeichnet wie mir!«

Das hörte sich nicht danach an, als wäre sie wütend. Oder als wollte sie nicht mit ihm reden. Und schon gar nicht, als wäre sie sterbenskrank.

»Heißt das, die Kehlkopfspiegelung hat Entwarnung gegeben?«

»Ach, stimmt, das weißt du ja noch gar nicht. Stell dir vor, ich bin kerngesund. Kein Krebs, kein gar nichts! Du liebe Zeit, seit ich das weiß, ist schon so viel passiert … Wo hast du bloß gesteckt?«

Greg atmete auf. »Ich bin echt erleichtert, das zu hören. Eigentlich wollte ich auch längst anrufen, aber dann kam … dauernd etwas dazwischen. Tut mir echt leid. Aber erzähl doch mal, warum du so happy klingst.«

»Happy ist gar kein Ausdruck. Drogen könnten nicht besser wirken«, gluckste Liane.

»Du hast doch nicht etwa …?«

»Ach was, keine Sorge. Ich bin bloß vorhin aus 'nem Hubschrauber gehüpft. Meine Güte, Adrenalin ist vielleicht ein geniales Zeug!«

»Die Verbindung muss gestört sein, Liane. Du errätst nie, was ich eben verstanden habe: du seist aus einem Hubschrauber gesprungen. Verrückt, oder?«

»Du hast dich nicht verhört. Wir waren beim Fallschirmspringen. Das musst du unbedingt mal ausprobieren! Noch nie habe ich mich so lebendig gefühlt wie vorhin im freien Fall. Das war einfach unglaublich. Und dabei war das noch nicht mal das Erstaunlichste, was ich heute erlebt habe.«

»Moment, ich komm gerade nicht mit. Was kann das denn noch toppen?«

»Na ja, ich habe erfahren, dass ich möglicherweise jahrelang auf die falsche Person sauer war. Und dass es eine wichtige Person in meinem Leben gibt, von deren Existenz ich bis vor ein paar Stunden nichts wusste. Man könnte also sagen, der heutige Tag war nicht gerade langweilig. Und jetzt bin ich sowohl total verwirrt als auch voller Glückshormone. Aber eins ist sicher: Ich werde nie wieder Angst haben. Nicht nach dem Sprung aus vier Kilometern Höhe.«

Greg verspürte auf einmal den dringenden Wunsch, Liane in die Arme zu schließen, den Pfirsichduft ihrer Haare einzuatmen und ihr ins Ohr zu flüstern, wie stolz er auf sie war.

Ihre Stimme klang ganz anders als sonst – geradezu euphorisch. Aber da schwang noch etwas mit, und das weckte seine Aufmerksamkeit. Es musste mit der geheimnisvollen Nachricht zu tun haben.

»Willst du Kontakt zu der Person aufnehmen?«, fragte er.

Liane zögerte. »Ich weiß nicht. Vielleicht. Wahrscheinlich schon. Aber noch bin ich nicht so weit.«

»Klar, versteh ich. Du musst das erst mal verdauen.«

»Nein, erst muss ich feiern! Nora und Erna warten schon. Es gibt Champagner. Wenn nicht heute, wann dann?«

»Okay, das verstehe ich«, erwiderte er. Du musst ja total durcheinander sein. Und auch wenn du behauptest, keine Angst zu haben, möchte ich wetten, dass du, wenn es um die Menschen geht, die dir etwas bedeuten, alles andere als furchtlos bist. Dachte er. Laut ergänzte er nur: »Ich muss demnächst ein paar Tage nach London zu einem Galeristen. Danach sollten wir mal was trinken gehen, hast du Lust?«

»Super Idee, gern.«

»Ich melde mich«, versprach Greg, den ihre spontane Begeisterung mehr freute, als er erwartet hätte. Und um ein Haar hätte er noch etwas Gefühlsduseliges hinzugefügt, doch da war das Gespräch schon vorbei. Sie hatte aufgelegt.

»Ich komm ja gleich!«, vertröstete Liane ihre ungleichen Freundinnen, die schon mit gefüllten Schampusgläsern auf sie warteten. Erst noch schnell Greg zu ihrer Kontaktliste hinzufügen. Wenn er sich nicht von sich aus meldete, würde sie ihn eben selbst anrufen. Ob das als Mutprobe für ihre Bucket List zählte?

Und nun?

Da bin ich wieder, Viola. Nicht weil der Friedhof langsam zu meinem Lieblingsort wird, sondern weil ich was loswerden muss. Sonst werde ich noch verrückt.

Mensch, Mutter! Da hast du ja eine ganz schöne Bombe platzen lassen. Ich habe also einen Bruder.

BÄÄÄM.

Das ist echt ein Knaller.

Aber ich hab auch ein paar Überraschungen für dich. Ich bin nämlich sauer. Stinksauer sogar!

Auf Ruth.

Auf dich.

Und vor allem auf mich selbst …

Hätte ich diesen verflixten Brief doch nur früher geöffnet! Und erkannt, dass es eigentlich zwei sind.

Aber jetzt ist es eben so.

Und weiter?

Hey, Viola, lass mich nicht im Stich. Nicht schon wieder. Gib mir wenigstens ein Zeichen. Was erwartest du jetzt von mir? Soll ich dir einfach so verzeihen?

Okay, das kriege ich womöglich hin.

Es würde mich nicht wundern, wenn du dafür wärst, dass

ich Ruth ebenfalls vergebe. Du warst dir damals so sicher, dass ich bei ihr eine glückliche Kindheit haben würde. Und das hat ja auch so ziemlich hingehauen. Bis ich sie als Lügnerin entlarvte …

Mal angenommen, ich könnte mich dazu durchringen, das zu vergessen: Wie kann ich Ruth nach all den Jahren unter die Augen treten? Was, wenn sie eine gebrochene Frau ist? Wäre das dann meine Schuld?

Wer muss hier eigentlich wem vergeben?

Ach, Mutter, warum konnte ich nicht dein anderes Kind sein? Leon durfte bei dir aufwachsen. In einer echten Familie.

Du liebe Zeit, ich glaube, ich bin eifersüchtig auf ihn. Meinen Bruder, den ich nicht einmal kenne!

Nicht gerade sehr erwachsen von mir. Und auch nicht die ideale Voraussetzung dafür, ihn zu suchen.

Verflixt, ich hasse es, so voller negativer Gefühle zu sein. Das war ich früher nie. Damals, als ich noch nichts von dir ahnte und schon gar nichts von Leon. Und als ich Ruth noch für meine Mutter hielt.

Weißt du was, Viola? Sie ist es auch.

Eine Mutter ist diejenige Frau, die einen liebt, tröstet, beschützt, begleitet, aufzieht.

Das warst du nie.

Sondern immer nur Ruth.

Warum war ich so stur? Wieso habe ich nicht wenigstens zugehört, als Ruth mir ihre Beweggründe erklären wollte? Was hat mich so unversöhnlich und nachtragend gemacht?

Ich glaube, ich rede wirres Zeug. Dabei sollte ich einfach nur glücklich sein. Ich werde leben. Und ich habe eine aufregende Zukunft vor mir. Der Fallschirmsprung war erst der Anfang.

Doch was tu ich, statt mich zu freuen? Ich mache mir Vorwürfe. Vielleicht sollte ich zuallererst mir selbst vergeben, bevor ich das bei anderen schaffe?

Wenn das doch nur nicht so verdammt schwer wäre!

Kapitel 20

Planänderung

»Liane, kannst du Frau Schüllers Textilschutz binden? Der rutscht sonst gleich auf den Boden.«

Nora gab diese Anweisung, als wäre es das Natürlichste der Welt, einer erwachsenen Person einen Sabberlatz umzulegen. Wenigstens hatte der kein infantiles Motiv, sondern sah aus wie ein riesiges Handtuch, das sich an zwei Enden verjüngte, sodass man sie im Nacken der Insassen zuknoten konnte.

Nein, halt, es hieß ja nicht Insassen, sondern Bewohner –, das hatte Nora ihr eingebläut. Aber Tatsache war, dass die alten Leute hier im Heim mehr oder weniger gefangen waren. Wenn sie die Station verließen, ertönte ein durchdringendes Alarmsignal, kaum dass sie die Abschlusstür geöffnet hatten. Und die meisten von ihnen blieben lebenslänglich. Auch wenn das in manchen Fällen ein eher überschaubarer Zeitraum war.

»Liane, träumst du?«

»Tut mir leid, wird sofort erledigt.« Mit gespielter Fröhlichkeit tat Liane, worum ihre Freundin sie gebeten hatte, und versuchte dabei, ihren Ekel zu verbergen. Nora hätte nicht erwähnen sollen, dass sich Frottee wegen seiner hohen Saugfähigkeit perfekt als Textilschutz eignete. Das und die Tatsache, dass Frau Schüller einen Speichelfluss hatte wie ein zahnendes Kleinkind, ließ sie erschauern. Wie schaffte es Nora bloß, diese Frau zu umarmen?

Mit spitzen Fingern nahm Liane Frau Schüllers Löffel und begann, sie zu füttern. Es gab etwas, das wie Brei aussah, aber nach Kohl roch. Kartoffel-Wirsing-Püree lautete die offizielle Bezeichnung. Frau Schüller schien die Pampe zu schmecken, denn sie sperrte ihren schmallippigen, zahnlosen Mund auf wie ein hungriges Vögelchen. Kam Liane mit dem Löffel in ihre Nähe, schnappte sie zu und zermalmte das Essen dann unnötigerweise, indem sie den Unterkiefer heftig kreisen ließ. Was Liane ein bisschen an ein Kamel erinnerte.

»Schmeckt's?«, fragte sie, um das unangebrachte Kichern, das in ihr aufstieg, zu unterdrücken.

»Wooooooohu!«, machte Frau Schüller. Es war ein langer, schriller, leicht fragender Ton – und die einzige Vokabel, die sie noch im Repertoire hatte. Immer wenn sie die verwendete, taten die Pflegerinnen so, als wäre das eine völlig normale Art, sich zu unterhalten.

Liane tat es ihnen gleich. »Das freut mich aber – sieht auch sehr lecker aus«, sagte sie und kam sich dabei unglaublich verlogen vor. Und fehl am Platz. Wie hatte sie nur glauben können, die Arbeit in einem Altenpflegeheim würde zu ihr passen? Sie war jetzt gerade mal drei Stunden hier und wusste bereits seit zwei Stunden und neunundfünfzig Minuten, dass dem nicht so war.

»Woooohuuuuu!«, machte Frau Schüller erneut, diesmal noch langgezogener.

»Halt's Maul, Schüller«, brüllte eine mürrische Greisin vom anderen Ende des Speiseraums. Frau Zick. Liane musste sich beherrschen, um nicht laut loszuprusten. Die Geduld des Pflegepersonals mochte zwar schier unendlich zu sein, doch die anderen Insassen – nein: Bewohner – hatten dafür eine extrem niedrige Toleranzschwelle. Wenn ihnen was auf den Keks ging, zögerten sie nicht, ihrem Ärger Luft zu machen, und das so laut und so derb, wie es ihnen passte.

»Ich hab Hunger!«, beklagte sich der knochige Herr im Rollstuhl, der bis eben friedlich geschlummert hatte. Mit dem Frieden war es jetzt vorbei, denn Herr Berg warf flammende Blicke in die Runde und zitterte vor Empörung, dass sein Verlangen nach Essen nicht umgehend erfüllt wurde.

»Hallo? Hallooo? Halloooo?«, dröhnte er los.

»Sie bekommen gleich etwas, Herr Berg«, rief Nora ihm fröhlich zu, als wäre sein aggressives Gegröle eine angemessene Ausdrucksweise.

»Wooooohuuuuuuu«, machte Frau Schüller.

»Halt's Maul!«, schimpfte Frau Zick.

»Hallooooo? Hunger!«, brüllte Herr Berg.

Platsch, so machte es direkt neben Liane. Frau Anders war über ihrer Suppe eingeschlafen und mit dem Kopf im Teller gelandet. Konnte man eigentlich in einer Portion Rinderbrühe ertrinken? Liane fürchtete schon, eine Mund-zu-Mund-Beatmung vornehmen zu müssen, doch da schreckte Frau Anders prustend wieder hoch.

In ihren dünnen gelblich-grauen Strähnen hing Suppengrün.

Sofort war Nora zur Stelle, beruhigte die Ärmste, wusch sie und trocknete sie ab. »Wollen Sie lieber erst ein Stündchen ruhen und dann Ihre Suppe essen?«, fragte sie freundlich.

»Was ist los? Welche Kuh?«

Frau Anders war eindeutig eine Kandidatin für ein Hörgerät. Vielleicht besaß sie sogar eins, hatte es aber verloren oder vergessen oder einfach verlegt.

»Soll ich Sie ins Bett bringen und Ihre Suppe später wieder aufwärmen?«, wiederholte Nora ihren Vorschlag.

»Ich hab keine Puppe, ich bin doch kein Kleinkind«, teilte Frau Anders leicht pikiert mit.

»Sind Sie müde?«, versuchte es Nora erneut.

»Keineswegs«, verkündete die alte Dame würdevoll. »Ich gedenke jetzt eine Mahlzeit einzunehmen. Wenn Sie mich also bitte entschuldigen würden.«

»Hallo? Halloooo? Hunger!«, krähte Herr Berg.

»Wooooooohuuu«, machte Frau Schüller.

»Schnauze«, keifte Frau Zick.

»Ich muss kurz hier raus«, raunte Liane, und Nora nickte nur.

Nach fünf Minuten im Park ging es wieder, und sie hatte sich so weit gesammelt, dass sie zurückkehren konnte. Aber nicht um weiterzumachen, sondern um mit Nora zu reden.

Die war gerade dabei, Frau Anders, die erneut kopfüber in die Rinderbrühe geplumpst war, ins Bett zu verfrachten. Dass sie gerade eine Mahlzeit zu sich nehmen wollte, hatte die alte Dame inzwischen vergessen.

»Es ist längst Schlafenszeit«, murmelte sie. »Zwingen Sie mich nicht zu Überstund…« Doch dann unterbrach sie sich selbst mit einem herzhaften Schnarchen. Sie war mitten im Wort eingeschlafen.

»Du, Nora, es war ja furchtbar nett von dir, mich hier mal reinschnuppern zu lassen, aber …«

»… aber das ist leider überhaupt nichts für dich«, vervollständigte Nora ihren Satz.

Liane nickte unglücklich. »Ich fühle mich mies. Ehrlich. Bin ich ein schlechter Mensch, wenn ich es hier einfach furchtbar finde? Ich bewundere dich für deine Geduld und die liebevolle Art, mit der du die alten Menschen behandelst, aber ich kann es einfach nicht. Nein, ich kann nicht.«

Nora ergriff Lianes Hände und schaute ihr fest in die Augen. »Wenn du glaubst, ein schlechter Mensch zu sein, bloß weil mein Traumberuf nicht auch deiner ist, dann bist du echt ein Schaf«, sagte sie und brachte Liane damit zum Lachen. Hauptsächlich vor Erleichterung!

»Ich hab mir echt Mühe gegeben, aber … Ich fürchte, ich werde verrückt, wenn ich noch länger hierbleibe.«

»Ich weiß. Nun hau schon ab.«

»Danke!«

»Heute Abend Pizza?«

»Okay. Kommst du zu mir? Ich lade dich ein.«

»Das musst du nicht.«

»Ich weiß.«

Nora musste innerlich grinsen, als sie sich Lianes entsetzte Miene in Erinnerung rief. Ihre Wohngruppe hatte heute aber auch wirklich eine abgefahrene Show geliefert. Das war nicht jeden Tag so. Aber selbst wenn, Nora wäre damit klargekommen. Für sie war nichts davon beunruhigend, sie wusste, wie sie mit hungrigen, kreischenden, grantigen oder müden Bewohnern umgehen musste.

Aber sie wusste auch, wie sie das alles nach Feierabend hinter sich ließ. Und jetzt, auf dem Weg nach Hause, freute sie sich einfach nur auf einen gemütlichen Abend mit Liane. Sie würden Pizza essen, vielleicht einen leichten Sommerwein dazu genießen und quatschen. Oder schweigen. Oder einen Film schauen. Hoffentlich hatte Liane einen Menüflyer ihres Lieblingsitalieners daheim!

Doch als Liane ihr die Tür öffnete, roch Nora sofort, dass Bestellen heute überflüssig war.

»Du kochst?« Nora war ehrlich überrascht. Sie selbst war keine besonders gute Hausfrau, deshalb hatte sie schon so ziemlich jeden Bringdienst der Stadt getestet.

»Aber natürlich. Wobei – Pizza wird gebacken, nicht gekocht, sonst wäre es eine Tomatensuppe mit Käse und Brot«, gab Liane grinsend zurück.

Eine halbe Stunde später saßen sie am Tisch und ließen sich eine knusprige Pizza mit frischen Tomaten, viel Basilikum und Mozzarella schmecken.

»Herrlich!«, schwärmte Nora. Sie hatte schon lange nichts so Köstliches mehr gegessen. Nicht mal die Calzone von Heimservice Luigi konnte da mithalten. Nun ja, die musste ja auch die Anreise in einem Pappkarton überstehen, was nicht gerade förderlich für Konsistenz und Aroma war.

»Fast so lecker wie Kartoffel-Wirsing-Püree.«

Nora streckte ihrer Freundin die Zunge raus, dann brachen beide in Lachen aus.

Zehn Minuten später schob Liane den Teller von sich. Es war noch fast die Hälfte übrig, aber sie fühlte sich mehr als satt.

»Isst du das nicht mehr? Also ich hätte noch Appetit«, erklärte Nora und schnappte sich Lianes Pizzarest. »Ich hoffe, dein Gastspiel im Heim ist dir nicht auf den Magen geschlagen.«

»Bestimmt nicht. Ich hab in letzter Zeit ohnehin kaum Hunger.«

»Schlechtes Zeichen! Also jedenfalls bei unseren Senioren. Wer bei Tisch herzhaft zugreift und eine funktionierende Verdauung hat, wird so schnell nicht zum Wackelkandidaten.«

Liane war nicht davon begeistert, mit Frau Schüller, Frau Zick, Frau Anders und Herrn Berg verglichen zu werden. Und sie war ein wenig empfindlich, was das Thema Verdauung betraf – sie zog es vor, nicht darüber zu reden, wenn es sich irgendwie vermeiden ließ, und schon gar nicht bei Tisch. Daher ging sie auf das vermeintlich unverfänglichere Stichwort ein: »Was sind denn Wackelkandidaten?«

»Das sind die Bewohner, deren Betten vermutlich in Kürze für Neuankömmlinge frei werden.«

»Du meinst, weil sie …?«

»Genau. Weil sie bald sterben werden.«

Liane wünschte, sie hätte nicht nachgefragt. Denn dieses Thema war auch nicht gerade erbaulicher.

»Also ich bin jedenfalls keine Wackelkandidatin«, sagte sie. »Genauer gesagt: nicht mehr. Ich habe bloß keinen großen Appetit.«

»Dann fehlt dir was.«

Ja, das wusste Liane. Denn was ihr fehlte, war eine Aufgabe. Sie vermisste ihren Job. Oder besser gesagt: das Gefühl, etwas richtig gut zu können und gebraucht zu werden.

Denn auf die Dauer reichte eine Bucket List als Lebensinhalt einfach nicht aus. Die Tage, an denen sie nichts Wahnwitziges vorhatte, zogen sich wie Kaugummi. Und das waren die meisten Tage.

Natürlich hätte sie ihre Fotoalben auf Vordermann bringen, den Kleiderschrank ausmisten, die Fenster putzen können – aber das wäre nun wirklich keine angemessene Art und Weise gewesen, das Überleben zu feiern!

Und eigentlich gäbe es ja auch noch viel Wichtigeres, das sie in Angriff nehmen könnte – zum Beispiel ihrer Adoptivmutter zu vergeben. Aber die Emotionen hatten sie dermaßen umgehauen, dass sie erst wieder ihre Gedanken und Gefühle sortieren musste, bevor dieser Schritt infrage kam.

Und solange das so war, wollte sie auch nicht darüber reden – nicht einmal mit Nora. Obwohl die ja von ihrer Herkunft wusste. Aber nichts von den Briefen oder von Leon … Nora würde sich garantiert einmischen und sie zu etwas völlig Verrücktem überreden – zum Beispiel spontan zu Ruth zu fahren. Ihre Freundin konnte sehr überzeugend sein! Deshalb schwieg Liane lieber zu diesem Thema, bis sie selbst so weit war.

Stattdessen sprach sie über ihre zusammengeschmolzene Bucket List und die Tatsache, dass ihr zum ersten Mal im Leben so richtig langweilig war.

»Wie bitte? Ich hab mich doch wohl verhört!«, staunte Nora, als Liane damit herausrückte. »Langeweile, dass ich nicht lache. Das ist doch ein Luxusproblem!«

»Möglich. Bestimmt sogar. Aber das hilft mir nicht weiter.«

»Also, wenn ich freihätte, müsste ich nicht lange überlegen, was ich tun soll. Ich würde einfach raus in die Natur fahren und das Leben genießen. Ich würde wandern gehen, mich auf Blumenwiesen ausruhen, den Wolken zuschauen, nackt baden …«

Liane musste lachen. »Ernsthaft? Nackt baden? Davon träumst du? Das wäre das Letzte, worauf ich scharf wäre.«

»Aber das ist auch bei deinem nächtlichen Spaziergang, der Flugreise, dem Kugelfisch und dem Fallschirmsprung nicht anders gewesen. Und dann fandest du es jedes Mal großartig!«

Liane musste ihrer Freundin recht geben – und insgeheim ergänzte sie deren Liste um ein paar weitere Punkte, von denen Nora nichts ahnte. Ebenfalls Dinge, die sie früher nie getan hätte, aber dann doch cool fand: einen Anhalter mitnehmen, mit einem Wildfremden das Bett teilen, selbst per Anhalter fahren …

»Vielleicht bleibe ich lieber dabei, mich einfach zu langweilen«, sagte sie. »Ich hab mal gelesen, dass Langeweile zwar schwer zu ertragen, aber gleichzeitig der beste Nährboden für kreative Ideen ist. Es bleibt dem Hirn quasi nichts anderes übrig, als verrückte Ideen auszuspucken.«

»Klingt furchtbar!«, lautete Noras gnadenloses Urteil.

Wenig später packte sie zusammen.

»Willst du schon gehen?«

»Sei mir nicht böse, aber ich muss morgen wieder ganz früh raus.«

Im Stillen beglückwünschte sich Liane dazu, so lange schlafen zu dürfen, wie sie wollte. Auch wenn zu viel Freizeit mitunter langweilig sein konnte – lieber ertrug sie das, als mit Nora zu tauschen.

Beim Geschirrspülen grübelte Liane über den Vorschlag ihrer Freundin.

Wandern gehen.

Das wäre wirklich mal etwas vollkommen Neues.

Ohne Begleitung durch die Einöde zu marschieren, wäre der alten Liane garantiert nicht in den Sinn gekommen. Allein diese Erkenntnis sprach für die Idee.

Aber ungefährlich war die ganze Sache natürlich nicht. Sie könnte über eine Baumwurzel stolpern, stürzen und sich ein Bein brechen. Sie könnte sich verirren und dehydrieren. Wilde Tiere könnten sie angreifen und zerfleischen. Oder sie könnte von einem aggressiven Wildschwein niedergetrampelt werden. Alles schon vorgekommen.

Aber das würde nicht passieren! Weil sie zwar inzwischen mutig, aber nicht unvorsichtig war. Wenn sie eins bei Trend + Fun gelernt hatte, dann, dass perfekte Vorbereitung das A und O jedes Abenteuers war. Mit der richtigen Ausrüstung, einem ausgeklügelten Plan und für alle Eventualitäten auch einem Plan B, C und D im Hinterkopf lief nämlich selten etwas schief.

Und genauso ging sie auch jetzt vor. Genauer gesagt, bestellte sie online einen Wanderführer mit dem vielsagenden Titel »Wildromantisch, einsam, überraschend: Geheimtipp-Wandertouren«, außerdem einen Trekkingrucksack, Outdoor-Klamotten, Wanderschuhe, Trockenfleisch, Blasenpflaster, eine Thermoskanne, ein Sturmfeuerzeug, ein Schweizer Messer, einen Schlafsack, Wasseraufbereitungstabletten, eine Taschenlampe, Insektenschutz, ein Erste-Hilfe-Set, eine Notfall-Signalpfeife und eine Powerbank, um in der Wildnis ihr Handy aufladen zu können. Nach langem Überlegen hatte sie sich dagegen entschieden, auch noch ein Zelt mitzuschleppen. Sie würde es ohnehin nicht brauchen, und im Notfall genügte der Schlafsack. Schließlich war Sommer.

Dann war sie erschöpft und legte sich hin. Ihr letzter Gedanke vor dem Einschlafen war die Erkenntnis, dass sie in den nächsten Tagen wohl wenig Zeit für Langeweile haben würde.

Kapitel 21

Mutter Natur

Die Vorbereitungen hatten über eine Woche gedauert. Schließlich wollte Liane kein Risiko eingehen. Dass sie sich auf ein Abenteuer einließ, hieß ja noch lange nicht, dass sie es kopflos angehen würde. Der Rucksack musste perfekt gepackt sein, sodass das Gewicht optimal verteilt war. Die neuen Wanderschuhe mussten eingelaufen werden. Und welche Strecke sollte sie auswählen? Es waren so viele Dinge zu bedenken …

Manche Menschen glaubten ja, exakte Planung sei ein Zeichen von Furcht und Schwäche. Ihre Kolleginnen Sina und Jenny zum Beispiel. Die tickten so. Redeten von Spontaneität, Optimismus und Savoir vivre. Aber die hatten ja keine Ahnung. Vorbereitet zu sein, war vielmehr ein Zeichen von Stärke. Von Risikobewusstsein und Überlebenswille.

Liane ließ sich für einen Moment dazu hinreißen, sich vorzustellen, wie in ihrer Abwesenheit in der Agentur alles drunter und drüber ging. Wie ihre Kolleginnen und Kollegen wichtige Termine vertrödelten, entscheidende Details nicht klärten und ein Riesenchaos anrichteten, weil sie lieber genial waren als gründlich. Aber sie verscheuchte den Gedanken rasch wieder – sie wollte schließlich nicht schlecht über andere denken – und konzentrierte sich auf die Autofahrt.

Bis zum Startpunkt ihrer Wanderung waren es gut zweihundert Kilometer, und davon nur rund die Hälfte auf Autobahnen, der Rest führte über Landstraßen und Kreisstraßen, am Ende einspurig mit Ausweichbuchten für den unwahrscheinlichen Fall, dass Gegenverkehr käme.

Je einsamer die Gegend wurde, desto aufgeregter wurde Liane. Oder lag es an der Stille, dass ihr Herzschlag so zu dröhnen schien? Vermutlich hatte sie einfach nur Lampenfieber. Und das war im Grunde doch nichts anderes als Vorfreude auf eine besondere Herausforderung …

Denn was sie vorhatte, war definitiv nicht alltäglich. Sie hatte sich bewusst eine Wanderstrecke zu einem relativ abgelegenen See ausgesucht. Hier war nicht gerade der Nabel der Tourismuswelt, unerklärlicherweise, denn die Landschaft war wirklich sehr malerisch mit ihren Hügeln und Tälern, Wäldern und Weiden, Flüsschen und winzigen Siedlungen.

In dieser Gegend gab es garantiert mehr Schafe als Menschen, und das war ja nicht unbedingt das Schlechteste. Zumindest wenn man vorhatte, ungestört zu wandern und sogar nackt zu baden.

Eventuell.

Das würde sie spontan entscheiden, wenn sie angekommen war. Schließlich musste sie erst einmal sehen, ob sie die Strecke wirklich in drei Stunden schaffte.

Dann blieben ihr zwei Stunden Zeit, um am See zu rasten und unter Umständen auch schwimmen zu gehen. Weitere drei Stunden kalkulierte sie für den Rückweg, und dabei war sogar genug Puffer eingerechnet, um trotz einer weiteren Rast noch vor Einbruch der Dunkelheit wieder am Auto zu sein.

Das müsste problemlos klappen – schließlich war Hochsommer, die Nächte waren kurz und warm, sodass sie nicht einmal im schlimmst denkbaren Fall, einer Übernachtung unter freiem Himmel, erfrieren würde. Zumal sie einen Schlafsack dabeihatte, der auch für Minusgrade taugte …

Auf dem Parkplatz stand kein einziges anderes Auto. Perfekt! Sie freute sich darauf, allein unterwegs zu sein. In Ruhe nachzudenken. Oder noch besser: gar nichts zu denken. Einfach nur die Gegenwart zu genießen – und am Leben zu sein.

Liane stieg aus und reckte sich. Dann verglich sie die örtlichen Gegebenheiten mit ihrer Wanderkarte und steckte sie in die Tasche ihrer Weste, die ebenso neu war wie die Wanderschuhe, die Trekkinghose und das atmungsaktive T-Shirt. Sie schulterte den Rucksack, der zwar randvoll war, aber dennoch nicht so schwer wie befürchtet. Nun bewährte sich, dass sie die Trinkflaschen auf die Innenseite gepackt hatte, denn je weiter ein Gepäckstück vom Körper entfernt war, desto stärker wirkte sich sein Gewicht aus. Das hatte sie recherchiert.

»Auf geht's«, sagte sie zu sich selbst und machte sich auf den Weg.

Sie marschierte langsam und gleichmäßig, wie sie es sich vorgenommen hatte, und fand rasch ihren Rhythmus. Das tat gut, hatte beinahe etwas Meditatives. Nach ein paar Minuten fiel ihr ein, dass sie gar nicht auf die Uhr geschaut hatte. Das holte sie schnell nach, um später überprüfen zu können, ob sie ihren Zeitplan einhielt.

Als sie das nächste Mal nachsah, waren zu ihrer Überraschung schon anderthalb Stunden vergangen. Eigentlich hatte sie nämlich ein gutes Zeitgefühl. Doch Mutter Natur schien ihr Empfinden völlig durcheinandergebracht zu haben. So wie ein Magnet, mit dem man einen Kompass zum Rotieren brachte.

Inzwischen hatte sie die Hügellandschaft, die einen so wunderbar weiten Blick bot, hinter sich gelassen und wanderte jetzt durch einen Wald. Einen dunklen, undurchdringlichen Wald, der bestimmt voller Geheimnisse steckte. Das war irgendwie mystisch. Und beunruhigend! Sie brauchte ein paar Minuten, um sich daran zu gewöhnen. Die Vorstellung, dass hinter jedem Baum jemand – oder etwas? – lauern könnte, war alles andere als angenehm. Sie musste sich regelrecht zwingen, sich nicht ständig umzudrehen. Doch dank ihrer ausgeprägten Selbstdisziplin schaffte sie es rasch, ihre Furcht zu bezwingen. Und kaum war das gelungen, begann sie, sich wohlzufühlen – fast als wäre sie selbst Teil dieses Märchenwaldes. Genau wie die Eichhörnchen, Vögel, Pilze und Farne. Nicht zu vergessen die Ameisen, Moose …

Nie zuvor hatte sie sich bewusst gemacht, was für ein wunderschöner, hochkomplexer und rätselhafter

Organismus so ein Wald doch war. Bisher hatte sie ihn in erster Linie als Gefahrenzone betrachtet, die man am besten gar nicht erst betrat, und erst recht nicht ohne Begleitung. Und jetzt konnte sie sich nicht vorstellen, diesen Weg anders als allein zu gehen.

Wobei – vielleicht wäre es gar nicht so übel, gemeinsam mit Greg hier zu sein? Mit ihm konnte man wunderbar reden, aber auch schweigen. Und es würde ihm hier gefallen. Er würde die Ästhetik des Waldes mit seinem unvergleichlichen Künstlerblick wahrnehmen. Und irgendwie gehörte er ja auch zu allem, was sie neuerdings tat. Auch zu diesem Abenteuer. Denn dass sie ihn damals mitgenommen hatte, war der erste Punkt auf ihrer Bucket List gewesen, den sie abhaken konnte, noch bevor sie wusste, dass es so etwas überhaupt gab.

Beim Gedanken an die hysterische Liane von damals, die um ihr Leben fürchtete und vor lauter Panik nicht wusste, was sie tat, musste sie losprusten. Sie brüllte vor Lachen, bis ihr Tränen über die Wangen liefen. Sie lachte darüber, dass sie sich früher nicht mal auf einen Waldparkplatz gewagt hätte. Dass sie eher auf die nächste Staffel ihrer Lieblingsserie *Grey's Anatomy* verzichtet hätte, als mutterseelenallein durch den Wald zu laufen.

Und doch tat sie jetzt genau das. Obwohl ihr durchaus klar war, welche Gefahren hier lauerten. Inzwischen waren ihr sogar noch ein paar weitere eingefallen. Sowohl absolut absurde, so wie die Sache mit dem entflohenen Strafgefangenen, der sie niedermetzeln könnte, als auch höchst realistische wie die Möglichkeit, dass ein aggressiver Wespenschwarm sie verfolgte. So etwas kam schließlich durchaus vor, erst neulich wurde im Radio von einer Joggerin berichtet, die über siebzig Wespenstiche erlitt. Trotzdem war Liane völlig gelassen. Statt sich wie früher in eine Panik hineinzusteigern, versuchte sie, diesen Ausflug zu genießen.

Ja, genau das tat sie. Sie genoss es, Fuß vor Fuß zu setzen und die frische Waldluft einzuatmen. Und dachte bei jedem Schritt daran, wie wunderbar es war, nicht sterben zu müssen – jedenfalls nicht in nächster Zeit an Krebs.

Und das war wirklich ein großes Glück, denn sie würde es wirklich sehr vermissen, ihr neues Leben. Denn jedes Abenteuer, auf das sie sich einließ, steigerte ihre Lebensfreude. Und jetzt freute sie sich sogar aufs Schwimmengehen.

Und das nicht vielleicht, möglicherweise, unter Umständen.

Sondern unbändig und ganz zweifellos.

Am liebsten hätte sie ihr Tempo erhöht, doch erst einmal musste sie etwas trinken. Also setzte sie den Rucksack ab und breitete die Regenjacke, die sie zur Sicherheit eingepackt hatte, als Picknickdecke unter einer stattlichen Buche aus. Zehn Minuten Rast waren ohnehin eingeplant.

Während sich Liane die dünn gemischte Apfelsaftschorle schmecken ließ, ihrer Erfahrung nach der beste Durstlöscher von allen, betrachtete sie den silbrig graugrünen, glatten Stamm. Ihr Blick blieb an etwas hängen, was sie zunächst für ein Astloch hielt, doch dann stand sie auf, um sich die Sache näher anzuschauen.

Sie war nicht die Erste, die unter diesem Baum rastete, denn hier hatte jemand Initialen eingeritzt: L. K. + R. T. stand da und drum herum ein Herz.

Liane stutzte. L. K., das waren ja ihre eigenen Initialen! Was für ein Zufall …

Plötzlich schoss ihr ein ganz verrückter Gedanke durch den Kopf: Was, wenn ihr Bruder Leon hier gewesen war? Andererseits – wie standen die Chancen, dass Leons Nachname ebenfalls mit einem K anfing? Das wurde ja immer unwahrscheinlicher!

Aber nicht unmöglich.

Wenn sie nur wüsste, welchen Familiennamen ihr Bruder trug.

Sie trank noch einen Schluck, dann war es Zeit, zusammenzupacken und weiterzugehen.

Nach nicht einmal zehn Metern blieb Liane stehen.

Aber natürlich!

Dass sie daran nicht eher gedacht hatte … Wenn Leon genauso hieß wie seine – wie ihre leibliche – Mutter, dann kannte sie den Namen. Denn ihre Mutter hatte ihren Brief mit vollständigem Namen unterschrieben: Viola Bergmann.

Warum hatte sie das getan?

Wollte sie etwa ihrer Tochter ermöglichen, nach ihr zu suchen? Hatte sie darauf gehofft? Wie enttäuscht musste sie gewesen sein, als Tage, Wochen, Monate und Jahre ins Land zogen, ohne dass Liane sich meldete?

Für einen Moment blieb ihr die Luft weg beim Gedanken daran, welche Möglichkeiten bestanden hätten, wenn sie den Brief früher gelesen hätte.

Dann fing sie sich wieder und atmete tief durch.

Es hatte keinen Sinn, zurückzublicken. Denn das, was hätte sein können, war für immer vorbei. Diese Chance war vertan. Aber es gab eine Gegenwart. Und eine Zukunft. Mit neuen Chancen. Und eine davon konnte sie sogar jetzt sofort nutzen!

Aufgeregt zückte sie ihr Smartphone. Ein Wunder, dass sie hier draußen überhaupt Internet hatte. Das Netzsignal war zwar recht schwach, aber stabil.

Liane tippte auf die Google-App und gab den Namen ihres Bruders ein. Leon Bergmann. Ihr Herz klopfte wie wild, als sie auf den Suchebutton tippte. Sofort erschien eine Reihe von Resultaten. Lauter Textseiten. Sie wechselte zur Bildersuche und erstarrte.

Das konnte doch nicht wahr sein: War das etwa eine optische Täuschung? Denn was sie da sah, war ihr eigenes Ebenbild. Ihr jüngeres, männliches Ebenbild.

Kapitel 22

Eiskalt erwischt

Der Weg wurde allmählich steiler, doch Liane bemerkte es kaum. Zu sehr war sie in Gedanken versunken. Dass Leon überhaupt existierte, hatte sie ja schon gründlich aufgewühlt, aber ihn nun zu sehen, war ein regelrechter Schock. Zumal gar kein Zweifel bestand, dass dieser Leon Bergmann genau der war, den sie suchte. Dazu war sein Lächeln dem ihren einfach zu ähnlich.

Im ersten Moment fühlte sie sich versucht, ihn spontan anzurufen. Doch dann wurde ihr klar, dass sie überhaupt nicht wusste, was sie ihm sagen sollte. »Hallo, hier ist deine Schwester. Tut mir leid, dass ich mich jetzt erst melde, aber ich war zu feige, den Brief unserer Mutter schon vor Jahren zu lesen« – nein, das wäre kein guter Anfang. Vermutlich würde sie vor Aufregung kein Wort herausbringen. Nein, sie musste sich die ersten Worte, die sie an ihren Bruder richten würde, gut überlegen. Auf ein paar Tage kam es nach all der Zeit ohnehin nicht an. Zumal Leon sowieso längst aufgehört haben dürfte, auf ein Lebenszeichen von ihr zu warten.

Wie er wohl reagierte, wenn sie sich meldete? Würde er sich freuen? Oder würde er ein paar Tage brauchen, sich an den Gedanken zu gewöhnen, dass sie so plötzlich in sein Leben getreten war? Sie vermutete Letzteres, – jedenfalls wenn er ihr nicht nur äußerlich, sondern auch vom Wesen her glich.

Doch natürlich konnte sie nur spekulieren. Tatsache war, dass sie über ihren Bruder nur das wusste, was auf der Website der Firma stand, für die er arbeitete. Nämlich dass er Architekt war und zu einer Bürogemeinschaft gehörte, die sich auf öffentliche Gebäude spezialisiert hatte: Schulen, Kindergärten, Bürogebäude, Schwimmbäder. Und vermutlich kannte sie sogar einige Bauwerke, die er geplant hatte, denn Leon arbeitete in dem Viertel, in dem die Galerie lag, zu der sie Greg damals chauffiert hatte. Mit anderen Worten: Ihr Halbbruder lebte ganz in ihrer Nähe. Womöglich waren sie einander schon begegnet. Hatten im Supermarkt hintereinander an der Kasse angestanden. Oder nebeneinander an der Ampel auf Grün gewartet. Oder …

Liane stellte sich alle möglichen Situationen vor, in denen sie ihren Bruder, ohne es zu wissen, schon getroffen haben könnte, und während sie das tat, überwand sie die letzten hundert Meter des Aufstiegs, ohne sie als besonders anstrengend zu empfinden.

Gerade als sie beschlossen hatte, ihren Bruder überhaupt nicht anzurufen, sondern ihm lieber zu schreiben, weil sie sich ihre Worte dann gründlicher zurechtlegen konnte, trat sie aus dem Wald heraus und vergaß sofort alles andere.

Vor ihr erstreckte sich das zauberhafteste Fleckchen Erde, das sie je gesehen hatte: Zwischen dem Waldrand und der saftigen Blumenwiese am Horizont lag ein von bemoosten Felsbrocken umgrenzter Bergsee, in dessen jadegrünem Wasser das Sonnenlicht silbrig funkelte. Alles wirkte ruhig und friedlich und war zugleich so wunderschön, dass ihr die Worte fehlen würden, wenn sie versuchen wollte, es zu beschreiben. Doch das hatte sie gar nicht vor. Sie verzichtete auch darauf, ein Foto zu machen. Keine Aufnahme, ganz gleich wie kunstvoll, könnte diesen atemberaubenden Anblick festhalten. Stattdessen verharrte sie einfach ganz still und nahm ihn in sich auf – ebenso die Wärme der Sonnenstrahlen auf ihrer Haut und den Duft der Tannen.

Sie hätte sich kein besseres Ziel auswählen können. Dieser Ort war nicht von dieser Welt, und sie konnte es kaum fassen, ihn entdeckt zu haben.

Liane sah sich gründlich um. Sie war ganz allein. Unglaublich, dass es hier nicht so hoffnungslos überlaufen war wie an allen anderen besonderen Naturschauplätzen, die zu Touristenmagneten geworden waren. Das hatte sie vermutlich der Tatsache zu verdanken, dass es weder ein Hotel gab noch eine Hütte, nicht mal eine befestigte Straße hier hinauf.

Es fühlte sich völlig natürlich an, als sie sich dem See näherte und den Rucksack neben einem der großen Felsbrocken abstellte. Sie zog sich aus, faltete jedes Kleidungsstück sorgfältig und stapelte alles auf dem Felsen.

Schließlich stand sie vollkommen nackt da. Ein lauer Sommerwind streichelte ihre Haut, und sie war eins mit der Natur.

Vorsichtig hielt sie den großen Zeh ins klare Wasser. Sehr erfrischend.

Langsam, aber nicht zaghaft, ging sie hinein, bis sie brusttief im Wasser stand, dann schwamm sie los. Mit langsamen, kräftigen Zügen durchquerte sie den See. Obwohl das Wasser kalt war, fühlte es sich einfach wunderbar an, nackt zu schwimmen. Warum hatte sie sich bloß all die Jahre in einen Badeanzug gezwängt?

Nach einigen Schwimmzügen hatte sie sich auch an die eisigen Temperaturen gewöhnt. Sie drehte sich auf den Rücken, um sich treiben zu lassen und die wenigen weißen Schäfchenwolken zu betrachten, die am tiefblauen Sommerhimmel dahinzogen. Eine sah aus wie ein Pandabär, eine andere wie ein Pilz. Oder vielleicht doch eher wie ein Zwerg mit Zipfelmütze?

Sie schwamm weiter, als es plötzlich passierte: Ein fürchterlicher Schmerz schoss ihr in die Wade und machte es schier unmöglich, das Bein kontrolliert zu bewegen. Im Gegenteil – der Schmerz war so übermächtig, dass sie sich kaum über Wasser halten konnte.

Das muss ein Krampf sein, fuhr es ihr durch den Kopf. Ihre Wadenmuskulatur wehrte sich gegen die Kälte des Wassers und brachte sie damit in Lebensgefahr!

Nach Luft schnappend versuchte sie, sich daran zu erinnern, was sie darüber wusste. Ja, genau – sie musste versuchen, die verkrampfte Muskulatur zu dehnen. Das gelang am besten, wenn sie den Fuß umfasste und das Bein dehnte.

Autsch! Es funktionierte nicht. Der Schmerz war zu

stark. Wenn sie doch bloß näher am Ufer wäre! Hier musste der See mindestens drei Meter tief sein.

»Hilfe!«, rief sie verzweifelt, wohl wissend, dass niemand sie hören konnte. Die Einsamkeit, die ihr vorhin noch wie ein wahres Wunder erschienen war, wurde ihr jetzt zum Verhängnis.

Das Gefühl, ein Teil dieser traumhaft schönen Natur zu sein, würde sich bald auf tragische Weise bewahrheiten, wenn sie am Boden dieses Bergsees endete …

»Ich will nicht sterben«, wollte sie hinausschreien, doch mehr als ein Gegurgel brachte sie nicht hervor. Das Wasser schlug über ihrem Kopf zusammen, sie sank nach unten.

Sie musste sich zusammenreißen und ruhig bleiben! Wenn sie jetzt wie verrückt mit den Armen ruderte, würde sie nur unnötig Kräfte vergeuden. Besser war es, nicht dagegen anzukämpfen, um sich dann vom Boden abstoßen zu können. Hoffentlich war der nicht zu tief – oder zu schlammig. Wenn sie da unten stecken blieb, war alles aus …

Aber nein, Liane spürte Fels. Sie fand Halt und konzentrierte sich auf das gesunde Bein, das sie nach oben katapultierte.

Luft, endlich!

Sie atmete tief ein und ruderte mit den Armen. Für einen weiteren Hilferuf reichte die Zeit nicht mehr. Wichtiger war es jetzt, ihre Lunge mit Sauerstoff zu füllen. Und schon war sie wieder unter Wasser.

Sie musste es wieder schaffen, sich am Grund des Sees abzustoßen, aber das gelang höchstens nur noch zwei oder drei Mal, so viel war ihr jetzt schon klar, denn diesmal war die Luft bereits knapper. Früher oder später würde sie sich nicht mehr beherrschen können und reflexartig einatmen. Dann würde das kalte Wasser in ihre Lunge strömen.

»Hilfe!«, krächzte sie wider besseres Wissen, als sie wieder nach oben kam. Es reichte erneut nur für wenige Atemzüge, dann sank sie schon wieder unter Wasser.

Hieß es nicht, ertrinken sei ein gnädiger Tod? Aber sie wollte nicht sterben. Nicht heute. Nicht bevor sie Leon kennengelernt hatte. Und Ruth … Sie musste Ruth verzeihen. Sie hatte gedacht, sie hätte ewig Zeit dafür. Aber jetzt blieben ihr wohl nur noch wenige Augenblicke.

Wenn doch nur der Krampf einfach nachlassen würde … Sie musste versuchen, in Richtung Ufer zu rudern!

Beim nächsten Auftauchen reichte die Zeit nur, um hektisch nach Luft zu schnappen und einen kraftlosen Schwimmzug zu unternehmen. Der Krampf ließ einfach nicht nach, und das Ufer war noch immer in unerreichbarer Entfernung, da sie schon wieder nach unten sank.

Ihr Ende schien unausweichlich. Warum nur hatte sie nicht wenigstens Nora erzählt, wo genau sie hinwollte? Niemand würde sie finden – jedenfalls nicht, bevor sie vollkommen entstellt war.

Als Lorenz Wedding am Morgen zu seiner heutigen Etappe aufgebrochen war, hatte er eigentlich eine andere

Strecke geplant. Aber dann holte er eine lärmende Seniorengruppe ein, die ausgerechnet dieselbe Hütte wie er ansteuerte, und er disponierte spontan um, um ihren schrillen Stimmen, ihren albernen Wanderliedern und ihren Schinkensandwiches zu entgehen, die sie ihm aufdrängen wollten.

Bei der nächsten Gelegenheit bog er ab und steuerte ein neues Ziel an. Der Weg zu dem Bergsee war zwar deutlich weiter als der ursprünglich ausgewählte, aber dort würde ihm hoffentlich niemand in die Quere kommen. Nicht dass er etwas Besonderes vorgehabt hätte, aber wenn er sich in der Natur eine Auszeit vom stressigen Alltag gönnte, wollte er einfach nur allein sein. Mit sich, seinen Gedanken, dem Universum.

Das gleichmäßige Marschieren war besser als jede Meditation – und Lorenz Wedding hatte so allerhand Entspannungstechniken ausprobiert, von Yoga in Indien über Qigong in Peking bis zu Achtsamkeitsübungen im japanischen Zen-Kloster. Er hatte ein kleines Vermögen investiert, um dem Stress, dem er in seinem Managerjob ausgesetzt war, zu entgehen. Aber das war es ihm wert gewesen, denn der Preis, den er für sein Leben auf der Überholspur gezahlt hatte, war noch höher gewesen: Herzinfarkt mit Ende dreißig, Scheidung mit vierzig, Burn-out mit einundvierzig. Jetzt war er fünfundvierzig und fühlte sich so ausgeglichen wie nie zuvor. Der Job machte ihm wieder Freude, aber es gab keine Sechzig-Stunden-Wochen mehr und keine verschenkten Urlaubstage. Er nutzte jede arbeitsfreie Minute, um das Leben zu genießen. Und wurde dafür mit wunderbaren

Momenten wie diesem belohnt: Der Weg führte durch eine traumhaft schöne Bergblumenwiese, und dann lag er vor ihm – der wohl atemberaubendste Bergsee weit und breit. Friedlich und unberührt. Und dieses unvergleichliche Grün!

Doch dann kam Bewegung in die Wasseroberfläche. War das etwa … ein Arm? Ein Kopf? Ein Schrei?

Kein Zweifel – da kämpfte jemand verzweifelt gegen das Ertrinken. Lorenz zögerte keine Sekunde und sprintete sofort los.

Als Liane wieder zu sich kam, wusste sie für einen Moment nicht, wo sie sich befand. War das hier die andere Seite?

Was dafür sprach: Der strahlend blaue Himmel. Überirdisch schön.

Was dagegen sprach: Diese unsägliche Kälte! Sie zitterte am ganzen Körper, obwohl sie in eine Fleecedecke gehüllt war, wie sie tastend feststellte. Die Decke fühlte sich weich an. Besaß sie überhaupt so eine? Und wer hatte sie darin eingewickelt? Vermutlich dieselbe Person, die das Zelt aufgebaut und ein Lagerfeuer entfacht hatte. Es knisterte gleich nebenan und spendete Trost und Wärme.

Liane war noch immer verwirrt. Ein Feuer am helllichten Tag, und das mitten im Hochsommer? Und warum fror sie so fürchterlich?

Sie ließ ihren Blick schweifen und erkannte die Blumenwiese, die moosbewachsenen Felsbrocken und schließlich auch den See. Da fiel ihr alles wieder ein: der Krampf, ihre Verzweiflung, die nackte Panik …

Apropos nackt: Offenbar war sie noch immer unbekleidet. Wer auch immer ihr Retter war, er hatte sie absolut hüllenlos aus dem Wasser gezogen. Vielleicht war es ja eine Retterin?

»Gott sei Dank, du bist bei Bewusstsein!«, kam es von links. Eindeutig keine Sie.

Leon! Was, wenn es Leon war? Vielleicht hatte das Schicksal sie ja nicht zufällig hierhergeführt, sondern um ihn zu treffen? Für einen Augenblick war Liane vollkommen überzeugt davon, dass es so und nicht anders sein musste.

Dann drehte sie den Kopf, und es passierten nacheinander drei Dinge:

Ihr wurde fürchterlich übel, und sie erbrach sich heftig.

Jemand wischte ihr mit einem Papiertuch den Mund sauber.

Und sie erkannte, dass dieser jemand ganz und gar nicht so aussah wie ihr jüngeres, männliches Ebenbild. Sondern groß, drahtig, blauäugig und dunkelhaarig mit grauen Strähnen – genau wie die Lieblingsfigur aus ihrer Lieblingsserie.

War sie etwa doch tot? Schließlich war diese Figur in Staffel 11 einer Hirnblutung erlegen.

»McDreamy?«, hauchte sie matt.

Kapitel 23

Das war knapp

Auf den zweiten Blick erkannte Liane, dass ihr Retter doch keine so große Ähnlichkeit mit Patrick Dempsey hatte, der in ihrer Lieblingsserie *Grey's Anatomy* den Derek Shepherd spielte. McDreamys Mähne war dichter und gewellter, er hatte auch mehr Sorgenfalten als Lachfältchen und sah immer ein wenig unausgeschlafen aus. Ganz anders als ihr Gegenüber, das nicht nur hellwach, sondern trotz aller Besorgtheit auch leicht amüsiert wirkte.

»No, you aren't dreaming«, sagte er, und Liane fiel ein Stein vom Herzen, dass er offensichtlich nicht verstanden hatte, mit wem sie ihn soeben verwechselt hatte, sondern sie wohl für eine Amerikanerin hielt. Wenn sie jetzt so tat, als stimmte das, würde ihr peinlicher Irrtum auch nie auffliegen. Aber dazu war ihr Englisch einfach zu miserabel, also klärte sie die Sache lieber auf.

»Tut mir leid, ich bin gerade total verwirrt. Ich sollte mich wohl bedanken.« Sie versuchte zu lächeln, doch das gelang nur so mittelprächtig, denn die Übelkeit kehrte zurück, und sie wandte sich ab, um sich erneut zu übergeben.

»Du musst einiges an Wasser geschluckt haben«, erklärte ihr Retter. »Sei froh, dass ich zufällig vorbeigekommen bin, das war nämlich ganz schön knapp.«

»Bin ich auch«, seufzte sie. »Sehr froh sogar!«

Unvermittelt entbrannte in ihr eine grenzenlose Euphorie, die sie die Kälte vergessen ließ. Sie hatte überlebt! Um ein Haar wäre sie ertrunken, aber sie wurde gerettet. War das zu fassen? Was für einen Dusel sie doch hatte!

Das Glücksgefühl, das sie neulich nach ihrem Besuch in der HNO-Praxis vermisst hatte, war jetzt umso überwältigender.

»Ich heiße übrigens Lorenz«, stellte sich ihr Retter vor.

»Liane«, erwiderte sie. »Und ich bin nicht so leichtsinnig, wie es vielleicht aussieht. Jedenfalls war ich es bis heute nicht.«

Lorenz grinste, und seine Ähnlichkeit mit McDreamy nahm wieder zu. Liane wurde erneut bewusst, dass sie unter der Decke nackt war.

»Würdest du mir bitte meine Klamotten bringen? Sie liegen dort drüben, auf dem Felsbrocken, neben dem auch mein Rucksack steht.«

»Wird erledigt.«

Sie schaute ihm hinterher, wie er hinüberjoggte, um ihre Sachen einzusammeln. Seine Bewegungen waren kraftvoll und geschmeidig. Man sah, dass er kein Stubenhocker war. Ein faszinierender Typ – hätte sie ihn doch bloß in normaler Umgebung kennengelernt. Und angezogenerweise.

Was musste er nur von ihr denken?

Hätte sie geahnt, dass sie nicht allein war, wäre sie doch niemals nackt schwimmen gegangen!

Doch wäre sie tatsächlich allein auf weiter Flur gewesen, wäre sie vorhin jämmerlich ertrunken …

Lieber nackt gerettet als bekleidet sterben, entschied sie. Auf die Gefahr hin, dass dieser Lorenz einen völlig falschen Eindruck von ihr gewonnen hatte.

Andererseits – es war ja nicht das erste Mal, dass sie sich nicht ganz so tugendhaft benommen hatte, wie es eigentlich ihren Maßstäben entsprach. Wenn sie nur an ihr Julian-Abenteuer im Fugurausch dachte …

In den nassen Jeans fiel Lorenz Wedding jeder Schritt schwer. Er musste die Sachen dringend loswerden und gegen die trockenen tauschen, die er für alle Fälle eingepackt hatte.

Während Liane sich umständlich unter der Decke ankleidete, zog er selbst sich im Schutz des Zeltes um. Nicht dass sie auf falsche Gedanken käme. Er war kein Mann, der die Hilflosigkeit einer Frau ausnutzte – auch dann nicht, wenn sie schön wie eine Nymphe war. Während er sich ein trockenes Shirt überstreifte, dankte er im Stillen der Seniorentruppe, die ihn dazu gebracht hatte, diesen Weg zu wählen. Würde er an Schicksal und Bestimmung glauben, wäre er überzeugt davon, dass es so hatte kommen müssen. Tatsächlich aber dachte er einfach nur, was für ein glücklicher Zufall es doch gewesen war, dass er im rechten Moment am richtigen Ort gewesen war.

Was hatte diese Liane wohl dazu gebracht, ins eiskalte Wasser zu gehen? Ihr war offensichtlich nicht bewusst gewesen, wie gefährlich das war, so ganz ohne Begleitung. Oder hatte sie ihrem Leben etwa ein Ende setzen wollen? Nein, das konnte nicht sein – sonst hätte sie garantiert anders auf ihre Rettung reagiert. Mit Enttäuschung und Wut statt mit purer Erleichterung. Außerdem hatte sie ja behauptet, sonst nicht so leichtsinnig zu sein. Irgendwie rätselhaft, das Ganze.

Liane mühte sich immer noch unter der Decke ab, als Lorenz schon begann, die mitgebrachten Lebensmittel auszupacken. Er suchte geeignete Äste, spießte die Würstchen auf und fing an, sie über dem Feuer zu grillen.

»Ist wildes Campen und unangemeldetes Feuermachen nicht verboten?«, meldete sich Liane zu Wort. Sie trug nun Trekkinghosen und ein dunkelblaues T-Shirt, das die Blässe ihrer Haut noch betonte.

Ihr Einwand brachte ihn zum Lachen. »Sei froh, dass mich mein illegales Vorhaben hierhergeführt hat, sonst könntest du jetzt nicht mehr auf Regeln und Vorschriften pochen.«

Sie wirkte ertappt. »Ich meine ja nur, wegen der Waldbrandgefahr. Nicht dass ich eine Prinzipienreiterin wäre … Jedenfalls bin ich es nicht mehr.«

»Aber natürlich. Das hätte ich auch niemals vermutet.«

»Willst du mich auf den Arm nehmen?«

»Das hab ich schon. Vorhin, als ich dich aus dem See getragen habe …«

Sie errötete. Er fand das irgendwie zauberhaft.

»Hast du Lust auf ein Grillwürstchen? Beilagen kann ich leider nicht anbieten.«

»Ich habe Brot dabei. Und Apfelsaftschorle.«

»Perfekt. Klingt nach einem großartigen Menü.«

An sich hatte Liane gar keinen Appetit, im Gegenteil – nachdem sie sich mehrfach übergeben hatte, hielt sie es für besser, ihren Magen vorerst in Ruhe zu lassen. Aber Lorenz wirkte sehr überzeugend mit seinem McDreamy-Lächeln, und sie wollte nicht unhöflich sein, also griff sie zu. Und kaum hatte sie in das Würstchen hineingebissen, spürte sie, wie ausgehungert sie war. Schweigend vertilgte sie zwei weitere Würstchen, eins ihrer belegten Brote und als Dessert ein Stück Bitterschokolade. Genüsslich ließ sie es im Mund zergehen. Da bemerkte sie, dass er sie schmunzelnd beobachtete.

»Was ist so komisch?«

»Nichts. Ich freue mich nur, dass du keine dieser Kalorien zählenden Frauen bist.«

»Hab ich noch nie getan«, erklärte sie. »Aber solche Mengen esse ich sonst nicht. Das muss der Appetit des Überlebens sein.«

»Jetzt hast du schon mindestens drei Mal betont, wie du eigentlich nicht bist und was du sonst nicht tust. Das macht mich neugierig. Wer bist du, Liane?«

Verblüfft starrte sie ihn an.

»Gute Frage«, sagte sie. »Ich weiß es nicht genau. Bis vor einigen Wochen hätte ich keine Sekunde überlegen müssen. Aber seitdem ist so viel passiert …«

Hoffentlich bohrte er nicht nach. Liane wollte ihre Geschichte nicht schon wieder erzählen. Wozu auch? Greg hatte zugehört und ihr klargemacht, dass sie im Grunde vor nichts mehr Angst haben musste, wenn sie ohnehin den Tod vor Augen hatte. Nora hatte sie ebenfalls eingeweiht, und die hatte sie auf die Idee mit der Bucket List gebracht. Seitdem war sie nicht mehr die alte Liane. Und seit sie wusste, dass sie keinen Krebs hatte, erst recht nicht mehr.

Also, was hätte es für einen Sinn, Lorenz mit diesen ollen Kamellen zu langweilen? Er war der Erste, der sie kennenlernte, seit ihr neues Leben angefangen hatte. Dass er es ihr gleich noch einmal gerettet hatte, war wie pure Ironie des Schicksals. Oder vielleicht sogar ein Zeichen? Jedenfalls war es genau der richtige Moment für einen Neubeginn!

»Du musst mir nichts erzählen, was du nicht möchtest, Liane«, sagte Lorenz. »Du bist mir zu nichts verpflichtet.«

»Schon okay«, erwiderte sie zögernd. Vielleicht konnte sie ihre Antwort so vage halten, dass sie nicht zu viel von ihrer Vergangenheit preisgab, aber dennoch bei der Wahrheit blieb? Sie hatte nämlich durchaus das Gefühl, dass sie ihm eine Antwort schuldete. Und dass es auch ihr selbst nicht schadete, ein paar Erkenntnisse in Worte zu fassen. »Früher war ich die Vorsicht in Person«, sprach sie weiter, »ein regelrechter Angsthase. Aber so konnte ich nicht weiterleben.«

»Also hast du angefangen, nackt in Bergseen herumzuschwimmen?«

»Sozusagen. Ich habe eine Mutprobe nach der anderen bestanden. Bin allein nach Japan geflogen, nachts durch den Park spaziert und habe sogar einen Fallschirmsprung absolviert.«

»Mit anderen Worten: Du arbeitest deine Bucket List ab.«

Liane nickte. »Hast du denn auch eine?«

»Im Gegenteil«, erklärte er.

»Wie meinst du das?«

»Das ist eine längere Geschichte. Aber wir haben ja die ganze Nacht Zeit … Lass uns erst noch Feuerholz sammeln.«

»Die ganze Nacht?« Erschrocken sah Liane auf die Uhr. »Wie bitte, schon so spät? Um diese Zeit wollte ich längst wieder zurück am Auto sein …«

Der ganze Badezwischenfall inklusive der Rettung und ihrer Bewusstlosigkeit musste länger gedauert haben als vermutet. Die dramatischen Ereignisse dieses Nachmittags hatten sie völlig durcheinandergebracht. Und jetzt war es zu spät, zurückzulaufen – sie würde es vor Einbruch der Dunkelheit nicht mehr schaffen.

»Du solltest erst morgen früh aufbrechen. Das ist sicherer«, sagte Lorenz. »Nach dem Schock, den du erlebt hast, wäre es unverantwortlich, dich allein losziehen zu lassen. Du musst dich ausruhen und zu Kräften kommen.«

Das war einzusehen.

Widerstrebend musste Liane zugeben, dass es keinen Sinn hatte, ihren ursprünglichen Plan weiter zu verfolgen.

»Zum Glück habe ich einen guten Schlafsack dabei«, sagte sie.

»Ich auch«, antwortete Lorenz zu ihrer großen Erleichterung.

Gemeinsames Zelt, okay. Aber getrennte Schlafsäcke. Darauf konnte sie sich einlassen.

Langsam dämmerte es. Lorenz musterte Lianes zartes Gesicht im Schein des flackernden Feuers. Sie betrachtete die Flammen so gebannt, als wäre es ein Thriller.

»Hier, Tee«, sagte er und reichte ihr eine Tasse.

»Danke. Der wird guttun.« Sie fröstelte ein bisschen.

»Hier oben kühlt es ganz schön ab. Warte, ich hole dir was zum Umhängen.«

Die Fleecedecke, in die er sie vorhin gewickelt hatte, war dank des Feuers längst getrocknet. Sie kuschelte sich hinein.

»Was meinst du mit: im Gegenteil?«, fragte sie unvermittelt.

Er stand auf dem Schlauch. Worauf spielte sie an? Sie hatten schon seit einer ganzen Weile geschwiegen, sodass er keine Ahnung hatte, welches Gespräch sie gerade fortsetzte.

»Ich hab dich gefragt, ob du auch eine Bucket List hast. Und du meintest: im Gegenteil. Was in aller Welt ist das Gegenteil einer Bucket List? Hast du überhaupt keine Ziele, Wünsche und Träume mehr?«

»Doch, klar, habe ich. Aber Listen, die man systematisch abarbeitet, um sie dann abzuhaken, erinnern mich zu sehr an meinen Job.«

»Und was ist das für einer?«

»Früher war ich ein erfolgreicher Manager«, erwiderte Lorenz wie aus der Pistole geschossen, doch schon kurz darauf wusste er, dass diese Antwort unvollständig war.

Liane hakte auch prompt nach: »Und was bist du jetzt? Aussteiger? Lebenskünstler? Weltenbummler? Lebensretter?«

Er musste lachen. »Nun ja, um ehrlich zu sein, bin ich immer noch ein erfolgreicher Manager. Aber früher war das alles. Mehr gab es über mich nicht zu sagen. Der Beruf war mein Leben. Das hat sich dann gründlich geändert.«

Interessiert verfolgte Liane seine Ausführungen. »Hast du etwa gekündigt?«

Er schüttelte den Kopf. »Ich habe zwar kurz mit dem Gedanken gespielt, meinen Job ganz aufzugeben, aber ich bin einfach zu gut darin. Warum sollte ich umsatteln und etwas tun, was mir weniger Spaß macht, worin ich sogar mies bin und wobei ich deutlich weniger verdiene? Das wäre doch dämlich.«

Liane nickte mitfühlend. »Das kann ich besser nachvollziehen, als du denkst.« Sie dachte an ihren Job in der Eventagentur, bei dem ihr so schnell niemand was vormachen konnte, und an die denkwürdigen Stunden als Praktikantin im Pflegeheim, wo sie kläglich versagt hätte, weil das einfach nichts für sie war.

»Also ging ich mit mir selbst einen Kompromiss ein«, fuhr Lorenz fort. »Ich blieb Manager, aber sechzig Arbeitsstunden in der Woche sind nicht mehr drin. An Wochenenden und Feiertagen denke ich nicht mal an den Job. Und Urlaubstage werden auch keine mehr verschenkt.«

»Klingt gut.«

»Und es fühlt sich gut an. Ich bin wie befreit. Als hätte ich ein neues Leben geschenkt bekommen. Eins, das nicht nur aus Zahlen, Börsenkursen, Kundenmeetings und Telefonkonferenzen besteht.«

»Aber was sagt dein Chef dazu?«

»Anfangs war er nicht begeistert. Wahrscheinlich hoffte er, dass ich früher oder später zur Besinnung käme. Tja, das ist dann nicht passiert. Doch er merkte, dass ich jetzt viel motivierter und effektiver arbeite, also wagt er es nicht, mich auch nur um eine einzige Überstunde zu bitten.«

Wieder schwiegen sie. Diesmal betrachteten sie einträchtig nebeneinandersitzend das Feuer. Es schien eine hypnotische Wirkung auf beide auszuüben.

Nach einer Weile räusperte sich Liane. »Zurück zu deinen Träumen. Verrätst du mir einen davon?«

»Klar«, sagte Lorenz. »Ich würde wahnsinnig gerne Charleston tanzen lernen. Aber dazu fehlt mir noch eine Tanzpartnerin. Hast du vielleicht Lust?«

»Charleston – ist das nicht dieser verrückte Gesellschaftstanz aus den Goldenen Zwanzigern?«

»Genau. Wildes Gezappel, Swing-Musik und jede Menge Spaß.«

»Klingt gut. Ich bin dabei«, hörte sich Liane zusagen.

Schwester Liane

Da bin ich wieder, Mutter. Ich hab dir Klee mitgebracht. Vierblättrigen – Glücksklee. Du musst nämlich wissen, dass ich mehr Glück als Verstand hatte, als ich neulich schwimmen war. Allein, im eiskalten Wasser.

Ganz schön unvorsichtig von mir, ich weiß. Um ein Haar hätte ich dein Schicksal eines frühen Unfalltodes geteilt.

Aber dann tauchte wie aus dem Nichts ein rettender Engel auf. Auch noch ein McDreamy-Doppelgänger! Jedenfalls wenn er auf eine bestimmte Art lächelt.

Ich glaube, Lorenz tickt in vielerlei Weise ganz ähnlich wie ich. Vielleicht ist sein Weg, Arbeit und Freizeit konsequent zu trennen, auch für mich der richtige? Ganz sicher bin ich mir noch nicht, aber so wie früher kann es nicht weitergehen, das steht fest …

Ich merke gerade, ich rede schon wieder wirres Zeug. Tut mir leid. Es ist aber auch kein Wunder! Dein Brief wirkt noch nach. Was du geschrieben hast, hat mich ziemlich mitgenommen. Schon bevor ich es gewagt habe, ihn zu öffnen. Das hat mich übrigens ganz schön viel Überwindung gekostet.

Und zu Recht.

Falls es dich tröstet: Ich habe durchaus Verständnis für dich.

Du warst damals in einer furchtbaren Situation. So jung – und kein Rückhalt in der Familie. Echt tragisch.

Dass es dir schwergefallen ist, mich wegzugeben, glaube ich dir. Ich kann es nachvollziehen. Auch dass es dir bis zuletzt wehtat. Aber du musst verstehen, dass es auch mir wehtut, seit ich von der Adoption weiß.

Deshalb kann ich nicht behaupten, ich hätte dir vollkommen verziehen. Das wäre eine Lüge. Ich bin noch immer sauer. Gib mir einfach noch Zeit, vielleicht wird meine Wut irgendwann verrauchen.

Und dann die Sache mit Leon …

Ich kann es noch immer kaum glauben: Da gibt es also wirklich einen Menschen auf der Welt, für den ich eine Schwester bin. Und der sogar von meiner Existenz weiß! Während ich von seiner bis vor Kurzem nichts geahnt habe …

Inzwischen habe ich immerhin herausgefunden, wo Leon arbeitet und dass wir einander ähneln wie Zwillinge.

Ich will ihn unbedingt kennenlernen! Aber ich habe mich nicht getraut, ihn einfach anzurufen. Bestimmt hätte ich nur dummes Zeug gefaselt. Und das wäre nicht gerade ein angenehmer erster Eindruck, oder?

Im Reden bin ich ohnehin nicht so gut. Nur bei dir ist das anders. Du widersprichst mir nicht, beurteilst mich nicht. Das ist deine große Stärke, Mutter. Hier an deinem Grab bin ich ganz entspannt.

Vielleicht kann ich das bei Leon auch eines Tages sein. Wenn wir uns erst einmal richtig kennengelernt haben.

Deshalb habe ich ihm geschrieben.

Glaub bloß nicht, dass das einfach war! Ich habe ewig überlegt, wie ich anfangen soll. Den ersten Satz habe ich immer und immer wieder umformuliert. Ich fand, er musste besonders sein, denkwürdig, unvergesslich.

Nora hätte mir dabei bestimmt behilflich sein können. In zwischenmenschlichen Gefühlsdingen hat sie mir so einiges voraus. Aber ich habe mit ihr nur einmal über dich und Ruth gesprochen, aber nie über die Briefe oder über Leon. Keine Ahnung, wieso. Das war irgendwie mein Geheimnis. Und ist es noch.

Nicht einmal Greg weiß von euch, doch immerhin habe ich ihm die Sache mit Leon angedeutet. Ich glaube, ihm kann ich vertrauen. Leider ist er immer noch im Ausland. Sonst hätte ich ihn ohnehin längst angerufen …

Langer Rede kurzer Sinn: Ich habe es vermutlich vergeigt. Denn am Ende habe ich eine ganz knappe, fast emotionslose E-Mail geschrieben. Von wegen denkwürdig und unvergesslich – Fehlanzeige. Kaum hatte ich sie abgeschickt, habe ich es auch schon bedauert. Wie kann man so kühl und sachlich formulieren, wenn man zum ersten Mal im Leben Kontakt zu seinem Bruder aufnimmt – dem einzigen lebenden Verwandten? Am liebsten hätte ich die Mail zurückgerufen und umformuliert, aber weg ist weg.

Und seitdem sitze ich auf glühenden Kohlen. Auf seine Antwort zu warten, macht mich noch ganz verrückt. Ständig sehe ich auf meinem Smartphone nach, ob eine Nachricht von ihm eingegangen ist. Sogar jetzt, während ich mit dir rede, habe ich meine Mails schon zweimal gecheckt.

Aber du ahnst es wohl schon: nichts.

Vielleicht habe ich doch den falschen Leon angeschrieben? Oder will er einfach nichts mit mir zu tun haben? Ist er enttäuscht von meinem sachlichen Ton?

Auf jeden Fall bin ich enttäuscht. Und dann frage ich mich: Wie kann einem jemand fehlen, den man gar nicht kennt?

Andererseits fehlst du mir ja auch, Mutter.

Mehr denn je.

Kapitel 24

Höchste Zeit

Obwohl sie mit Einkaufskörben schwer beladen war, sah Liane auf dem Weg zu ihrer Wohnung noch nach der Post. Unnötigerweise eigentlich, denn außer Werbung war nichts Nennenswertes in ihrem Briefkasten. Doch bei der Gelegenheit fiel ihr auf, dass aus dem von Erna Ritter Briefe und Prospekte herausquollen.

Seltsam, dachte Liane, denn sie wusste, dass Erna immer zu den Ersten gehörte, die ihren Briefkasten leerten. Manchmal passte sie sogar den Postboten ab. Warum nur? Wartete sie auf ein bestimmtes Schreiben oder war sie einfach nur chronisch ungeduldig?

Liane vermutete Letzteres. Umso merkwürdiger, dass Erna heute so spät dran war. Oder war sie verreist?

Liane ließ ihre Körbe im Hausflur stehen und ging nach draußen, um nach Ernas Rollläden zu sehen. Wenn sie in Urlaub war oder für ein paar Tage ihren Sohn am Bodensee besuchte, pflegte sie nämlich, die Rollläden zur Hälfte herunterzulassen. Damit es tagsüber nicht so verlassen wirkte und nachts nicht so auffiel.

Liane konnte das nachvollziehen. Bis vor Kurzem hatte sie das ähnlich gehandhabt. Inzwischen konnte sie darüber nur noch grinsen. Als ob irgendjemand an der Fassade hinaufklettern würde, um im dritten Stock einzubrechen! Wenn, dann kämen die Diebe ohnehin durch die Haustür, ob sie zu Hause war oder nicht. Irgendwie schien das Ganze nicht zu Erna zu passen – sonst war sie doch so cool und unerschrocken …

Aber egal. Hier lag ohnehin ein ganz anderes Problem vor. Denn Ernas Schlafzimmerfenster stand sperrangelweit offen, während in Küche und Wohnzimmer noch die Läden geschlossen waren. Und das am Nachmittag! Da stimmte doch was nicht …

Entschlossen betrat sie wieder das Haus, schleppte die Einkäufe in ihre Wohnung und machte sich dann auf den Weg in den dritten Stock, um bei Erna zu läuten.

Nichts.

Sie klingelte Sturm. Und klopfte.

Immer noch nichts.

Was, wenn Erna etwas passiert war? Liane war unsicher. Sollte sie die Polizei rufen? Das war vielleicht etwas übertrieben. Womöglich hatte die alte Dame ja einfach nur Migräne und lag im abgedunkelten Wohnzimmer auf dem Sofa.

Oder sie … Nein, ein weiteres halbwegs glaubwürdiges Szenario, das alles erklären würde, fiel Liane nicht ein, weshalb ihre Unruhe zunahm.

Wenn sie wenigstens Ernas Telefonnummer hätte! Da fiel ihr ein, wer die Nummer kannte: Nora. Natürlich, sie würde sich einfach mit ihrer Freundin beraten. Die kannte Erna schließlich schon länger …

»Noch ein Tässchen Kaffee, Frau Schüller?«, fragte Nora und lächelte die alte Dame an.

»Wooooohuuuuuuu«, erwiderte diese, was Nora als Zustimmung interpretierte. Sie schraubte eine Schnabeltasse auf, füllte sie und verschloss sie wieder.

»Wooooooohuuuuuuuu«, machte Frau Schüller und umklammerte die Griffe so vehement, als müsse sie diese wertvolle Beute vor Neidern verteidigen.

»Hör auf mit deinem Geheul, du bist doch kein Schlossgespenst«, meckerte Frau Zick.

»Das ist aber nicht nett«, kommentierte Nora mit liebevoller Strenge, wenngleich sie im Stillen die außergewöhnlich wortreiche Äußerung der chronisch schlecht gelaunten Bewohnerin registrierte. Sonst beließ die es meist bei Zwei-Wort-Flüchen oder Drei-Wort-Beleidigungen.

»Möchten Sie auch noch Kaffee?«

»Bleib nur weg mit der lauwarmen Brühe«, schimpfte Frau Zick weiter. Erneut ein kompletter Satz, doch inhaltlich nicht korrekt. Der Kaffee war frisch gekocht und für einen koffeeinfreien außergewöhnlich aromatisch. Nora beschloss, Frau Zick für ein Viertelstündchen zu ignorieren.

»Hallooo? Hallooooo? Ich will auch Kaffee!«, beklagte sich Herr Berg, der wie üblich Angst hatte, zu kurz zu kommen. Dabei hatte er einfach nur vergessen, dass er schon drei Tassen intus hatte. Aber Nora servierte ihm auch gern noch eine vierte – selbstverständlich die koffeinfreie Variante. Wenigstens einer, um dessen Flüssigkeitshaushalt sie sich keine Sorgen machen musste. Die meisten Bewohner tranken viel zu wenig und liefen permanent Gefahr, zu dehydrieren. Das Personal hatte alle Hände voll zu tun, sie zur Flüssigkeitsaufnahme zu animieren.

Was leider zum Scheitern verurteilt war, wenn jemand wie Frau Anders die Tasse umkippte, statt sie auszutrinken, weil sie mal wieder am Tisch eingeschlafen war.

»Frau Anders? Ich messe Ihren Blutdruck, okay?«, sagte sie, denn so langsam kam ihr die Sache spanisch vor.

Aber das Messergebnis lag absolut im Normbereich. Vermutlich war Frau Anders einfach nur völlig übermüdet, weil sie wie so oft die halbe Nacht Groschenromane gelesen hatte. Heimlich mit der Taschenlampe unter der Bettdecke, als wäre sie im Landschulheim, nicht in einer Pflegeeinrichtung. In ihren Nachtdiensten hatte Nora sie schon des Öfteren dabei erwischt – und jedes Mal beide Augen zugedrückt. Sie fand das persönliche Wohlbefinden der Bewohner wichtiger als den geregelten Tagesablauf des Personals, selbst wenn es zuweilen auch ihren Job anstrengender machte.

»Woooohuuuuu«, kommentierte Frau Schüller.

In diesem Moment vibrierte Noras Handy in der Hosentasche, und sie signalisierte ihrer Kollegin, dass sie kurz telefonieren musste.

Hätte sie Lianes Nummer nicht gespeichert, hätte Nora niemals erraten, wer am anderen Ende war. Liane klang aufgewühlt, sie verhaspelte sich ständig und schien außer Atem zu sein.

»Moment, Moment, ich versteh nur Bahnhof«, unterbrach Nora sie. »Was ist passiert?«

»Ernas Briefkasten ist nicht geleert, ihr Schlafzimmerfenster steht offen, und die anderen Rollläden sind noch dicht«, stieß Liane hervor. »Ich hab geklingelt, sie öffnet nicht. Was kann da nur los sein?«

»Hört sich gar nicht gut an«, stimmte Nora zu.

»Hast du ihre Telefonnummer?«

»Ich hab was viel Besseres: ihren Schlüssel. Bin in fünf Minuten da!«

»Wooohuuuuu?«, machte Frau Schüller erstaunt, als Nora zurück in den Speisesaal geflitzt kam.

»Kannst du übernehmen? Ich muss eine halbe Stunde früher Schluss machen, Notfall«, rief sie ihrer Kollegin zu.

»Kein Problem«, erwiderte die, doch das hörte Nora nur noch mit halbem Ohr, denn da fiel schon die Tür hinter ihr ins Schloss.

Endlich kam Nora die Treppe hochgestürmt.

»Da bist du ja!«, rief Liane erleichtert. »Ich dreh hier gleich durch vor Sorge.«

In dem Moment wurde ihr bewusst, dass sie so etwas noch nie in ihrem Leben gesagt hatte. Es war das erste Mal, dass sie sich um jemand anderen so sehr sorgte.

Betroffen hielt sie inne. War sie wirklich so egoistisch und herzlos? Das waren Eigenschaften, die sie an anderen verachtete. Und nun musste sie feststellen, dass sie kein bisschen besser war. Sie schämte sich.

»Wo bleibst du denn? Los, komm!«, forderte Nora

sie auf, die längst die Tür zu Ernas Wohnung geöffnet und das Licht in der Diele eingeschaltet hatte. »Hörst du das? Da läuft doch ein Radio.«

Liane nickte heftig, als könnte sie damit die trüben Gedanken abschütteln. Tatsächlich: Sie hörte Gesang.

»›Wenn bei Capri die rote Sonne im Meer versinkt‹? Das muss ein Oldie-Sender sein.«

»Ich dachte, ihr Radio steht in der Küche«, überlegte Nora, während sie dem Klang der Stimme folgte. »Aber das hier kommt … aus dem Bad?«

Nora eilte voraus, Liane blieb dicht hinter ihr, und als Nora die Badezimmertür aufriss, staunten sie nicht schlecht: Inmitten eines Bergs von Badeschaum saß Erna in der Wanne und trällerte den alten Caprifischer-Schlager.

Dann brach sie mitten im Wort ab und strahlte. »Euch schickt der Himmel!«

»Wieso, was ist denn passiert?«, fragte Nora.

»Blöde Geschichte. Als ich aus der Wanne steigen wollte, bin ich ausgerutscht und hab mir den Fuß verletzt. Jetzt schaffe ich es nicht allein, hier rauszukommen. Also lasse ich ständig etwas abgekühltes Wasser ab und fülle heißes nach, damit ich hier drin nicht erfriere. Und singe mir selbst was vor, um nicht einzuschlafen.«

»Grundgütiger! Und seit wann machst du das?«, fragte Liane erschrocken.

»Na ja, seit ungefähr halb neun heute Morgen. Ich bin schon ganz verschrumpelt. Zum Glück fällt das kaum auf, wenn man ohnehin so alt und runzelig ist wie ich.«

Nicht zu fassen, dass Erna in dieser Situation noch Scherze machte! Sie wirkte weder genervt noch panisch oder verängstigt. Liane war beeindruckt. Und versuchte, sich vorzustellen, wie sie selbst in einer derart jämmerlichen Lage reagieren würde. Höchstwahrscheinlich täte sie sich wahnsinnig leid. Und ganz sicher wäre sie nicht so lässig.

»Aber – was hättest du denn gemacht, wenn wir nicht gekommen wären?«, sprach Nora aus, was sich Liane in diesem Moment ebenfalls fragte.

»Dann hätte ich eben bis morgen früh durchhalten müssen. Um acht Uhr kommt nämlich meine Putzfrau, und die hat den zweiten Ersatzschlüssel«, grinste sie. »Aber auf eine Nacht in der Wanne bin ich nicht gerade scharf. Super, dass ihr mir das erspart.«

Liane registrierte ein leichtes Zittern in Ernas Stimme. Ganz so entspannt, wie sie sich gab, nahm sie das Ganze wohl doch nicht. Oder lag es einfach nur daran, dass sie durchgefroren war?

»Ich koch dir mal einen Tee«, schlug sie vor.

»Glänzende Idee, danke. Und währenddessen hilft mir Nora hier raus.«

Ups, stimmt, das hatte Liane ganz vergessen. Erna aus ihrer Zwangslage zu befreien, war auf jeden Fall wichtiger.

»Kommst du denn allein klar, Nora?«

Die winkte ab. »Eine meiner leichtesten Übungen. Das mache ich auf der Arbeit jeden Tag. Dabei wärst du mir nur im Weg, Liane. Ein heißer Tee ist genau das, was Erna jetzt braucht.«

»Und einen Schnaps!«, ergänzte die alte Dame verschmitzt.

Und ein Röntgenbild, dachte Liane.

Erna würde nie zugeben, wie sehr es ihr vor der Nacht in der Badewanne gegraut hatte. Die Vorstellung, versehentlich einzuschlafen und dann im eigenen Badewasser zu ertrinken, war nun wirklich nicht verlockend. Zumal das alles andere als ein angemessenes Ende für sie gewesen wäre. Schließlich war sie kein abgehalfterter, drogensüchtiger Rockstar!

Zum Glück waren ihre beiden rettenden Engel aufgetaucht. Als sie endlich aus dem Wasser heraus, abgetrocknet und angezogen war, fühlte sich ihr Fuß schon gleich viel besser an. Kaum noch Schmerzen. Und nach einem Tee und zwei Cognac wagte sie sogar, vorsichtig durch die Wohnung zu humpeln.

»Mein Auto steht direkt vor der Tür, das nehmen wir am besten, um zur Klinik zu fahren«, schlug Liane vor. »Wenn wir Erna stützen und den Fahrstuhl nehmen, schafft sie es bis zum Parkplatz.«

»Jetzt übertreib mal nicht«, protestierte Erna. »Wer will denn zur Klinik?«

»Keiner will«, erwiderte Nora mit ihrer strengen Pflegerinnenstimme, »aber du musst. Dein Fuß muss untersucht werden. Keine Widerrede!«

Auch das noch! Die beiden schienen das todernst zu meinen. So jung und so unentspannt.

Sie stöhnte. »Ich brauche bloß ein bisschen Schmerzsalbe, einen elastischen Verband und was zu essen.«

»Das bekommst du auch«, versprach Liane. »Aber nur, wenn das Röntgenbild nichts Schlimmeres ergibt. Okay?«

Dass Liane aber auch immer so vernünftig sein musste! Sie trug zwar inzwischen Jeans und T-Shirts statt ihrer albernen Kostüme und hatte ihre Studienrätinnen-Hochsteckfrisur durch einen flotten Haarschnitt ersetzt, aber manchmal kam die Gouvernante in ihr doch noch zum Vorschein.

Na ja. Aber vielleicht hatte sie ja gar nicht so unrecht. Was, wenn ihr Fuß doch gebrochen war? Ohne Diagnose würden die Knochen bloß falsch zusammenwachsen, und dann müsste sie operiert werden. Auch nicht gerade erstrebenswert.

»Na gut«, gab sie nach. »Aber wetten, dass ich allerhöchstens eine Verstauchung habe?«

»Deal«, grinste Nora.

Dass die sie beim Wort nehmen würde, hätte Erna sich denken können. Typisch Nora. Aber immerhin ging es um ihre Verletzung, und es war ihre Wette zu ihren Konditionen.

»Einverstanden. Die Verliererinnen zahlen das Essen. Und die Gewinnerin bestimmt, welche Mutprobe wir heute Abend noch absolvieren.«

»Nicht dein Ernst! Heute noch? Aber nach so einer Verletzung kannst du dir doch kein Abenteuer mehr zumuten«, wandte Liane ein. »Nach meinem Beinahe-Badeunfall am See hatte ich auch erst mal keine Lust auf weitere Mutproben.«

Nun, das war ja auch etwas völlig anderes, fand Erna!

Außerdem hatte Liane überhaupt keine Ahnung, was genau sie vorhatte.

»Keine Sorge. Dabei werden unsere Füße nicht beansprucht.«

»Sondern?«

»Sondern unsere Stimmbänder. Was ist? Können wir los? Ich kriege langsam Kohldampf.«

Kapitel 25

Espresso-Update

London war aufregend, verregnet und teuer gewesen. Wobei Letzteres nicht tragisch war, denn Gregs finanzielle Lage hatte sich in den letzten Monaten dramatisch verbessert. Und der Regen machte ihm auch nicht viel aus – wer wie er monatelang in einem alten Campingbus gelebt hatte, musste es sich wohl oder übel abgewöhnen, empfindlich zu sein. Also behielt er vor allem die aufregenden Seiten seines Londontrips in Erinnerung, und davon würde er Liane ausführlich erzählen.

Sein dortiger Galerist David Martin hatte ihn von einem Event zum nächsten geschleift. Auf diese Weise hatte Greg in kürzester Zeit die Londoner Kunstszene kennengelernt, ebenso ein paar wichtige Medienleute. Doch zuvor hatte er sich zu einer Shoppingtour überreden lassen. Gregs üblicher Jeans-und-T-Shirt-Look sei für das, was sie vorhatten, nicht eben angemessen, hatte David bei seiner Ankunft verkündet und ihn kurzerhand zu einem angesagten Herrenausstatter geschleppt.

In Stoffhose, Hemd und Tweedweste war sich Greg zunächst einigermaßen verkleidet vorgekommen, aber mit der Zeit hatte er sich an den neuen Look gewöhnt.

Nun aber, da er zurück war aus England, verbannte er die neuen Sachen in den Schrank und spürte, wie er in seinem gewohnten, lässigen Outfit regelrecht aufatmete. Zum Glück konnte ihm niemand vorschreiben, was er zu Hause trug. Oder bei seinem Treffen mit Liane, auf das er sich schon seit Tagen freute …

Gleich nach seiner Rückkehr hatte er sie angerufen.

»Ich könnte einen Tisch für uns beide im Kobe reservieren«, schlug er vor, denn er wusste ja inzwischen, dass Liane ein Japanfan war. Dieses Restaurant war zwar nicht gerade preiswert, aber ihr erstes richtiges Date sollte schließlich was Besonderes werden.

»Klar, lass uns was trinken gehen«, erwiderte Liane, die da wohl etwas missverstanden hatte. »Wie wäre es im Café Sahne, morgen Nachmittag?«

»Ähm – ja klar, ist okay«, sagte Greg verblüfft. Hatte sie keine Lust, richtig mit ihm auszugehen?

»Du, die Verbindung ist ganz schlecht«, lieferte Liane die Erklärung gleich hinterher. »Was hast du gesagt?«

Greg hätte das Missverständnis jetzt aufklären können. Stattdessen beließ er es dabei und bestätigte die Verabredung im Café. Nun ja, das war vielleicht auch ganz gut so. Er durfte Liane nicht erschrecken. Wenn er erklärt hätte, dass er eigentlich auf ein romantisches Dinner aus war, hätte sie vielleicht reagiert wie ein scheues Reh. Mit Rückzug.

Die Liane, die jetzt auf ihn zugeschwebt kam, hatte allerdings nichts von einem scheuen Reh an sich. Strahlend begrüßte sie ihn, was ihn dazu ermutigte, sie freundschaftlich zu umarmen.

Das hätte für seinen Geschmack ruhig etwas länger dauern können. Sie nahmen Platz, und als die Kellnerin sie nach ihren Wünschen fragte, bestellte Greg einen Espresso und ein stilles Wasser. Liane orderte das Gleiche.

»Bist du auch so ein Koffein-Junkie?«, grinste Greg.

»An sich gar nicht. Normalerweise bevorzuge ich Tee. Aber schließlich will ich neue Dinge ausprobieren, warum also nicht auch neue Heißgetränke?«

»Gute Entscheidung.« Greg gefiel die neue Liane sehr.

»Na, wie war London? Bist du dort jetzt berühmt?«, kam sie anschließend direkt zur Sache, sodass er das Kompliment, das ihm auf den Lippen lag, vorerst aufschob.

»Berühmt ist maßlos übertrieben«, erwiderte er statt der Bemerkung, wie großartig sie aussah. So frisch und lebendig. Als ob sie von innen heraus leuchtete. War sie etwa verliebt? Und falls ja, in wen?

»Nun sei mal nicht so bescheiden. Wie viele Bilder hast du verkauft?«

»Vier«, gab er zu, »und es gibt erste Anzeichen, dass gewisse wohlhabende Briten es für schick halten, mich zu sammeln. Noch gelte ich zwar als Geheimtipp, aber die Preise steigen. Ich kann also nicht klagen. Und du so? Wie ist es dir ergangen? Gibt's was Neues?«

Für einen kurzen Moment hatte Greg das Gefühl, dass sie zögerte. Als ob Liane mit sich rang, ihm gegenüber ein schwieriges Thema anzuschneiden. Falls dem so war, hatte sie sich offenbar entschieden, es lieber für sich zu behalten. Schade, dass sie ihm nicht mehr vertraute. Aber schließlich kannten sie einander kaum – und er wollte sie nicht drängen.

»Ich war wandern«, begann sie in lockerem Plauderton, als hätte es dieses Zaudern nie gegeben. Oder sah er etwa Gespenster? »Und ich werde Charleston tanzen lernen«, fuhr sie munter fort. »Ach ja, und wir haben unsere achtzigjährige Nachbarin aus der Badewanne gerettet, woraufhin sie uns zum Karaoke-Singen verdonnert hat.«

»Ernsthaft? Ich will alles darüber wissen! Aber erst brauche ich noch einen Espresso. Für dich auch noch einen?«

Um ein Haar hätte Liane Greg von ihrer Mail an Leon erzählt. Aber dann hatte sie es doch bleiben lassen. Jedenfalls solange unklar war, ob Leon sich jemals melden würde. Wozu über etwas reden, das womöglich niemals spruchreif werden würde?

»Kaum zu fassen, dass ich in Tokio nicht im Traum auf die Idee gekommen wäre, eine Karaokebar zu betreten, und dann lasse ich mich von einer verrückten Alten dazu breitschlagen, vor allen Leuten ›Saving All My Love for You‹ von Whitney Houston zu schmettern – und das nur, weil ich mir Sorgen um ihren Gesundheitszustand gemacht habe«, begann sie. »Sorry, das war jetzt vielleicht ein bisschen chaotisch«, lachte sie angesichts Gregs verwirrter Miene. Und dann fasste sie die Ereignisse rund um Ernas Badewannenzwischenfall zusammen. Im Nachhinein klang das Ganze gar nicht mehr so dramatisch, sondern irgendwie komisch. Sogar Ernas

Wette, dass ihr Fuß allerhöchstens verstaucht war, die sie tatsächlich gewonnen hatte, erschien ihr im Rückblick wie eine Szene aus einer Sitcom.

»Und sie ließ es sich nicht ausreden, noch am gleichen Abend den Punkt Karaoke von ihrer Bucket List abzuarbeiten?«, staunte Greg. Er schien sich köstlich zu amüsieren, und das feuerte Liane zu immer anschaulicheren Beschreibungen an, was ihm wiederum ein breites Grinsen entlockte.

Es war ein extrem sympathisches Grinsen. Und ein attraktives dazu.

Liane stellte fest, dass Greg die Blicke fast aller Anwesenden auf sich zog und – was sie besonders angenehm fand – das nicht einmal zu bemerken schien. Und ihr wurde bewusst, wie wohl sie sich in seiner Gegenwart fühlte.

»Jedenfalls hat Erna mit ihrer Version von ›Für mich soll's rote Rosen regnen‹ den Laden zum Toben gebracht, und Nora hat tatsächlich die Titelmelodie von *Heidi* zum Besten gegeben. Inklusive Gejodel. Das war echt zum Piepen.«

»Oh Mann, da wäre ich wirklich gern dabei gewesen«, sagte Greg.

»Am Ende haben wir dann noch zu dritt … Ups, mein Handy … Moment, da muss ich rangehen.«

Liane hatte ihr Smartphone die ganze Zeit über nicht aus den Augen gelassen, denn sie erwartete Lorenz' Anruf. Er hatte versprochen, ihr den Termin für ihre erste gemeinsame Charlestontanzstunde durchzugeben, sobald er sie gebucht hatte.

Doch es war Nora, die ihr vorschlug, an einer Surströmming-Verkostung teilzunehmen.

»Nie gehört. Ist das ein exotischer Wein?«

»Nein, das ist Fisch«, erwiderte Nora. »Und nur damit du es weißt: Das wird ein Punkt für unsere Bucket List, gegen den der Fugu echt nicht anstinken kann.«

Warum Nora sich über diese Bemerkung ausschüttete vor Lachen, wurde Liane erst klar, als ihre Freundin mit einer Erklärung herausrückte: dass es sich bei Surströmming nämlich um den berüchtigten schwedischen Stinke-Hering handelte, der sauer eingelegt und angegoren war und daher widerlich-faulig roch.

»Puh, das muss ich mir erst noch durch den Kopf gehen lassen«, bremste sie Noras Begeisterung. »Ganz ehrlich – ich glaube, dieser Punkt steht nicht auf meiner Liste. Was sagt denn Erna zu dieser Schnapsidee?«

Greg, der nicht umhinkam, zuzuhören, runzelte neugierig die Stirn.

»Surströmming-Verkostung«, raunte Liane ihm zu. »Ich glaube kaum, dass ich das machen will.«

»Gutes Stichwort«, sprudelte Nora fröhlich weiter, »mit Schnaps lässt sich das extreme Aroma angeblich besser ertragen. Und Erna sagt, sie ist dabei, wenn du es auch bist.«

»Du, Nora, lass uns ein andermal darüber reden. Ich kriege gerade einen anderen Anruf. Mach's gut!« Und bevor ihre Freundin widersprechen konnte, beendete Liane das Gespräch, um das nächste anzunehmen. Das musste jetzt aber Lorenz sein.

Falls ja, kam der Anruf nicht von seinem Handy,

sondern von einer unbekannten Festnetznummer. Rief er vielleicht aus dem Büro an?

»Hallo, Liane Klein hier«, meldete sie sich formell, für den Fall, dass es doch nicht Lorenz war.

»Leon Bergmann hier«, hörte sie und erstarrte. »Sorry, dass ich mich erst jetzt melde. Ich war in Urlaub und habe meine Mails nicht gecheckt. Das mache ich immer so, um richtig abschalten zu können. Heute Nacht bin ich gelandet und habe erst mal ausgeschlafen. Du kannst dir wohl vorstellen, wie aufgeregt ich war, als ich eben deine Nachricht entdeckt habe! Ähm – Liane? Bist du noch dran? Hier ist Leon. Warum sagst du denn gar nichts?«

Greg, der gerade den Arm gehoben hatte, um die Kellnerin herbeizuwinken und zwei weitere Espresso zu ordern, hielt inne. Liane sah aus, als hätte sie einen Geist gesehen – wie erstarrt, und doch war da ein Leuchten in ihren Augen.

»Ja, ich habe verstanden«, sagte sie nach längerem Schweigen schließlich tonlos. »Was schlägst du vor?«

Das nächste Schweigen dauerte nicht mehr ganz so lang.

»In Ordnung. Nächsten Samstag beim Italiener am Rathaus. Neunzehn Uhr geht klar. Ich – ich freue mich.«

Wie in Zeitlupe ließ Liane das Smartphone sinken. Sie wirkte abwesend, wie in Slow Motion.

»Ich wollte ja nicht lauschen, aber das hörte sich wirklich extrem geheimnisvoll an«, versuchte Greg, die gelöste Stimmung von zuvor wieder heraufzubeschwören. Und um seine aufkeimende Eifersucht zu unterdrücken. Ein höchst albernes Gefühl, das er an sich überhaupt nicht kannte. Aber dass sich Liane mit einem anderen beim Italiener verabredete, während er statt eines richtigen Dates mit einem Besuch im Café vorliebnehmen musste, fand er, wenn er ehrlich war, nicht so prickelnd.

»Es war vielmehr … verwirrend. Verstörend. Denkwürdig und merkwürdig zugleich«, stammelte Liane. Zum Glück hatte sie inzwischen wieder eine gesundere Gesichtsfarbe. Auf einmal wirkte sie ganz aufgeregt, ihre eben noch so blassen Wangen färbten sich rosa und ihre Augen begannen zu leuchten.

»Das war mein Bruder. Ich habe einen Halbbruder …«

Greg war erleichtert. Kein Rivale also – nur ein Familienmitglied.

»Ich wusste nicht, dass du Geschwister hast. Im Grunde weiß ich gar nichts von deiner Familie«, sagte er.

»Das weiß ich ja selbst erst seit Kurzem. Seit dem Tag des Fallschirmsprungs, um genau zu sein.«

Da war es wieder, dieses Zögern. Doch diesmal behielt der Wunsch, sich ihm anzuvertrauen, offenbar die Oberhand. Denn sie öffnete ihr Herz und erzählte ihm alles. Von Ruth, Viola, der Adoption, den Briefen, Leon, ihrer Wut, den Besuchen auf dem Friedhof und ihrer E-Mail an den Bruder.

»Ich hatte schon gefürchtet, mein kühler, sachlicher Ton hätte ihn abgeschreckt. Aber er war einfach nur im Urlaub, deshalb hat er sich erst heute gemeldet.«

»Wie aufregend.«

Greg hörte selbst, dass seine Stimme nicht ganz so enthusiastisch klang, wie er es beabsichtigt hatte.

Lianes feine Antennen bemerkten wohl, dass etwas nicht in Ordnung war.

»Woran denkst du?«

Er hatte noch nie im Leben mit jemandem darüber geredet. Doch nun fühlte es sich ganz natürlich an, damit herauszurücken.

»An meinen Bruder. Meinen Zwillingsbruder, genauer gesagt.« Er schluckte. »Sein Herz hörte schon wenige Stunden nach der Geburt auf zu schlagen. Wir waren beide sehr schwach und hatten geringe Überlebenschancen. Ich habe es geschafft. Er nicht.«

Greg dachte an den Tag, an dem er davon erfahren hatte. »Eines Tages fand ich in einem Album die Todesanzeige von Robert Hill. Geboren am selben Tag wie ich selbst und am selben Tag auch gestorben. Ich war damals etwa acht Jahre alt und vollkommen schockiert. Man hat es mir nie erzählt.«

»Greg! Das ist ja furchtbar …«

»Ich wünschte, ich hätte ihn kennengelernt. Dass er nicht leben durfte, während ich einfach nur Glück hatte, hat mir jahrelang ein schlechtes Gewissen verschafft. Irgendwann habe ich es dann einfach akzeptiert. Es ist, wie es ist. Und dann fing ich an, Robert als Teil meines Lebens zu empfinden. Manchmal unterhalte ich mich mit ihm. Wenn ich ganz verzweifelt bin und nicht weiterweiß. Oder wenn mir etwas besonders Gutes widerfährt. Oder wenn ich in Gefühlsdingen völlig verwirrt bin.«

Zum Beispiel, wenn ich über einen gigantischen Preis, den ich für ein Bild bekommen habe, weniger erfreut bin als über ein zartes Lächeln von dir, Liane. Oder wenn ich ein bisschen eifersüchtig bin bei dem Gedanken daran, wer wohl dein Tanzpartner ist. Obwohl Eifersucht ein Charakterzug ist, der mir an sich fremd ist, ja, den ich sogar verabscheue.

»Robert ist ein idealer Zuhörer«, fuhr er fort. »Und wenn ich an so etwas glauben würde, würde ich sagen, er könnte mein Schutzengel sein.«

»So wie Viola. Nur dass ich wütend auf sie war. Sie hat mich weggegeben, als ich ganz klein war. Und mich dann noch einmal verlassen, indem sie einfach gestorben ist. Viel zu jung.«

»Oh, glaub mir – zuweilen bin ich auch stinksauer auf Robert. Dass er nicht gekämpft, sondern mich im Stich gelassen hat.«

Schweigend nippten sie an ihren Espressotassen.

Synchron.

Es war ein Phänomen. *Er* war eins. Greg schaffte es immer wieder, dass sie sich verstanden fühlte. Sie hatten so viel gemeinsam. In gewisser Weise wäre er der perfekte Bruder. Liane konnte nur hoffen, dass Leon ihm in dieser Hinsicht das Wasser reichen konnte. Das kurze Gespräch hatte nicht viel preisgegeben davon, wie er so war. Ihr ähnlich? Oder vielleicht sogar ihr krasses Gegenteil?

Leon hatte sich etwas atemlos angehört, aufgekratzt, nun ja, sicher war er furchtbar nervös gewesen. So wäre es ihr vermutlich im umgekehrten Fall auch gegangen.

Das war ja sogar in ihrer Fantasie so gewesen, als sie sich einen möglichen Anruf bei ihm nur vorgestellt hatte.

»Darf ich dich etwas fragen?«, unterbrach Greg ihre Gedanken. »Nun, eigentlich ist es weniger eine Frage als vielmehr eine Bitte. Ich habe das schon einmal angesprochen, aber damals bist du gleich in Tränen ausgebrochen.«

Sie war irritiert. Worauf wollte er hinaus? Sie hatte in seinem Beisein eigentlich nur einmal geweint, soweit sie sich erinnerte, und das war bei ihrer allerersten Begegnung gewesen – als sie sich selbst wegen ihres vermeintlich bevorstehenden Todes bedauerte.

»Liane, darf ich dich malen? Bitte, sag ja!«

»Aber …«

»Du wärest wirklich ein perfektes Modell. So zartgliedrig, elfenhaft. Deine Schönheit muss auf die Leinwand gebannt werden.«

Sie war verwirrt. Noch nie hatte jemand sie als schön bezeichnet.

»Aber ich bin doch total unscheinbar.«

»Wer hat dir denn das eingeredet? Ich sehe das völlig anders. Du bist vielleicht nicht aufgedonnert, aber das hast du auch gar nicht nötig. Ich möchte zeigen, dass wahre Schönheit keine Maske braucht, keine Verhüllung oder Bedeckung.«

Er biss sich auf die Unterlippe. Als wollte er sich selbst bremsen, weil er zu weit gegangen war.

Dabei war seine Frage doch vollkommen harmlos. Und zudem in ein Kompliment verpackt, das sie so noch nie gehört hatte.

Langsam begriff sie. Es ging keineswegs um ein Porträt. Sondern um ein Aktbild!

Im ersten Moment wollte sie entsetzt ablehnen.

Dann besann sie sich. Schließlich war Nacktheit etwas absolut Natürliches.

Außerdem hatten sie in letzter Zeit bereits zwei Männer unbekleidet gesehen – erst Julian und dann Lorenz.

Sie prustete los. Denn sie dachte an die prüde, altmodische, gouvernantenhafte Liane, die sie noch unlängst gewesen war. Die wäre empört, wenn sie erführe, was aus ihr geworden war!

»Findest du meine Bitte so lächerlich?« Greg wirkte enttäuscht.

»Kein bisschen«, kicherte Liane. »Ich finde die Idee grandios!«

Kapitel 26

Ansteckend

Die Wirren des Alltags hätten Lorenz fast vergessen lassen, dass er sich mit Liane zum Tanzkurs verabredet hatte. Doch zwischen zwei Meetings, als er seinen Blick zum Fenster hinausschweifen ließ und die Wolken dahinziehen sah, dachte er an die denkwürdige Wanderung, Lianes Rettung, die Nacht am Lagerfeuer und ihr Gespräch über Pläne und Träume.

Sofort eilte er zu seinem Computer und startete die Onlinesuche. Das Angebot war mau – kein Wunder, schließlich war es fast ein Jahrhundert her, als Charleston angesagt war. Heutzutage begeisterten sich nur noch ein paar eingefleischte Fans für den einstigen Modetanz.

Nach einer Weile stieß er auf die Website der Tanzschule The Happy Twenties, und dort wurde ein neuer Anfängerkurs angekündigt, der schon am kommenden Freitag startete. Spontan meldete er Liane und sich selbst an.

Natürlich wäre es besser gewesen, das zuvor mit ihr abzustimmen, doch bevor der Kurs ausgebucht war, ging er lieber das Risiko ein, dass ihr der Termin vielleicht nicht recht war.

Nun ja, notfalls würde er eben stornieren und auf den Kosten sitzen bleiben. Nach seinem Burn-out hatte er gelernt, dass es Dinge gab, die wichtiger waren als Geld. Besondere Momente konnte man sowieso nicht kaufen, die musste man entdecken, einfangen und genießen. Und genau das hatte er vor.

Gleich nachdem die Bestätigungsmail eingegangen war, schrieb er eine WhatsApp an Liane:

Darf ich dich zum Tanze bitten? Freitag, 19 Uhr, in der Tanzschule The Happy Twenties, Bahnhofstraße 42. Es ist mir eine große Vorfreude! Dein Lorenz

Dass der Weg für ihn deutlich weiter war als für Liane, erwähnte er nicht. Tatsächlich musste er fast fünfzig Minuten fahren, während es für sie nur ein paar Minuten zu Fuß waren, doch das war es ihm wert. Schließlich ging es um einen der verrücktesten Tänze, die je erfunden wurden. Und um Liane. Die vermutlich nicht im Entferntesten ahnte, wie reizend sie war.

Die Antwort kam schneller als erhofft:

Passt wunderbar! Ich freue mich sehr. Bis Freitag! Liane.

Das war kurz und knapp, aber zauberte ihm ein Lächeln ins Gesicht.

In den Zwanzigerjahren trug die modisch gekleidete Dame legere, knieumspielende Kleider mit tiefer Taille, die das unbequeme Mieder früherer Zeiten überflüssig machten, dazu lange Ketten, zuweilen sogar eine Federboa, elegante Stirnbänder mit Federschmuck und schicke Spangenschuhe. Die auffälligen Details, die sie recherchiert hatte, ließ Liane lieber weg, aber als sie in einem Secondhandladen das seegrasgrüne Vintage-Hängekleid entdeckte, erschien ihr das einfach perfekt für diesen Anlass. Zumal es geradezu lächerlich preiswert war.

Sie war eine Viertelstunde zu früh am Treffpunkt. Vor dem Eingang der Tanzschule warteten bereits mehrere Paare, und erleichtert stellte Liane fest, dass auch die meisten anderen Kursteilnehmerinnen dem Anlass entsprechend gekleidet waren. Die Herren dagegen hatten sich zum Großteil für einen klassischen Anzug entschieden, und sie fragte sich, wie Lorenz in so einem Dress wohl aussah. Sie kannte ihn ja bisher nur in Wanderkluft – er sie allerdings ebenfalls. Beziehungsweise auch ohne jegliche Bekleidung, doch daran wollte sie jetzt lieber nicht denken.

Wo er nur blieb? Wenn sie sich so umschaute, war sie als Einzige noch ohne Partner. Er würde sie doch hoffentlich nicht versetzen? Das wäre nicht nur ziemlich peinlich, sondern würde ihrer Stimmung auch einen gewaltigen Dämpfer verpassen. Denn sie freute sich über die Maßen auf diesen Kurs. Und natürlich auch auf Lorenz. Es kam ihr seltsam vor, dass sie so wenig von ihm wusste und gleichzeitig doch so viel. Sie kannte noch nicht einmal seine Adresse, doch in jener Nacht hatten sie sich so vertraut über ihre innersten Gedanken und Gefühle ausgetauscht, dass es sich fast anfühlte, als würden sie sich schon ewig kennen – nicht erst seit zwei Wochen.

Nach und nach betraten die anderen Paare die eindrucksvolle Villa, in der die Tanzschule untergebracht war. Schließlich stand sie allein draußen und warf einen Blick auf ihre Armbanduhr. Drei Minuten noch.

Da endlich kam Lorenz um die Ecke.

»Sorry, auf der Autobahn ist ein Laster umgekippt, ich stand ewig im Stau, dann wurden wir umgeleitet und mussten über Land gondeln, und einen Parkplatz habe ich auch nicht sofort gefunden. Aber ich bin noch pünktlich, oder? Aber lass dich erst mal anschauen, Liane. Wow, du siehst ja großartig aus! Vollkommen stilecht. Nimmst du mich in diesem Aufzug überhaupt mit rein?«

Das Kompliment – schon das zweite in dieser Woche! – hatte sie ziemlich aus dem Konzept gebracht. Liane war dergleichen nicht gewohnt und entsprechend ungeübt darin, angemessen darauf zu reagieren.

»Aber klar doch, und am besten sofort, sonst kommen wir wirklich noch zu spät«, sagte sie stattdessen und lief los. Dass Lorenz in Jeans, Turnschuhen und T-Shirt mit der Aufschrift *Bazinga* aufgekreuzt war, fand sie eher amüsant als unpassend. Vermutlich reichte es ihm, wenn er im Büro Anzüge tragen musste. Sie wusste ja, dass er Arbeit und Freizeit strikt trennte und froh war, wenn er von seinem stressigen Job abschalten konnte. Sie wiederum war froh, diesen entspannten Lorenz kennengelernt zu haben, nicht den Manager-Lorenz, der ihr vielleicht gar nicht so besonders sympathisch gewesen wäre.

Der Saal, in dem sich alle versammelt hatten, war elegant ausgestattet und erinnerte tatsächlich an ein Zwanzigerjahre-Tanzcafé. Es schien, als wären sie tatsächlich in einer anderen Zeit gelandet – wenn man von der hochmodernen Musikanlage absah. Und natürlich von Lorenz' Outfit.

»Herzlich willkommen bei The Happy Twenties«, begrüßte ein mageres Männlein die Kursteilnehmer. Er hatte das Gesicht eines Achtzigjährigen, aber den federnden Gang eines jungen Mannes. Offenbar hielt Charleston jung und beweglich. Nicht zu vergessen fröhlich, denn er schenkte allen ein breites Lächeln. Sogar seine Augen strahlten dabei.

»Ich freue mich, dass wir Sie heute mit dem wunderbarsten Tanz aller Zeiten begeistern dürfen. Charleston ist Lebensfreude pur, lassen Sie sich infizieren! Meine Enkelin Coco und ich werden Ihnen jetzt die Grundschritte zeigen, und dann kann's auch schon losgehen. Mein Name ist übrigens Oskar, und ich habe mein Herz schon vor vielen Jahrzehnten ans Tanzen verloren. Und solange es schlägt, schlägt es für den Charleston.«

Nach dieser – wie Liane fand: bewegenden – Vorrede zeigten Oskar und Coco die wichtigsten Schrittfolgen.

»Sie machen mit rechts einen Schritt nach hinten, dann treten Sie mit dem linken Fuß ebenfalls nach hinten, aber in die Luft«, erklärte er. »Dann geht links zurück in die Ausgangsposition, und Sie kicken mit dem rechten Fuß nach vorne.«

Das erschien Liane machbar. Fast simpel. Allerdings probierten sie die Schrittfolgen zunächst im Schneckentempo.

»Später wird das einmal so aussehen«, verkündete Oskar und legte mit seiner Enkelin eine kesse Sohle aufs

Parkett. Er bewegte sich, als wäre er Mitte zwanzig und aus reinem Gummi.

»Faszinierend«, staunte auch Lorenz.

»Das sieht aus, als würden sich ihre Beine verknoten, während sie mit den Armen rudern, um einen Sturz zu verhindern«, kommentierte ein Anzugträger, der allem Anschein nach nur seiner Partnerin zuliebe hier war. Liane registrierte seine skeptische Miene und ihren enttäuschten Blick, der sofort purer Begeisterung wich, als sie sich wieder Oskar und Coco zuwandte.

»So viel nur als Anreiz. Das werden Sie demnächst auch können«, versprach der Tanzlehrer. »Und nun zurück zu den Grundschritten. Wir wiederholen das noch ein paar Mal ganz langsam, dann steigern wir allmählich das Tempo.«

Eine halbe Stunde später war Lorenz nicht nur froh darüber, dass er diese Tanzschule entdeckt hatte und mit Liane hier war, sondern auch darüber, dass er sich für ein T-Shirt entschieden hatte. Dieser Tanz war definitiv schweißtreibend, aber es machte ihm einen Heidenspaß, und das galt auch für Liane, wie ihr glucksendes Lachen verriet, wenn sie mal wieder aus dem Rhythmus gekommen war. Denn inzwischen waren auch Armbewegungen hinzugekommen, und das war nicht so leicht umzusetzen, auch wenn sich die Erklärung recht einfach angehört hatte: »Wenn der linke Fuß nach hinten tritt, geht der rechte Arm nach vorne, und wenn der rechte in die Luft geht, schwingt der linke Arm vor. Immer gegengleich.«

Lorenz hatte es schnell heraus. Jetzt zahlte sich aus, dass er jahrelang Schlagzeug gespielt hatte. Das hatte seine Koordination geschult.

Und dann kamen auch noch weitere Bewegungen hinzu: »Legen Sie Ihre durchgestreckten Arme seitlich am Körper an und strecken Sie die Hände im rechten Winkel zur Seite, sodass Ihre Handflächen zum Boden zeigen«, kommandierte Oskar, während Coco die Bewegung vorführte.

»Pinguingrundhaltung«, murmelte Lorenz vor sich hin und brachte Liane damit zum Lachen. Sie hatte ein wundervolles, unbeschwertes Lachen.

»Dazu passen diese beiden Schrittfolgen«, sagte Oskar, und seine Enkelin begann, abwechselnd den linken und rechten Unterschenkel seitlich nach oben zu heben.

»Oder diese«, fügte er hinzu, und Coco ging dazu über, die Fußspitzen und Kniekehlen zuerst nach innen zu drehen, sodass es aussah, als hätte sie X-Beine, um sie anschließend nach außen zu schieben, sodass sie mit O-Beinen dastand.

Auch diese Bewegungsabläufe wurden zunächst in langsamem Tempo geübt. Lorenz hatte den Dreh ziemlich schnell raus, und auch bei Liane sah das Ganze schon richtig gut aus.

»Verzeihung, in welcher Reihenfolge werden diese Schrittfolgen getanzt?«, wollte der Anzugträger, der vorhin noch so missmutig gewirkt hatte, wissen. Er hatte inzwischen rote Flecken im Gesicht – vor Anstrengung, aber auch, weil ihn ganz eindeutig das Charlestonfieber gepackt hatte.

Lorenz grinste, als Oskar erwiderte, dass darüber nur die eigene Lust und Laune entschied. »Wenn Sie die Grundfiguren beherrschen, können Sie sie kombinieren, wie immer Sie wollen. Nur eins dürfen Sie niemals: stehen bleiben, solange die Musik noch läuft.«

Doch irgendwann verstummte der letzte Oldie, und Oskar verkündete, dass er sich auf das Wiedersehen am kommenden Freitag freute. »Gleicher Ort, gleiche Uhrzeit – und bringen Sie wieder gute Laune mit.«

Waren wirklich schon zwei Stunden vergangen? Da hatte sich Lorenz aber ganz schön verschätzt. So ging es ihm nur, wenn etwas extrem großen Spaß machte – oder extrem viel Konzentration erforderte. In diesem Fall traf beides zu.

»Das war super«, sagte Liane, als sie die Villa verließen. Draußen war es noch immer hell und sommerlich warm. Ideal für einen Besuch im Biergarten.

»Hast du auch solchen Durst?«, fragte Liane in diesem Moment. Als könnte sie Gedanken lesen. Oder als hätte sie ebenso wenig Lust wie er, sich schon zu verabschieden.

»Ich könnte eine ganze Gallone leeren«, erwiderte er. »Hast du Lust, was trinken zu gehen? Du musst mir allerdings verraten, wo man am gemütlichsten draußen sitzen kann, ich kenne mich hier nicht so gut aus.«

»Komm einfach mit«, grinste sie und hakte sich bei ihm unter. »Das Clubhaus des Rudervereins soll ziemlich angesagt sein, habe ich gehört. Direkt am Flussufer, keine fünf Minuten von hier.«

Liane genoss es, Arm in Arm mit Lorenz durch die Sommernacht zu spazieren. Fast schade, dass das Ziel nicht deutlich weiter entfernt lag. In diesem Kleid kam sie sich sehr weiblich und fast ein bisschen verführerisch vor, auf eine beschwingte, fröhliche Art und Weise. All das führte dazu, dass sich ihr Puls, den das Tanzen beschleunigt hatte, einfach nicht beruhigen wollte.

Sie fühlte sich unglaublich lebendig!

»Ich werde dich übrigens einladen«, wandte sie sich spontan an Lorenz, der überrascht stehen blieb. Sie standen etwas dichter voreinander, als es üblich war. Doch jetzt einen Schritt zurückzutreten, wäre ihr auch albern vorgekommen.

»Wie komme ich zu dieser Ehre?«, fragte Lorenz. »Eigentlich wollte ich dich einladen.«

Da war es wieder, sein McDreamy-Lächeln.

»Nun ja. Ich bin einfach furchtbar froh, dass du mir das Leben gerettet hast. Und ich habe mich noch gar nicht richtig dafür bedankt. Allerhöchste Zeit, dass ich das endlich nachhole«, lächelte sie.

»Soweit ich mich erinnere, hast du dich so ungefähr hundert Mal bedankt. Außerdem bin ich selbst mindestens genauso froh wie du, dass du überlebt hast. Aber wenn du darauf bestehst …«

Liane nickte. »Ja, das tue ich. Und dann muss ich dringend überlegen, was ich mit diesem Leben in Zukunft anfangen will.«

»Mein Lieblingsthema! Lass mich die zweite Runde übernehmen, und dann reden wir darüber. Okay?«

»Deal!«

Für einen Moment sah es so aus, als würde sich Lorenz zu ihr herunterbeugen. Doch dann hakte er sich einfach bei ihr unter, und sie setzten ihren Weg fort.

Kapitel 27

Wie geht's?

Auch Dr. Justus Mangold war an diesem lauen Sommerabend unterwegs – und zum ersten Mal seit dem Tod seiner Gattin in weiblicher Begleitung. Marianne hieß sie und war zwei Jahre jünger als er, außerdem dunkelhaarig, vollschlank und begeisterte Golferin. Das hatte ihm ihr Onlineprofil verraten. Und ihre Gegenwart verriet ihm noch viel mehr: nämlich dass sie gut roch, ein entzückendes Lächeln hatte und durch ihre pure Anwesenheit seine Stimmung gewaltig aufbesserte. Mit ihr konnte man nicht nur wunderbar reden, sondern auch schweigen. Er war froh, dass sie kein Schnattermaul war, denn ewiges Gequassel konnte er nicht ausstehen. Marianne gefiel ihm ausnehmend gut. Und wenn er sich nicht irrte, beruhte das auf Gegenseitigkeit. Vielleicht würde er sie heute Abend zum ersten Mal küssen. Sein Gefühl sagte ihm, dass die Zeit reif war. Und er war bereit. Jedenfalls würde er nach dem Absacker im Biergarten dazu bereit sein.

Wäre er nicht so sehr in vorfreudigen Gedanken versunken gewesen, hätte er vielleicht rechtzeitig erkannt, wer ihm da entgegenkam, und einen anderen Weg gewählt, um eine Begegnung zu umgehen. Aber nun war es wohl unvermeidlich, ohne unhöflich zu wirken. Und wenn er ehrlich war, freute er sich sogar über das Wiedersehen …

Dr. Mangold wusste ziemlich genau, wann er seinem Schwiegersohn zuletzt begegnet war: Es war am Tag der Scheidung gewesen. Und dann noch einmal bei der Beisetzung seiner Gattin, allerdings nur aus der Entfernung.

Nun waren sie beide in weiblicher Begleitung. Ihm war das ein bisschen peinlich. Andererseits – schließlich war er Single. Wen Lorenz da wohl bei sich hatte? Oder anders gefragt: Was war das für eine Frau, die seine Tochter ersetzte?

Liane staunte nicht schlecht, dass Lorenz ihren Hausarzt nicht nur kannte, sondern sogar mit dem Vornamen anredete. Doch Lorenz ließ sie nicht lange im Ungewissen, sondern beeilte sich, sie vorzustellen.

»Liane, das ist Justus, mein Ex-Schwiegervater. Ich wünschte, wir hätten nach meiner Trennung von Ava den Kontakt weiter gepflegt. Unser Verhältnis war immer grandios, und manchmal glaube ich, Justus war das Allerbeste an dieser Ehe.«

»Du übertreibst maßlos«, schmunzelte Dr. Mangold, »mit der Schönheit und dem Esprit meiner Tochter kann ich leider nicht mithalten. Aber diese junge Dame«, und er nickte lächelnd in Lianes Richtung, »wäre dazu durchaus in der Lage.«

Dr. Mangold war ja ein richtiger Charmeur! Das

kannte Liane von ihm gar nicht. Aber schließlich war es das erste Mal, dass sie einander außerhalb der Praxis begegneten. Und dann entpuppte er sich ausgerechnet als Vater von Lorenz' Exfrau! Die Welt war wirklich ein Dorf! Das war der größte Zufall, seit Greg sie aufgelesen hatte, als ihr das Benzin ausgegangen war.

»Darf ich vorstellen – das ist Liane Klein, eine ... sehr gute Freundin«, stellte Lorenz sie vor.

»Sehr erfreut«, sagte Dr. Mangold. »Wie geht es Ihnen?«

Wie ungewöhnlich, diese Frage hier und jetzt von ihm zu hören. So ganz ohne Arztkittel und Untersuchungsliege.

»Wirklich sehr gut, Herr Doktor«, erwiderte sie. Und Ihnen hoffentlich auch, fügte sie in Gedanken hinzu, denn sie hatte den Eindruck, dass er ein wenig blass um die Nase wurde.

Lorenz schien das nicht zu bemerken. »Wir kommen gerade aus einem Tanzkurs und sind auf dem Weg, noch etwas trinken zu gehen«, erzählte er. »Wollt ihr vielleicht mitkommen, du und ...«

»... Marianne – meine liebe Bekannte und ich sind leider ein wenig in Eile«, erklärte Dr. Justus Mangold bedauernd, nachdem er einen Blick auf seine silberne Taschenuhr geworfen hatte.

Liane registrierte, wie Marianne irritiert die Stirn runzelte, als ihr Begleiter sich eilig verabschiedete.

»Hat mich sehr gefreut, lieber Lorenz. Komm doch bei Gelegenheit mal bei mir vorbei. Auf eine Partie Schach und ein gutes Glas Whisky, was hältst du davon?

Aber nun müssen wir leider weiter. Kommst du, Marianne? Hat mich sehr gefreut, Frau Klein.« Und schon eilten beide davon.

»Grüße an Ava«, rief Lorenz noch, doch das schien er schon nicht mehr zu hören.

Liane starrte den beiden nachdenklich hinterher. Warum hatte Dr. Mangold so merkwürdig reagiert?

»Du musst wissen, Ava und ich sind im Guten auseinandergegangen«, erklärte Lorenz, ohne dass sie danach gefragt hätte. Ihr fiel auf, wie weich seine Stimme klang, als er von ihr sprach.

»Warum habt ihr euch eigentlich getrennt?«, nahm sie das Gespräch wieder auf, nachdem sie an einem hübschen Zweiertisch Platz genommen und zwei Krüge Bier bestellt hatten.

»Du willst tatsächlich über meine Ex reden? Ist das nicht furchtbar unromantisch?«

»Mir ist vorhin erst klar geworden, wie wenig ich von dir weiß, obwohl du mir so viel von dir erzählt hast.«

»Ich habe dir erzählt, was wichtig ist.«

»Tja, aber vielleicht interessiere ich mich auch für unwichtige Dinge? Ich weiß ja nicht einmal, wo du wohnst oder wie die Firma heißt, für die du arbeitest.«

»Nun ja, eigentlich gehört die Firma sogar mir …«

»Aber sagtest du nicht, dein Chef wäre so streng und wollte dich zu Überstunden überreden?«

»Das stimmt auch. Ich bin ein unbarmherziger Vorgesetzter – jedenfalls mir selbst gegenüber.«

Liane schüttelte amüsiert den Kopf. »Vor allem bist du ein schrecklicher Geheimniskrämer.«

Er schwieg.

Vielleicht hatte sie eine Grenze überschritten? Sie hätte vorhin das Thema Scheidung nicht vertiefen sollen. Wahrscheinlich sprach er ungern über sie. Die Trennung musste wohl schmerzhaft gewesen sein. Andererseits hatte er schließlich freiwillig von ihr erzählt. Liane war verwirrt.

»Ich war ein furchtbarer Ehemann«, begann Lorenz nach einer Weile. »Mich interessierte nur eins: die Arbeit. Meine Frau war witzig, liebevoll, klug, geduldig … Aber wenn man mich mittags gefragt hätte, wie sie beim Frühstück gekleidet war, dann hätte ich das nicht beantworten können. Ich beachtete sie zu wenig, überhörte ihre Wünsche und Bedürfnisse, behandelte sie wie ein Möbelstück. Sie war es, die die Scheidung einreichte. Und ich muss gestehen: Im ersten Moment war ich froh darüber.«

»Und im zweiten?«

Er zögerte. »Wenig später hatte ich mein Burn-out und kam in Behandlung. Dort wurde mir klar, dass ich nicht nur mich selbst zugrunde gerichtet hatte, sondern auch meine Ehe. Ava fehlte mir wahnsinnig, und ich weiß, hätte ich sie damals angerufen, wäre sie sofort gekommen, um mir beizustehen. Sie ist ein großzügiger, hilfsbereiter Mensch. Aber ich beherrschte mich. Es stand mir nicht zu, ihr Leben zum zweiten Mal zu zerstören.«

Er biss sich auf die Unterlippe. Vielleicht war es unklug, all das ausgerechnet Liane zu gestehen.

»Vielleicht solltest du nicht so streng zu dir selbst sein?«, erwiderte Liane. »Wer sagt denn, dass du ihr Leben zerstören würdest? Vielleicht würdest du sie ja glücklich machen?«

Sie nippten beide an ihrem Bier und schwiegen.

Urplötzlich brach Liane in schallendes Gelächter aus.

»Sorry, das hat jetzt nichts mit dir zu tun«, prustete sie. »Mir ist nur gerade aufgegangen, warum sich Dr. Mangold so urplötzlich verabschiedet hat. Er muss mich wohl im ersten Moment nicht erkannt haben. Aber als ihm dann klar wurde, wer vor ihm steht, hat er zugesehen, dass er Land gewinnt.«

»Kennst du ihn etwa?«

»Ich bin seine Patientin. Und vermutlich eine seiner schwierigsten. Bestimmt hat er mich unter Superhypochonderin abgespeichert. Als ich das letzte Mal bei ihm war, bestand ich auf einer Überweisung zum Hals-Nasen-Ohren-Arzt, und als ich die in der Tasche hatte, glaubte ich, an Kehlkopfkrebs erkrankt zu sein.«

»Du? Die todesmutige Im-eisigen-Bergsee-Schwimmerin? Das ist ja ein Ding!« Lorenz konnte sich nicht vorstellen, dass Liane diese überängstliche Seite hatte. Was wusste er noch alles nicht von ihr? »Trotzdem müsste er dich doch sofort erkannt haben, oder hast du etwa auch eine optische Verwandlung hinter dir?«

»Könnte man so sagen«, grinste Liane. »Er kennt mich nur mit Hochsteckfrisur und Businesskostüm. Das war jahrelang mein Standard-Outfit. Ich glaube, die Liane von damals würde sich heute selbst nicht wiedererkennen.«

»Du bist erstaunlich, Liane!«

Sie gluckste noch immer und wischte sich die Lachtränen von den Wangen.

»Außerdem hast du das schönste, ansteckendste Lachen, das ich je gehört habe«, ergänzte Lorenz und stimmte in ihr Gelächter ein.

Drei Komplimente an einem Tag – das war mehr als sonst in fünf Jahren. So langsam begann Liane, Gefallen daran zu finden. Trotzdem wurde sie ein wenig rot.

Dann erinnerte sie sich daran, wie warmherzig Lorenz vorhin seine Exfrau beschrieben hatte. Ob die beiden auch dann geschieden wären, wenn Lorenz im Job rechtzeitig die Reißleine gezogen hätte? Was, wenn sie sich heute wiederbegegnen und neu kennenlernen würden? Was würde Ava zu dem veränderten Lorenz sagen, der ganz und gar kein Workaholic mehr war, sondern achtsam und aufmerksam? Waren noch genug Gefühle da, um die Flammen der Liebe erneut auflodern zu lassen? Schwer einzuschätzen. Aber sie vermutete, das könnte durchaus der Fall sein.

Ich muss aufpassen, dass ich ihm keine falschen Signale sende, dachte Liane. Solange er sich noch zu einer anderen hingezogen fühlte, wäre das mehr als unklug. Sie selbst neigte ohnehin nicht dazu, Hals über Kopf ihr Herz zu verlieren. Hoffentlich beruhte das auf Gegenseitigkeit. Wenn Lorenz jedoch dabei war, sich in sie zu vergucken, während er insgeheim noch an Ava dachte, war ein Gefühlschaos vorprogrammiert, das sie unbedingt vermeiden musste.

»Hab ich dir eigentlich schon erzählt, dass ich Aktmodell werde?«, platzte sie heraus, und ärgerlicherweise errötete sie erneut.

Warum hatte sie das jetzt erzählt? Sie hatte ja nicht einmal an Greg gedacht und noch viel weniger an die Sache mit dem Gemälde, für das sie nackt posieren sollte. Noch hatten Greg und sie keinen Termin vereinbart, und wenn sie Glück hatte, würde das so bald auch nicht geschehen. Ein bisschen bedauerte sie, zugestimmt zu haben. Aber wer konnte schon von sich behaupten, die Muse eines aufstrebenden Künstlers zu sein?

»Hoffentlich ist der Maler nicht allzu berühmt, sonst kann ich es mir nicht leisten, das Bild zu kaufen«, erwiderte Lorenz wie aus der Pistole geschossen.

Liane wurde ein weiteres Mal rot. Der Klingelton ihres Handys ersparte ihr eine Antwort. Es war ihre Kollegin Sina. Was wollte die denn um diese Zeit von ihr?

»Schön, von dir zu hören, aber ich habe Urlaub«, meldete sie sich. »Oder geht es etwa um Leben und Tod?«

»Hi Liane, altes Haus«, hörte sie Sinas näselnde Stimme. Es hörte sich an, als wäre sie nicht mehr ganz nüchtern. Aber das galt auch für Liane. Schließlich war Freitagabend, da starteten viele mit einem Drink oder zwei ins Wochenende. »Da hast du den Nagel auf den Kopf getroffen, Liane. Genau, um Leben und Tod geht es, genauer gesagt, ums Überleben.« Sina kicherte. Und wenn Liane sich nicht irrte, war sie nicht allein. Das Kichern klang polyphon.

»Grüß mir die anderen«, startete sie einen Versuchsballon, und ein vielstimmiges »Grüße zurück!« bestätigte ihre Vermutung. Das klang, als wäre das ganze Team zusammen – Sina, Fabian, Alex, Niklas und Jenny. Allesamt angeheitert und vermutlich in genau der richtigen Stimmung, sich einen Scherz mit der spießigen alten Liane zu erlauben. Sie konnten ja nicht wissen, dass die gar nicht mehr existierte und dass die neue Liane nicht so leicht auf den Arm zu nehmen war.

»Ich weiß ja, dass du noch Urlaub hast«, säuselte Sina weiter, »aber wir haben uns überlegt, dass du den doch sicher für zwei Tage unterbrechen kannst.«

»Könnte ich wohl. Aber wozu?«

»Na, für das Survival-Wochenende im Harz«, gackerte Sina, und die anderen johlten mit.

Liane erinnerte sich an jenen denkwürdigen Tag, an dem Henning seinen Incentive-Plan verkündet und ihr damit einen mächtigen Schrecken eingejagt hatte. Inzwischen kam ihr die Vorstellung, zwei Tage lang durch die Wildnis zu streifen, gar nicht mehr so abwegig vor. Im Gegenteil, das könnte richtig spannend werden. Und die passende Ausrüstung besaß sie ja inzwischen auch.

»Warum eigentlich nicht?«, hörte sie sich sagen. »Aber nur, wenn ich jemanden mitbringen kann.«

Sinas Lachen verstummte. »Wie – was, du bist dabei? Und in Begleitung? Hammer!«, keuchte sie fassungslos.

»Schick mir einfach die Daten. Treffpunkt, Tickets und so weiter. Wir werden pünktlich sein.«

Amüsiert beendete sie das Gespräch, das einen völlig

anderen Verlauf genommen hatte, als Sina wohl geplant hatte.

»Ein neuer Punkt auf deiner Bucket List?«, fragte Lorenz, der das Gespräch mitgehört hatte – jedenfalls Lianes Anteil daran.

»Könnte man so sagen. Unser diesjähriger Firmenausflug soll ein Survivaltraining im Harz sein. Und meine lieben Kollegen dachten wohl, dass ich mich drücken würde. Aber ich denke gar nicht daran, im Gegenteil.«

»Du willst sogar jemanden mitbringen«, ergänzte Lorenz.

Warum hatte sie das nur gesagt? Da hatte sie sich wohl mitreißen lassen, um ihre Kollegen vollends zu schockieren. Und nun hatte sie den Salat. Sie konnte dort keinesfalls ohne Begleitung aufkreuzen, sonst stünde sie als Hochstaplerin da.

Im Nachhinein erschrak sie vor ihrem eigenen Mut. Erst hatte sie Lorenz von dem geplanten Aktbild erzählt, und jetzt so eine Bauchentscheidung. Er musste ja einen völlig falschen Eindruck von ihr bekommen!

Andererseits: Warum war ihr so wichtig, was er von ihr dachte? Lorenz war bloß ihr Tanz- und Gesprächspartner. Sie wollte doch gar nichts von ihm. Glaubte sie jedenfalls.

Nun ja, er war ganz nett. Und attraktiv. Und ihr Lebensretter.

Hoffentlich kam er jetzt nicht auf falsche Gedanken …

»Also was Outdoor-Abenteuer betrifft, bin ich für

jede Idee zu haben. Und in den Harz wollte ich schon immer mal. Wenn du also keinen anderen Survival-Partner in petto hast, wäre ich gern dabei«, bot er an.

»Ehrlich, das würdest du tun? Nun ja, meine Kollegen glauben natürlich, ich komme mit einem Lover. Du müsstest also vielleicht ein klein wenig schauspielern und so tun, als wären wir ein Paar.«

Das war natürlich eine Zumutung. Warum nur hatte sie sich zu dieser Schwindelei hinreißen lassen? Sie könnte sich selbst ohrfeigen …

»Kein Problem, ich bin ein erstklassiger Laiendarsteller. Und ich müsste nicht einmal lügen, wenn ich behaupten würde, dich schon mal nackt gesehen zu haben. Und das, ohne ein Aktkünstler zu sein.«

Kapitel 28

Seltsam vertraut

Selten hatte Liane so lange unschlüssig vor ihrem Kleiderschrank gestanden wie heute. Früher hätte sie ohnehin nicht groß überlegen müssen, was sie anziehen sollte, da musste sie nur abwägen, ob Hosenanzug oder Rock und Bluse – und in welchem gedeckten Ton. Ihr damaliges Farbspektrum hatte nur von Dunkelblau bis Mauve gereicht, dazu diverse Graunuancen und natürlich die klassischen Unfarben Schwarz und Weiß. Damals war ihr Leben noch ganz schön eintönig gewesen, stellte sie fest. Und langweiliger.

Nach weiteren Besuchen bei Lady Denim war ihre Garderobe jetzt deutlich vielfältiger und bunter. Inzwischen besaß sie mehrere Jeans, sogar eine in Türkis und eine in Lila, außerdem T-Shirts, bunte Röcke und Sommerkleider. Was sollte sie für diesen besonderen Anlass auswählen? Für den ersten Eindruck gab es schließlich keine zweite Chance, und der erste Eindruck, den sie auf Leon machte, musste ein guter sein. Er sollte sie als die große Schwester kennenlernen, die er sich immer gewünscht hatte. Cool, verständnisvoll, witzig, klug … na ja, und es wäre nett, wenn er sie auch hübsch fände.

Sie probierte mehrere Outfits an und drehte sich kritisch vorm Spiegel, bis schließlich die Uhrzeit den Ausschlag gab: Wenn sie nicht zu spät kommen wollte, musste sie sich jetzt auf den Weg machen. Also ließ sie einfach den Jeansrock und das Batik-T-Shirt an, das sie gerade übergestreift hatte.

Im Treppenhaus begegnete sie Erna und Nora.

»Schön, euch zu sehen! Wie geht es deinem Fuß?«, erkundigte sich Liane.

»Schon viel besser. Ich humpele fast gar nicht mehr«, erklärte Erna und ging ein paar Schritte auf und ab, um ihre Fortschritte vorzuführen.

»Vorerst kommen aber noch keine körperlich anstrengenden Challenges infrage«, fuhr sie fort. »Deshalb habe ich mir ein paar eher geistige Herausforderungen überlegt. Übrigens wollten wir gerade bei dir klingeln. Kommst du mit ins Kino? Nora und ich haben eben spontan beschlossen, uns einen alten französischen Schwarz-Weiß-Film ohne Untertitel anzuschauen.«

»Du liebe Güte – könnt ihr denn so gut Französisch?«

»Kein Wort«, gackerte Nora. »Das ist ja das Witzige daran. Wir stellen uns einfach vor, was wohl gesprochen wird, und hinterher vergleichen wir die Geschichten, die wir uns ausgedacht haben.«

»Ihr seid ja vielleicht verrückte Hühner.«

»Selber verrücktes Huhn! Was ist nun – bist du dabei?«

»Das klingt wirklich witzig. Aber ausgerechnet heute habe ich schon was anderes vor.«

»Etwa einen Punkt auf deiner Bucket List, von dem

wir nichts wissen?« Erna stemmte ihre goldberingten Hände in die Seiten und tat misstrauisch.

»Nein, nein, das hat nichts mit der Bucket List zu tun.« Was sie vorhatte, erforderte von ihr deutlich mehr Courage als alle bisherigen Mutproben zusammen.

»Der Künstler oder der Lebensretter?«, bohrte Nora nach, und Liane bereute, ihr von den beiden erzählt zu haben. Andererseits taten Freundinnen so etwas vermutlich. Sie war nicht sehr geübt darin, eine Freundin zu haben.

»Keiner von beiden«, sagte sie rasch, und das war immerhin wahrheitsgemäß. »Aber wenn ich mich jetzt nicht spute, werde ich meine Verabredung noch verpassen. Viel Spaß im Kino!«

Natürlich hatte sie genug Puffer eingebaut, für den Fall, dass sie in einen Stau geraten würde.

Doch die Straßen waren frei. Was weit nach der abendlichen Rushhour auch nicht weiter verwunderlich war. Aber lieber war sie zehn Minuten zu früh da, als ein Risiko einzugehen. Wer Verkehrsfunk hörte, wusste schließlich, was alles passieren konnte: Unfälle mit Vollsperrung, Baustellen, Gasexplosionen, Wasserrohrbrüche …

»Haben Sie reserviert, Signora?«, begrüßte sie der Oberkellner. »Wir sind ausgebucht.«

»Ja, haben wir – auf den Namen Bergmann.« Es war merkwürdig, diesen Namen so beiläufig auszusprechen, als wäre es eine Selbstverständlichkeit.

»Bitte folgen Sie mir, Signora, Ihr Bruder ist bereits da.«

Ihr Bruder.

Zum ersten Mal galten diese Worte ihr. Dass andere Menschen Brüder hatten, war natürlich nichts Besonderes. Für sie war es ein Wunder. Wie auf Kommando wurde sie nervös. Ihr Mund wurde trocken, ihr Atem ging flach, und ihr Puls raste. Auf zittrigen Beinen folgte sie dem Oberkellner zu einem kleinen Zweiertisch im hinteren Bereich des Restaurants.

Ihr fiel ein, dass sie sich gar keine Begrüßung zurechtgelegt hatte. Was in aller Welt sollte sie sagen? Vielleicht eher etwas Förmliches? Nein, das war nicht angemessen. Eine flapsige Bemerkung? Dazu war der Anlass zu bedeutungsvoll. Oder irgendetwas Pathetisches? Aber was?

Dann stand sie vor ihm, und aus ihrem Mund purzelten einfach nur die Worte: »Da bin ich.«

Leon erhob sich und lächelte genauso sympathisch wie auf dem Foto, das sie im Internet gesehen hatte. »Was für ein Glück!«

Und dann umarmte er sie.

»Ich habe uns zwei Martini bestellt. Ich hoffe, du hast denselben Aperitif-Geschmack wie ich«, begann Leon, nachdem Liane Platz genommen hatte.

»Sonst trinke ich überhaupt keine Aperitifs«, erwiderte sie, »aber heute mache ich gern eine Ausnahme. Martini ist prima.«

Die Bewegung, mit der sie eine Haarsträhne hinters Ohr strich, ließ ihn zusammenzucken. Er kannte diese Geste nur zu gut – aber es waren viele Jahre vergangen, seit er sie das letzte Mal gesehen hatte. Hoffentlich hatte Liane seine Reaktion nicht registriert. Lieber wollte er sich zunächst über unverfänglichere Themen mit ihr unterhalten, um sie besser kennenzulernen, bevor er das Gespräch auf das lenkte, was für sie beide emotional so brisant war.

Nicht dass sie hier vor allen Leuten eine Szene machte.

Nicht dass er selbst in Tränen ausbrach.

Sie mussten sich vorsichtig an die Materie herantasten.

»Hast du schon lange gewartet?«, nahm Liane den Gesprächsfaden wieder auf.

»Nur ein paar Minuten. Ich war ein bisschen zu früh dran. Wahrscheinlich war das Lampenfieber schuld. Ich wollte mich einfach nicht verspäten.«

Lianes Lachen glich dem seiner Mutter. Die ja auch ihre war. Er konnte es kaum fassen, wie sehr sich ihre Stimmen ähnelten. Würde er die Augen schließen, könnte er fast glauben, sie säße ihm gegenüber.

»Das ist ja witzig«, sagte Liane, »ich war auch ganz schön aufgeregt. Und deshalb bin ich ebenfalls viel zu zeitig losgefahren. Ich schätze, diese Macke haben wir schon mal gemeinsam.«

Und noch eine Übereinstimmung stellte er fest: Genau wie ihre Mutter besaß Liane das Talent, mit einer übermütigen Bemerkung das Eis zu brechen.

Es war ein unwirkliches Gefühl für Liane, plötzlich einen Bruder zu haben und mit ihm anzustoßen. Ob es ihm umgekehrt wohl ähnlich ging? Die ganze Situation war mindestens so seltsam, wie der Martini schmeckte.

Allerdings fand sie ihn beim zweiten Schluck schon gar nicht mehr so übel und beim dritten sogar richtig lecker.

Das Gespräch war ein wenig ins Stocken geraten, aber das fiel nicht weiter auf, denn der Kellner brachte die Speisekarten, und sie studierten sie sehr gründlich.

Üblicherweise pflegte Liane in italienischen Restaurants Lasagne zu bestellen. Aber die Zeiten, in denen sie nichts Neues probieren wollte, waren definitiv vorbei. Deshalb entschied sie sich nach langem Abwägen für Zanderfilet mit mediterranem Gemüse und Salbeikartoffeln. Eines der teuersten Gerichte auf der Karte. Das erschien ihr adäquat.

Leon wählte gebratene Leber mit Feldsalat und einer Extraportion Pommes. »Eine Mischung aus Hausmannskost und Fast Food – darauf stehe ich«, kommentierte er lächelnd. Er hatte ein sehr schönes Lächeln, offen und sympathisch. Seine Augen, die ebenso dunkelblau waren wie ihre eigenen, blitzten.

»Und was magst du sonst so?«, hakte sie sofort ein.

»Eine Schwester zu haben.« Er schaute ihr geradewegs in die Augen. »Ich wusste ja, seit ich denken kann, dass es dich gibt. Und dass du möglicherweise Liane heißt. Das ist der Name, den unsere Mutter für dich ausgesucht hat. Aber natürlich wusste sie nicht, ob er vielleicht geändert wurde. Und den Nachnamen kannten wir ohnehin nicht. Jedenfalls ich nicht …«

Liane nickte. »So viel habe ich schon Violas Brief entnommen.«

Sie sah Leon an, dass er keine Ahnung hatte, wovon sie sprach. Natürlich, in ihrer knappen E-Mail hatte sie nicht erwähnt, woher ihre Informationen stammten. Nun holte sie das nach und erzählte alles von Anfang an. Ausführlich. Angefangen von ihrer harmonischen Kindheit über Ruths schockierendes Geständnis, das viel zu spät kam, ihrer Flucht und den Briefen, die jahrelang ungelesen in ihrer Kommode gelegen hatten, bis hin zu ihren regelmäßigen Besuchen an Violas Grab.

Leon lauschte mit großem Interesse. Erstaunlicherweise kam er ihr überhaupt nicht fremd vor, sondern seltsam vertraut.

Nachdem Liane geendet hatte, berichtete Leon nun seinerseits von seinen Erinnerungen an ihre Mutter. Und davon, wie sie ständig über Liane gesprochen hatte.

»Es war fast, als wärest du ein Familienmitglied, das sich nur kurz außer Haus befindet. In der Schule oder bei einem Ausflug zum Beispiel.«

Was für eine unglaubliche Vorstellung! Während sie selbst völlig ahnungslos gewesen war, was ihre leibliche Familie betraf, hatte Leon von Kindesbeinen an von ihr gewusst.

»Und ich glaube, einmal haben wir dich sogar gesehen«, riss Leon sie aus ihren Gedanken.

»Ihr habt … was?«

An seine frühe Kindheit hatte Leon, wie die meisten Leute, nur bruchstückhafte Erinnerungen. Die er aber bewahrte wie einen Schatz, denn die an seine Mutter fanden ein jähes Ende, als er sieben war. Umso kostbarer war jedes Fragment, das er sich eingeprägt hatte.

Dazu gehörte etwa eine Situation, die sich an seinem fünften Geburtstag abgespielt hatte. Er war ins Haus gestürmt, dabei gestolpert und wäre um ein Haar in der Torte gelandet.

Dann gab es noch das schlimme Gewitter kurz vor Weihnachten im Jahr darauf. Es verursachte einen Stromausfall, und sämtliche Kerzen, die eigentlich für den Christbaum vorgesehen waren, wurden angezündet.

Der dritte und ungewöhnlichste Moment, von dem er noch wusste, war eine Szene auf einem Spielplatz. Er, damals allerhöchstens vier Jahre alt, hatte geschaukelt, und seine Mutter stand neben ihm. Auf einmal ging sie wie von einer unsichtbaren Schnur gezogen in Richtung Klettergerüst. Das Mädchen, das daran turnte, war deutlich älter als er. Es war ziemlich geschickt und traute sich sogar, von ziemlich weit oben herunterzuspringen. Doch dann stolperte es und fiel auf die Knie. Das musste ganz schön wehgetan haben, denn es begann zu weinen. Seine Mutter lief schnurstracks auf dieses Mädchen zu, half ihm auf, reichte ein Taschentuch, mit dem es seine Tränen abtrocknen konnte, strich ihm übers Haar und band die Schnürsenkel. Dann stand sie auf und eilte zurück zur Schaukel. Im selben Moment kam eine hübsche Frau mit kastanienbraunen Locken in einem bunten Kleid auf das Mädchen zugerannt und führte es zu einer Parkbank, um dort seine blutenden Knie zu verarzten.

»Ich habe diese Situation nie vergessen«, schloss Leon seine lange Schilderung. »Und in meiner Erinnerung sagte meine Mutter an diesem Abend zu mir: *Heute haben wir deine Schwester getroffen. Das war ein wunderbarer Tag. Du darfst ihn niemals vergessen.* Aber ich dachte immer, das sei garantiert meiner kindlichen Fantasie entsprungen.«

»Das ist kein Beinbruch, meine Große«, flüsterte Liane.

»Wie bitte?«

»Das ist kein Beinbruch, meine Große«, wiederholte sie mit zitternder Stimme. »Genau das sagte die Frau mit den weizenblonden langen Haaren, die mich getröstet hat, als ich hingefallen bin. Und die mir die Schuhe gebunden, die Nase geputzt und über den Kopf gestreichelt hat. So wie es eine liebe Mutter tut.«

Leon schüttelte ungläubig den Kopf. »Du warst es wirklich? Bist du sicher?«

»Ganz zweifellos«, bestätigte Liane. »Auch wenn ich es immer für eine Wunschvorstellung gehalten habe.«

Während des Essens redeten sie nicht viel. Liane hatte so einiges zu verdauen, und sie nahm an, dass es Leon nicht anders ging. Sie konnte kaum fassen, dass sich ihr Traum von einer Begegnung mit Viola als echte Erinnerung entpuppt hatte.

War das eine Zufallsbegegnung gewesen? Höchstwahrscheinlich. Liane konnte sich nicht entsinnen, besonders oft auf diesem Spielplatz gewesen zu sein. Sie waren dort nur hingegangen, wenn Ruth ihr Auto zur

Reparatur brachte, denn das Gelände lag ganz in der Nähe der Werkstatt.

Aber wie hatte Viola sie erkannt? Sie konnte doch unmöglich gespürt haben, dass sie ihre Tochter vor sich hatte – ein damals etwa elfjähriges Mädchen, das dem Säugling, den sie kaum kennengelernt hatte, kein bisschen mehr ähnelte!

Aber sie konnte Ruth wiedererkannt haben …

Ja, so musste es gewesen sein.

Schließlich hatte sie Lianes Adoptivmutter damals im Krankenhaus durch einen Türspalt gesehen. Und bestimmt hatte sich ihr Aussehen ganz fest in Violas Gedächtnis eingebrannt. Bestimmt war ihr Ruth auf diesem Spielplatz aufgefallen, immerhin waren ihre Locken so unverwechselbar wie ihr fröhlich-bunter Kleidungsstil. Und dann hatte Viola wohl einen Moment abgepasst, in dem Ruth ins Gespräch mit einer anderen Mutter vertieft war, um sich ihr zu nähern.

Ihr Wunsch, sie wiederzusehen und zu berühren, muss übermächtig gewesen sein.

Aber sie hatte es dann wohl doch nicht gewagt, Ruth anzusprechen. Sie hätte darum bitten können, Liane öfter sehen zu dürfen. Warum hatte sie das nicht getan?

»Ich habe noch etwas für dich dabei«, sagte Leon, nachdem der Kellner die Teller abgeräumt und ihre Espressobestellung aufgenommen hatte. Er griff in die Innentasche seines hellen Leinensakkos und zog einen Umschlag hervor.

Etwa einen weiteren Brief?

Leon schob das Kuvert zu ihr rüber und sie öffnete es, ohne zu zögern.

Es waren Fotos darin. Alte Fotos – teilweise in Schwarz-Weiß, teilweise in verblichenen Farben. Und sie alle zeigten ein und dasselbe Motiv: sie selbst.

Liane mit Schultüte, Liane beim Jonglieren, Liane am Strand, Liane beim Lesen, Liane, wie sie eine Grimasse schnitt …

Sie kannte jedes dieser Motive – aus Ruths Fotoalben.

»Wo hast du die her?«

»Ich habe sie in Mutters Nachlass gefunden. Sie steckten in einer Kiste, die ich um ein Haar weggeworfen hätte. Aber dann klappte der Deckel auf, und die Fotos fielen heraus. Ich ahnte sofort, was es damit auf sich hatte. Aber wie sie da rangekommen ist? Keine Ahnung. Ich war ja noch viel zu klein, als sie starb. Alles, woran ich mich erinnere, sind Fragmente. Ihre Stimme. Ein paar Gesten. Besonders einprägsame Erlebnisse.«

Lianes Gedanken rasten. Das konnte doch alles nicht wahr sein!

Es sei denn …

Kapitel 29

I Will Survive

Mit einem lauten Plopp ließ Nora den Sektkorken an die Decke fliegen. Den überschäumenden Schampus goss sie geschickt in die zwei bereitstehenden Gläser, ohne dass auch nur ein Tropfen danebenging.

»Worauf sollen wir zuerst anstoßen?«, fragte sie, während sie Liane eins davon reichte. »Du musst mir so viel erzählen, aber bitte alles ganz ausführlich.«

»Du liebe Zeit – wo soll ich da nur anfangen?«

»Zum Beispiel damit: Hast du die Sache mit dem Aktgemälde wirklich durchgezogen?«

Liane machte ein geheimnisvolles Gesicht.

»Nun spuck's schon aus, du willst mich doch bloß auf die Folter spannen!«

»Also gut, aber es ist wirklich keine große Sache: Ja, ich habe Greg gestern Modell gesessen.«

»Ernsthaft? Der Wahnsinn! Dazu hätte ich nie den Mut gehabt.« Noras Staunen war grenzenlos. Vor allem, wenn sie sich an die Liane erinnerte, die sie vor einigen Wochen kennengelernt hatte. Die sich vor allem fürchtete und spießiger war als die meisten Bewohner ihres Seniorenheims. Wer hätte gedacht, dass sie sich in so kurzer Zeit so verwandeln konnte? Nora jedenfalls hätte nicht darauf gewettet.

»Ich war auch nicht gerade mutig, als ich hinging. Aber zugesagt ist zugesagt.« Sie seufzte. »Das hat man davon, wenn man anfängt, spontan zu werden, aber nicht aufhört, gewissenhaft zu sein.«

»Und wie schlimm war es? Bestimmt wäre ich gestorben vor Scham. Ich gehe ja nicht mal in die Sauna.«

»Aber hast du mir nicht den Floh mit dem Nacktbaden ins Ohr gesetzt?«

Nora errötete. »Schuldig, Euer Ehren. Aber das war eigentlich nur ein Witz. Ich hätte ja nie gedacht, dass du das wirklich machst.«

»Ich glaub's ja nicht!«

Für einen Moment fürchtete Nora, Liane könnte wütend werden, doch dann prustete sie los, und Nora lachte erleichtert mit.

»Um deine Frage zu beantworten«, fuhr Liane schließlich fort, »ich fand es überhaupt nicht schlimm. Es kam mir völlig natürlich vor, unbekleidet zu sein. Ich hatte befürchtet, es würde vielleicht peinlich, aber stattdessen war es, als wäre ich … eine Blume, die gezeichnet wird. Jedenfalls gab er mir dieses Gefühl.«

Nora nippte genüsslich an ihrem Sekt.

»Das klingt super. Hast du denn das Bild schon gesehen? Siehst du darauf aus wie eine Rose oder eher wie eine Distel?«

Liane grinste. »Vermutlich wie ein Gänseblümchen. Aber ich weiß es noch nicht, Greg will mir sein Werk erst zeigen, wenn es fertig ist.«

Nora fand die Sache ziemlich eindeutig. Liane war vielleicht etwas leichtgläubig und ungeübt in Liebesdingen, deshalb konnte sie die Symptome nicht richtig interpretieren.

»Eins ist sicher: Dieser Greg ist verknallt in dich«, platzte sie heraus.

»Bist du verrückt geworden? Das ist er garantiert nicht!«

»Wetten, dass doch?«

»Du bist ganz schön auf dem Holzweg. Greg ist Künstler, und die sind in dieser Hinsicht wie Ärzte. Sie betrachten einen Körper mit professionellem Blick, ganz ohne Emotionen.«

»Das glaubst du doch selbst nicht!«, widersprach Nora.

Liane streckte ihr die Zunge heraus, und das war nun wirklich das Letzte, was Nora von ihr erwartet hätte. Und zugleich lieferte es den letzten Beweis dafür, dass von der bleistiftrocktragenden Hochsteckfrisur-Liane kaum noch etwas übrig geblieben war.

Dennoch ließ Nora das Thema Greg vorerst fallen. Liane würden schon noch die Schuppen von den Augen fallen. Vorerst gab es so viel anderes zu besprechen.

»Und morgen früh fährst du also mit deinem Lebensretter zu diesem Survival-Wochenende?«, wechselte sie das Thema.

»Ja, stimmt, morgen früh starten wir in den Harz. Aber Lorenz hat leider abgesagt. Ihm ist etwas Geschäftliches dazwischengekommen.«

Jetzt tat es Nora fast leid, dass sie davon angefangen

hatte. Das musste ja eine riesige Enttäuschung für Liane sein. Wie würde sie jetzt vor ihren Kolleginnen und Kollegen dastehen?

»Zum Glück kam der Anruf gerade, als ich bei Greg war. Der hat das natürlich mitbekommen und war so nett, spontan einzuspringen.«

Nora konnte es nicht fassen, dass Liane nicht begriff, was das bedeuten musste.

»Na, was für ein Glück«, kommentierte sie und sprang auf, um erst Sekt nachzuschenken und dann eine CD aus dem Regal zu suchen.

»›I Will Survive‹ von Gloria Gaynor – eins meiner Lieblingslieder. Und es passt genau zu deiner bevorstehenden Challenge!«

Liane hatte Noras vielsagenden Blick durchaus registriert, als diese erfuhr, dass nun Greg sie in die Wildnis begleiten würde. Aber sie beschloss, das zu ignorieren. Was die sich nur wieder einredete! Da merkte man doch, wie jung Nora noch war …

Bevor ihre Freundin noch mehr falsche Schlüsse zog, erzählte sie lieber nicht allzu genau, was Greg tatsächlich über das Bild gesagt hatte. Nämlich dass er es ihr erst dann zeigen wollte, wenn es so perfekt sei wie sie selbst. Das hatte ganz schön übertrieben geklungen, aber natürlich hatte es ihr geschmeichelt. Wenngleich sie natürlich wusste, dass Künstler nun mal zu Übertreibungen neigten.

Und zu intensiven Blicken. Es war ihr fast vorgekommen, als hätte Greg sie mit seinen Augen sanft berührt. Anfangs fand sie es unangenehm, wenn ihre Blicke sich trafen, deshalb hatte sie ihm lieber nicht ins Gesicht geschaut, sondern war seinen Händen gefolgt. Er hatte schöne Männerhände – kraftvoll, aber schlank und sensibel. Manchmal fuhr er sich geistesabwesend damit durchs Haar und verwuschelte es noch mehr, als es ohnehin schon war. Doch er malte nicht nur mit den Händen, sondern mit dem ganzen Körper. Nach einer unhörbaren Melodie schien er um die Staffelei herumzutanzen, und wenn er seinen Blick abwechselnd von der Leinwand zu ihr und zurück wandern ließ, verbog er seinen drahtigen Körper zu den seltsamsten Verrenkungen. Es hatte ihr Spaß gemacht, ihm dabei zuzusehen, und bald war sie sich ihrer Nacktheit gar nicht mehr bewusst gewesen.

Erst als Lorenz sie mit seinem Anruf zurück in die Realität holte, dachte sie wieder daran. Es hatte sich seltsam angefühlt, die Sache mit dem Survival-Wochenende völlig unbekleidet mit Greg zu besprechen. Aber natürlich wäre es albern gewesen, sich vorübergehend zu bedecken, nur weil er für einen Moment gerade nicht malte und sie nicht posierte.

All das behielt sie für sich. Es wäre ihr falsch vorgekommen, ihre Empfindungen und Erinnerungen in Worte zu fassen. Dazu waren sie einfach zu … intim.

Stattdessen berichtete sie Nora von ihrem Treffen mit Leon.

»Du hast einen Bruder? Wo kommt der denn so plötzlich her? Ich dachte, du hast gar keinen Kontakt zu deiner biologischen Familie.«

»Hatte ich auch nicht. Und Leon ist der Einzige, der davon übrig geblieben ist. Irgendwo auf der Welt könnte es auch noch meinen Erzeuger geben, aber von dem weiß ich nur, dass er Franzose ist. Seinen Namen werde ich wohl nie erfahren.«

Damit hatte sie Noras Frage zwar nicht beantwortet, aber zu ihrer Erleichterung bemerkte die das gar nicht. Die Briefe ihrer Mütter wollte Liane nämlich lieber nicht ansprechen, denn die hatte sie ihrer Freundin gegenüber immer verschwiegen. Und nun spielten sie im Grunde keine Rolle mehr, denn Leon war aufgetaucht, und das war viel spannender. Nora wirkte jedenfalls ganz aufgeregt und wollte wissen, wie er so war.

»Wir sind einander erstaunlich ähnlich«, begann Liane und wollte gerade ausführen, dass sie beide einen Pünktlichkeitsfimmel, einen gesunden Appetit und einen ähnlichen Humor hatten, als Nora sie unterbrach.

»Echt? Hast du ein Foto?«

»Nein, leider … Oder halt, natürlich – wir haben ja ein Erinnerungs-Selfie gemacht. Warte, hier ist es.«

Sie wischte über das Display ihres Smartphones, und da war es: Zwei strahlende Gesichter, die nicht hätten verleugnen können, dass sie verwandt sind.

»Das ist ja krass. Wahnsinns-Familienähnlichkeit. Und ich muss sagen: Als Kerl könntest du mir wirklich gefallen, Liane.« Sie sprang auf. »Darauf, dass du ihn gefunden hast, sollten wir unbedingt anstoßen. Ich schenke uns mal nach.«

»Mir bitte nur ein halbes Glas, maximal. Ich will einen klaren Kopf bewahren, wegen morgen.«

Nora zog eine Grimasse. »Jetzt sei doch nicht wieder so gouvernantenhaft.«

»Ich bin einfach nur vernünftig. Schließlich muss ich in aller Herrgottsfrühe aufstehen. Wenn ich dann nicht topfit bin, werde ich es bereuen. Und sauer auf dich sein, weil du mich überredet hast, mehr zu trinken, als mir guttut. Und das kannst du doch nicht wollen, oder?«

Nora lachte. »Bin schon überzeugt. Aber erzähl doch mal weiter, wie alt ist Leon eigentlich? Was macht er beruflich? Ist er so nett, wie er aussieht? Und ist er vergeben?«

Liane stutzte. »Darüber haben wir überhaupt nicht gesprochen. Ehrlich gesagt: Ich habe keine Ahnung, ob er verheiratet ist, vielleicht sogar Kinder hat oder Single ist oder auf Männer steht oder …«

»Dann ist er Single. Garantiert. Sonst hätte er dir ganz bestimmt von seiner Familie erzählt und sogar Fotos gezeigt.«

Das klang plausibel.

»Apropos Fotos«, sagte Liane, »Leon hatte einen ganzen Stapel Kinderbilder von mir dabei. Die muss Ruth wohl meiner leiblichen Mutter geschickt haben. Er hat sie erst Jahre nach ihrem Tod gefunden. Und ich hatte natürlich auch keine Ahnung. Ist das nicht seltsam? Ich weiß gar nicht so recht, was ich von der Sache halten soll.«

Nora starrte sie an. »Das weißt du nicht? Also ich wäre schlichtweg überwältigt. Ist dir denn nicht klar, was das bedeutet?«

Dass Ruth ein riesengroßes Herz hatte.

Dass sie Mitleid mit dem Mädchen hatte, das gezwungen war, sein Neugeborenes wegzugeben.

Dass sie alle Hebel in Bewegung setzte, damit die leibliche Mutter von ihrer geliebten Tochter wenigstens ein paar Erinnerungsfotos hatte.

»Doch, das ist mir klar«, erwiderte Liane. *Und ich bin tatsächlich überwältigt.*

Sie erhob sich. »Es wird Zeit für mich. Wie gesagt, ich will früh schlafen gehen.«

»Wenn du zurück bist, müssen wir uns unbedingt wieder treffen. Ich will doch wissen, wie du dich beim Survival geschlagen hast.«

»Dass ich jemals so etwas mitmachen würde…« Liane schüttelte den Kopf, weil sie es selbst kaum fassen konnte, was die letzten Wochen aus ihr gemacht hatten. »Aber klar, ich werde berichten.«

Sie war schon fast an der Tür, da hielt sie inne.

»Wie lief es eigentlich neulich im Kino bei diesem französischen Film ohne Untertitel? Das wollte ich ja längst schon fragen.«

»Oh, das war urkomisch. Ich sah ihn als Horror-Komödie und Erna als Krimi-Romanze. Tatsächlich handelte es sich wohl um ein Polit-Drama.«

»Schade, dass ich nicht dabei war. Ich hätte vermutlich eine Familien-Saga gesehen… Aber dazu musste ich ja nicht ins Kino gehen. Was ich an diesem Abend erlebt habe, kam mir fast vor wie ein Film.«

Nora nickte. »Das kann ich mir vorstellen. Apropos – du wirst ihn doch wieder treffen, oder?«

»Leon? Aber natürlich. Wir wollen auf jeden Fall in Verbindung bleiben.«

»Dann musst du beim nächsten Mal unbedingt herauskriegen, ob er Single ist. Und vielleicht kannst du mich ihm ja irgendwann mal vorstellen.«

»Warum nicht? Irgendwann einmal. Aber jetzt muss ich dringend ins Bett, sonst mache ich in der Wildnis schlapp.«

Sie hatte auch tatsächlich die Absicht, sich sofort hinzulegen. Aber kaum hatte sie ihre Wohnung betreten, überlegte sie es sich anders, schnappte sich die Autoschlüssel und drehte auf dem Absatz um.

Sie hatte grüne Welle – wenn das kein gutes Omen war! Die Strecke vom Zentrum aus nach Norden in das Siebzigerjahre-Wohngebiet hatte sie schon lange nicht mehr genommen, aber Liane kannte sie so genau, dass sie nicht nachdenken musste. Sie fand den Weg von selbst.

Es ging fast zu schnell. Sie brauchte noch ein paar Minuten, um sich auf den Moment vorzubereiten. Deshalb parkte sie ein paar Straßen weiter weg, um das letzte Stück zu Fuß zu gehen.

Hier hatte sich kaum etwas verändert, nur ein paar Kleinigkeiten. In der Kastanienstraße waren die Bürgersteige erneuert worden, in der Brahmsstraße hatte man ein paar alte Häuser abgerissen und durch moderne Bauten ersetzt, und im Ringweg gab es ein neues Café, das ziemlich einladend aussah. Natürlich war es um diese späte Stunde geschlossen, aber vielleicht würde sie ja eines Tages wiederkommen und dann …

Doch zuerst einmal musste sie das erledigen, was sie sich vorgenommen hatte. Deshalb war sie schließlich hier.

Es war schwieriger, als sie es sich je vorgestellt hatte. Je mehr sie sich dem Ziel näherte, desto langsamer wurde sie. Jeder Schritt war so schwer, als schleppte sie eine tonnenschwere Last mit sich herum.

Und das tat sie schließlich auch. Eine tonnenschwere Last aus der Vergangenheit, die sie dringend loswerden musste.

Und dann stand sie vor dem Haus. Es war noch Licht im Wohnzimmer. Wäre alles dunkel gewesen, hätte sie guten Gewissens kehrtmachen können. Das kam nun nicht mehr infrage.

Und es gab auch keinen Grund mehr, länger zu zögern – außer ihrer Mutlosigkeit. Und sie war schließlich kein Feigling mehr! Sie hatte einen Fallschirmsprung absolviert, war nackt im Bergsee geschwommen und hatte ebenfalls nackt Modell gesessen. Sie hatte so viel Schneid bewiesen, wie es nur ging.

Alles als Vorbereitung für diesen Moment.

Liane straffte ihre Schultern und öffnete das Gartentürchen zum Haus mit der Nummer vierzehn. Das Licht ging automatisch an, als sie sich dem Eingang näherte. Das musste ein Bewegungsmelder sein. Der war ebenfalls neu.

Den hätte es mal früher geben müssen, als sie immer solche Angst hatte, wenn sie im Dunkeln durch den Vorgarten lief. Jahrzehnte, bevor sie nachts allein durch einen Park spazierte, um dort einer Monsterhäklerin zu begegnen …

Sie zögerte noch einen kurzen Moment, dann drückte sie die Klingel. Zweimal kurz, einmal lang.

So hatte sie es immer getan.

Es dauerte nur ein paar Sekunden, bis sich Schritte näherten und das Licht in der Diele eingeschaltet wurde.

Dann öffnete sie die Tür.

Ihre Locken waren noch immer schulterlang, aber von grauen Strähnen durchzogen. Die zwanzig Jahre hatten ihre Spuren hinterlassen. Da waren viele Lachfältchen um die Augen herum, aber auch eine unübersehbare Sorgenfalte auf der Stirn.

Für die muss wohl ich verantwortlich sein, dachte Liane.

Das liebe Gesicht war älter geworden, aber der Blick wirkte noch wie vor zwanzig Jahren. Gütig, humorvoll, klug – und immer ein klein wenig besorgt, so wie es gute Mütter nun mal sind. Heute blickten sie vor allem überrascht und beglückt.

Sie schauten einander eine halbe Ewigkeit an, erstarrt in wortlosem Staunen.

»Liane?«

Ihre Stimme klang erfreut und ungläubig zugleich.

»Da bin ich«, sagte sie, genau wie neulich zu Leon. »Ich möchte dich um Verzeihung bitten, Mama.«

Kapitel 30

Noch Fragen?

»Wer ist nur auf die dämliche Idee gekommen, morgens um halb sechs zu starten?«, stöhnte Liane, als sie sich neben Greg auf den Beifahrersitz sinken ließ. Er hatte vorgeschlagen, sie abzuholen, und Liane war ihm sehr dankbar dafür, denn sie fühlte sich gerade mal wach genug, die Augen offen zu halten – nicht, um hinterm Steuer zu sitzen.

»Nun ja, es ist schließlich kein Wellnesswochenende, sondern eine Survivaltour«, erwiderte Greg. »Außerdem hättest du ja früher ins Bett gehen können. Ich jedenfalls hatte meine acht Stunden Schönheitsschlaf.«

»Scherzkeks.«

»Sicher hast du stundenlang wach gelegen, weil es dich so nervös macht, dass wir uns als Paar ausgeben müssen«, neckte er sie weiter.

Er hätte sich nicht gründlicher irren können. Liane dachte an die Ereignisse des vergangenen Abends und an die Lawine an Emotionen, die damit einhergegangen war. Es waren Tränen geflossen, aber vor allem Freudentränen. Ruth und sie hatten geredet. Stundenlang. Am Ende war alles gut gewesen. Nichts stand mehr zwischen ihnen. Eine Last war von Liane abgefallen, die sie viel zu lange mit sich herumgeschleppt hatte. So lange, dass sie es schon gar nicht mehr bemerkt hatte. Erst jetzt, da sie verschwunden war, konnte sie ihr Gewicht ermessen, denn die Erleichterung war enorm.

»Schweigen ist auch eine Antwort«, fuhr Greg mit seinem Versuch fort, sie zum Lachen zu bringen.

»Ich konnte aus anderen Gründen kaum schlafen. Ich hab mich gestern mit meiner Mutter versöhnt. Nach zwanzig Jahren. So lange haben wir uns nicht gesehen. Und das war ziemlich aufwühlend, wie du dir vielleicht vorstellen kannst. Insofern hast du recht: Ich habe die halbe Nacht wach gelegen.«

»Du nimmst mich auf den Arm!«

»Kein bisschen. Aber lass uns ein andermal darüber reden. Ich muss das alles selbst noch verdauen. Und meine Kollegen geht das rein gar nichts an.«

»Einverstanden. Dann wollen wir uns mal aufs Überleben konzentrieren. Ich würde sagen, darin bist du ja inzwischen Expertin.«

Diesmal funktionierte es: Sie lachte.

Greg hätte sich selbst ohrfeigen können. Wieso hatte er Liane nicht angemerkt, dass sie nicht einfach nur übermüdet war? Er war doch sonst so einfühlsam. Und ausgerechnet heute, da Liane einen der wichtigsten Abende ihres Lebens hinter sich hatte und noch entsprechend aufgewühlt war, führte er sich auf wie ein Elefant im Porzellanladen.

Na, immerhin war es ihm gelungen, die Atmosphäre

aufzulockern. Beste Voraussetzung für einen Abenteuerausflug in den Harz. Greg konnte es kaum erwarten, Lianes Kolleginnen und Kollegen kennenzulernen, nicht zu vergessen ihren Boss. Ihr war es offenbar nicht bewusst, dass man sie kaum wiedererkennen würde, aber er hatte ja ihre Verwandlung in den letzten Wochen mitverfolgt und konnte sich denken, dass den Leuten von Trend + Fun die Münder offen stehen würden.

Auf dem Parkplatz des Sportflugplatzes, von dem aus sie starten würden, stand bislang nur ein einziges Auto – eine ziemlich luxuriöse Karosse, die bestimmt mächtig teuer gewesen war und genau das auch zeigen sollte. Greg fand sie einfach nur geschmacklos.

»Ah, Henning ist also schon da«, stellte Liane fest.

Das hätte er sich ja denken können. Natürlich gehörte der Angeberschlitten dem Chef der Agentur.

Da kam dieser schon auf sie zugeschritten. In seinen etwas zu engen Designer-Jeans, einem weißen Marken-T-Shirt und hellblauen Sneakers. Nicht sein Ernst. So wollte er zum Survival?

»Willkommen, wie schön, dass ihr da seid!«, rief er schon von Weitem. Als er näher kam, stutzte er und riss dann überrascht die Augen auf, ganz so, wie Greg es erwartet hatte.

»Lange nicht gesehen, Liane. Und das ist also dein Begleiter? Grüß dich, ich bin Henning.«

»Greg«, stellte er sich selbst vor.

Hennings Händedruck war schlaff und fühlte sich an wie ein toter Fisch.

»Mensch, Li, altes Haus, was bin ich froh, dass du

meinem Rat gefolgt bist und dir endlich eine Freizeithose gekauft hast. Und verdammt noch eins, sie steht dir! Sehr nice.«

Versuchte er angestrengt, witzig zu sein, oder warum redete er wie eine Kreuzung aus Pirat und Hipster?

»Ja, ich habe recherchiert, und eine Trekkinghose erschien mir am zweckmäßigsten«, sagte Liane todernst. »Sie hat praktische Cargo-Taschen, besteht aus schnelltrocknendem Funktionsgewebe und lässt sich per Reißverschluss in eine Bermuda verwandeln. Mit welcher Maschine fliegen wir eigentlich?«

Greg konnte sich ein Schmunzeln nicht verkneifen. Man sah Henning seine widersprüchlichen Emotionen an. Von Überlegenheit und Arroganz bis hin zu Staunen und Neid. Vermutlich ärgerte er sich darüber, dass Liane die passendere Kleidung gewählt hatte.

»Wir nehmen einen Hubschrauber. Ich hoffe, du hast keine Flugangst. Das könnte etwas wackelig werden.«

»Gute Idee, ein Heli ist in der Wildnis natürlich praktischer als ein Flugzeug, das ja eine Start- und Landebahn bräuchte«, kommentierte Liane nur.

Henning runzelte die Stirn, als wollte er fragen: *Wer sind Sie, und was haben Sie mit meiner Chefsekretärin gemacht?*

Greg amüsierte sich königlich. Das versprach ein unterhaltsamer Trip zu werden.

Natürlich hätte Liane die Sache mit dem Hubschrauber früher Schweißausbrüche und Herzrasen beschert, doch im Vergleich zu ihren Mutproben der letzten Wochen war dieser Flug geradezu harmlos. Nichts, weswegen sie aufgeregt wäre.

Zudem hatte sie genug damit zu tun, den anderen gegenüber vorzutäuschen, dass Greg und sie ein Paar wären. Nach und nach waren alle eingetroffen, und die Bemerkungen über ihre neue Frisur und das »unlianehafte« Styling, wie Fabian es nannte, häuften sich.

Sie lächelte mild und dankte für die Komplimente – ungeachtet der Frage, ob es sich wirklich um Komplimente handelte oder es im Grunde verkappte Beleidigungen waren.

Greg unterstützte sie auf rührende Weise, nahm sie beim Einsteigen in den Hubschrauber an die Hand und hauchte ihr sogar einen zarten Kuss auf die Wange, was offenbar, den Blicken von Sina und Jenny nach zu urteilen, ziemlich überzeugend wirkte. Liane fand das Ganze ein wenig übertrieben, aber unangenehm war es ihr nicht. Hauptsache, ihre Story kam glaubwürdig rüber. Wenn das Team sie einmal geschluckt hatte, konnten sie bald aufhören mit dem Geturtel, ohne dass es weiter auffiel.

Den größten Teil des Fluges verschlief Liane, dem munteren Geplauder der anderen zum Trotz. Auch die Turbulenzen über dem Taunus störten sie nicht weiter. Als sie später am Vormittag auf einem kleinen Flugplatz zwischen Brocken und Bodetal-Stausee landeten, fühlte sie sich bestens erholt und geradezu tatendurstig.

Der Survivaltrainer, der sie alle begrüßte, sah aus wie ein Panzerschrank. Er war mindestens zwei Meter groß, hatte beeindruckende Oberarme, tellergroße Hände und stahlgraue Augen, mit denen er die Truppe, ohne zu blinzeln, musterte. Bestimmt verkniff er sich ein ironisches Grinsen, dachte Liane. Wenn sie sich selbst so umschaute, hätte sie an seiner Stelle ähnlich gedacht. Der nahm die Gruppe doch niemals ernst!

Der Panzerschrank, der einfach nur Ranger Jeff genannt werden wollte, erklärte den Ablauf der Veranstaltung. Sie würden in zwei Gruppen eingeteilt: Zum ersten Team gehörten neben Liane und Greg auch Henning und seine neue Freundin Chiara sowie Sina und Fabian, die wohl neuerdings ein Paar waren. Das zweite Team bestand aus Alex und seiner Lebensgefährtin Lola, Niklas und seinem Lebenspartner Tom sowie Jenny und ihrem Verlobten Adrian.

»Team A startet ein paar Kilometer westlich von hier, Team B wird zu einem eigenen Startpunkt weiter im Norden gebracht. Euer gemeinsames Ziel liegt genau hier.« Er deutete auf die ausgebreitete Geländekarte. »Unterwegs absolviert ihr jeweils mehrere Stationen, die ebenfalls eingezeichnet sind. Dort erwarten euch unsere Tour-Guides mit ein paar ganz besonderen Aufgaben.«

»Was denn für Aufgaben?«, platzte Sina heraus.

Jeff hob eine Augenbraue. »Dazu wäre ich jetzt sofort gekommen. Unterbrechung bedeutet Verzögerung, auch wenn das Gegenteil beabsichtigt war.« Er machte eine fast unerträglich lange Pause, als wollte er das Gesagte untermauern. Sina schwieg verlegen.

»Es handelt sich um Selbstverteidigungssituationen, Anti-Angst-Challenges und Aufgaben zur Ekel-Überwindung.«

»Igitt, so wie eine Dschungelprüfung?«, quietschte Chiara. Jeff ignorierte ihren Beitrag einfach. Vermutlich in seiner Welt der höchste Grad an Verachtung.

Liane beschränkte sich darauf, gut zuzuhören. Das schien ihr vernünftiger. Ranger Jeff präsentierte jetzt die Rucksäcke mit der Standardausrüstung, bestehend aus Kompass, Wasserflasche, Wasserfiltertabletten, Feuerzeug, Draht, Klebeband, Angel-Kit, Messer, Erste-Hilfe-Set, Schlafsack und Zelt sowie Trillerpfeife. Außerdem gab es Trockenfleisch, Reis und Weizenriegel.

Liane erschien die Zusammenstellung außerordentlich sinnvoll. Vor ihrer Wanderung hatte sie ja gründlich recherchiert, was zum Überleben abseits der Zivilisation notwendig war, doch die anderen wirkten nicht ganz so begeistert. Sie hörte, wie Jenny etwas von Schokolade murmelte und Chiara den Prosecco vermisste.

»Pssst«, machte Henning. Bestimmt befürchtete er, seine Liebste könne erneut negativ auffallen.

Die Rucksäcke, die sie zu schleppen hatten, waren nicht gerade leicht, aber das kannte Liane ja bereits von ihrem Solotrip. Lieber hatte sie ein bisschen schwerer zu tragen, als irgendwo in der Wildnis etwas Wesentliches zu vermissen.

»Noch Fragen?«, knurrte Ranger Jeff mit finsterer Miene.

Liane hatte keine. Und die anderen wagten nicht, den Finger zu heben. Lediglich Henning rang sich dazu durch, seine Führungsqualitäten unter Beweis zu stellen.

»Wie wird für unsere Sicherheit gesorgt? Was, wenn wir uns da draußen verletzen – oder verirren?«

Jeff zog eine seltsame Grimasse, die – wie Liane erst nach einer Weile erkannte – ein Lächeln darstellen sollte.

»Keine Sorge, wir sind zwar unsichtbar, aber immer in eurer Nähe. Und hier ist eure Lebensversicherung: GPS-Survival-Armbänder. Ihr legt sie jetzt bitte an und nehmt sie bis zum Ende des Survival-Trips nicht mehr ab. Unter keinen Umständen, nicht mal für ein kurzes Bad im Fluss. Die Dinger sind natürlich wasserdicht. Und sie ermöglichen es uns, euch jederzeit zu finden.« Sein gruseliges Lächeln verschwand und machte einem finsteren Blick Platz. »Wenn auch nur einer von euch dieser Anweisung zuwiderhandelt, können wir für nichts garantieren und übernehmen nicht länger die Verantwortung für euer Wohlergehen.«

Henning schaute jetzt so eingeschüchtert aus der Wäsche, dass Liane fast laut losgelacht hätte. Greg rettete sie, indem er ihre Hand so fest drückte, dass es schmerzte.

»Und jetzt ab in die Geländewagen. Auf den Sitzen findet ihr Augenbinden. Legt sie an. Keine Tricks. Auf, auf, los geht's, wir sind hier nicht im Kurpark!«

Stimmt, das waren sie nicht. Liane hätte zwar nichts gegen einen Spaziergang im Park mit anschließendem Tee und Kuchen im Kurcafé gehabt, aber sie waren nun mal hier. Alle waren hellauf begeistert von Hennings Idee gewesen, nur sie hatte sich weigern wollen. Nun sah es ganz danach aus, als wäre sie die Einzige, die sich auf das freute, was ihnen bevorstand.

»Hätten wir doch wieder ein Grillfest veranstaltet, so wie immer«, moserte Alex, während er auf den Jeep zutrottete.

Diesmal konnte sich Liane das Grinsen nicht verkneifen.

Nun saßen sie also mit verbundenen Augen in diesem holprigen Geländewagen, der sie in die Einöde brachte, und Henning begann sich ernsthaft zu fragen, ob er einen Fehler begangen hatte, als er dieses Team-Event vorschlug. Es war eine Sache, den Kunden von Trend + Fun pseudogefährliche Abenteuer zu verkaufen, um ihren Luxusalltag durch einen Adrenalinkick etwas aufregender zu machen, und eine andere, sich irgendwelchen testosterongestählten Möchtegernhelden auszuliefern. Ohne vernünftiges Essen, ohne Betten, ohne die Aussicht auf Spaß.

Und er als Chef musste nicht nur die Moral des Teams hochhalten, sondern auch dafür sorgen, dass Chiara durchhielt. Sie wirkte bereits jetzt ziemlich entgeistert. Warum hatte er sie nur überredet mitzukommen? Wenn er ehrlich war, wollte er sie mit seiner noch immer jugendlichen Verwegenheit beeindrucken. Doch leider hatte er dabei nicht bedacht, dass Chiara ein Luxusweibchen war, bei dem diese Art von Imponiergehabe wohl eher verpuffte.

Immerhin schien Liane ganz zuversichtlich zu sein. Ein Hoch auf ihre Disziplin! Wenn sie das hier so stoisch durchzog wie sonst ihren Schreibtischjob, hatte er zumindest eine Sorge weniger.

Aber sein Optimismus war in dieser Hinsicht eher verhalten. Schließlich kannte er Liane seit Jahren. Sie mochte sich einen flotten Haarschnitt zugelegt und dem Anlass entsprechend verkleidet haben, aber spätestens, wenn die erste Mutprobe anstand, würde sie einknicken.

Er seufzte.

Und diese verdammte Jeans quälte ihn schon jetzt.

Kapitel 31

Symptome!

Der Baum war kaum höher als der, auf den sie neulich im Park geklettert war. Und diesmal wurde sie sogar mit einem Seil gesichert! Eine geradezu läppische Challenge, fand Liane, die gar nicht verstehen konnte, warum sich Sina so dagegen sträubte.

»Das mache ich auf keinen Fall!«, hatte auch Chiara verkündet, gleich nachdem der Survival-Guide ihnen die erste Aufgabe des Tages gestellt hatte. Vermutlich hatte sie mehr Angst um ihre perfekt manikürten Fingernägel als vor der Höhe.

»Meine Beine zittern schon jetzt«, jammerte Sina.

»Da sieht man mal, wie untrainiert du bist«, stichelte Fabian. »Wir sind gerade mal eine Stunde gewandert, und schon machst du schlapp.«

»Ich mache gar nicht schlapp. Aber du musst zugeben, dass die Strecke total anstrengend war, extrem steil, und dann noch mit dem schweren Gepäck …«

Liane beglückwünschte sich im Stillen dazu, die morgendlichen Gymnastikübungen nicht vernachlässigt zu haben, sonst hätte sie vielleicht ähnlich empfunden. So aber fühlte sie sich topfit und voller Energie.

»Dann mache ich den Anfang!«, beschloss sie und setzte ihren Rucksack ab.

»Okay, und ich klettere als Nächster«, sagte Greg. »Viel Spaß, Liane!«

Er schien seinen Job, ihren Liebhaber zu mimen, mehr als ernst zu nehmen, und gab ihr übertriebenerweise einen Kuss auf die Stirn. Inzwischen schien ja niemand mehr daran zu zweifeln, dass sie zusammen waren. Außerdem hatten sie alle mit sich selbst zu tun: Chiara damit, pikiert zu sein, Henning damit, den Bauch einzuziehen, Sina und Fabian mit ihrem Pärchengetue. Allerdings waren sie offensichtlich schon in der Phase angelangt, in der nicht mehr alles rosarot erschien. Sina wirkte ein wenig genervt, während Fabian zusehends Spaß daran fand, sie zu foppen. Wenn er da mal den Bogen nicht überspannte! Liane hatte keine Lust auf ein Beziehungsdrama in der Wildnis. Wie sollte das funktionieren, wenn Sina nicht einmal türenknallend verschwinden konnte? Sie grinste bei diesem Gedanken.

»Muss Liebe schön sein«, kommentierte der Guide. »Wollt ihr noch ein bisschen knutschen oder kann's losgehen?«

»Kann losgehen. Ich bin bereit«, rief Liane und ließ sich das Klettergeschirr anlegen.

Sina traute ihren Augen nicht. Nicht nur bei der Kletteraktion vorhin hatte sich Liane bravourös geschlagen, sondern auch beim Feuermachen und beim Angeln. Und jetzt half sie Greg geschickt beim Ausnehmen der Fische.

Sie wandte sich ab. Mann, war das widerlich! Wie Liane das nur schaffte, ohne dass ihr übel wurde? Dabei handelte es sich hier noch nicht einmal um die angekündigte Ekelprüfung. Was ihnen da wohl bevorstand? Blutegel suchen? Blindschleichen anfassen? Maden essen? Sie stellte es sich lieber gar nicht vor …

Vorerst war sie froh, dass Liane das Ausnehmen der Fische übernahm. Sie entpuppte sich als großartige Teamplayerin. Wobei – wenn Sina es sich recht überlegte, musste sie zugeben, dass Liane das schon immer gewesen war. Das kam früher bloß nicht so zum Tragen, weil Liane irgendwie gar nicht zum Team zu gehören schien. Dabei hatte sie auf ihre stille und effiziente Art den Laden am Laufen gehalten, wie sich seit ihrer Abwesenheit immer stärker herauskristallisierte. Sie fehlte!

»Sag mal, Liane, wann kommst du eigentlich wieder ins Büro? Wir vermissen dich«, platzte sie heraus.

Alle Köpfe wandten sich Liane zu. Die hielt inne.

»Puh, mit dieser Frage habe ich jetzt so gar nicht gerechnet.«

»Aber sie steht an. Ich wollte dich schon die ganze Zeit darauf ansprechen, Sina ist mir nur zuvorgekommen«, mischte sich jetzt auch Henning ein.

Liane wand sich. »Nun ja, ich weiß gar nicht, ob der Job überhaupt noch der richtige für mich ist.«

»Wie – nicht der richtige?« Sina konnte kaum glauben, was sie da hörte. »Schau dich doch an! Wenn du nicht die richtige Frau für eine Eventagentur bist, dann weiß ich es auch nicht. Du scheinst dafür geboren zu sein!«

»Und die Röcke waren bloß eine Fassade, um uns hinters Licht zu führen«, ergänzte Fabian, der diesmal erfreulicherweise ihrer Meinung war.

»Nun ja. Ich weiß nicht. Chefsekretärin ist auf Dauer nicht gerade eine Erfüllung. Vielleicht sattele ich um und mache etwas total anderes.«

Jetzt war Sina sprachlos. Genauso wie Henning. Nur Chiara war sich der Tragweite dieser Äußerung nicht bewusst und machte eine unqualifizierte Bemerkung darüber, dass sie mal als Telefonistin gearbeitet hatte.

Sina hätte nicht darauf gewettet, dass es sich bei diesem Job um eine ganz normale Callcenter-Beschäftigung gehandelt hatte oder vielleicht doch eher um eine Hotline für gewisse Bedürfnisse.

Henning fing sich als Erster wieder. »Aber warum denn nicht, Li … ich meine, Liane? Vielleicht können wir deine Jobbeschreibung ein bisschen interessanter gestalten. Kaffee kann ich mir auch sehr gut selbst holen, daran habe ich mich in den letzten Wochen längst gewöhnt. Außerdem bist du dazu ja total überqualifiziert. Aber wir brauchen dich – als Ruhepol unserer Agentur. Du bringst Struktur hinein. Wie wäre es mit einem eigenen Projekt?«

Nicht zu fassen: Henning bettelte ja regelrecht! Sina wusste genau, was sie an Lianes Stelle täte: Sie würde pokern. Sich ein bisschen zieren und dann verhandeln, um möglichst viel aus der Situation herauszuschlagen, das Gehalt erhöhen, mehr Urlaubstage fordern …

»Also, ich hätte da so eine Idee«, hörte sie Liane sagen. »Kleine Mutproben für Angsthasen. Für Menschen, die

Hilfe brauchen, um ihre Bucket List abarbeiten zu können. Die sich nicht einmal trauen, nachts allein im Park spazieren zu gehen oder einen großen Hund auszuführen oder Fahrstuhl zu fahren oder …«

»Gekauft! Genial!«, rief Henning. »Natürlich müssen wir dem Kind einen anderen Namen geben. Niemand lässt sich gern als Angsthase bezeichnen. Wir nennen es Bucket List Coaching. Und du bist ab sofort unsere Spezialistin dafür! Über die Konditionen sprechen wir im Büro. Aber nur, wenn du nächsten Montag wieder zur Arbeit kommst. Okay?«

Sina hielt den Atem an. Würde Liane auf diesen Deal eingehen?

Henning streckte ihr seine Hand hin.

Es schien unendlich lange zu dauern. Bald würde er sie zurückziehen. Doch dann, endlich, schlug Liane ein.

»Klingt super«, sagte sie. »Ich habe schon ein paar gute Ideen. Aber ich brauche eine Assistentin.«

»Wunderbar – gar kein Problem! Hast du schon jemanden im Auge?«

»Oh ja. Sie heißt Erna und ist eine echte Granate.«

Niemand war so stolz auf Lianes unglaublich cooles Auftreten wie Greg. Er beobachtete nicht nur sie, sondern vor allem auch die anderen aus der Gruppe. Und die konnten ihre Blicke kaum von der so veränderten Liane abwenden. Als sähen sie sie zum ersten Mal. Und genau das war schließlich auch der Fall. Keiner von ihnen hatte Liane je zuvor wirklich wahrgenommen. Man hatte sie für langweilig und nichtssagend gehalten.

Außer ihm war niemandem aufgefallen, wie stark sie in Wahrheit war, wie schön, mutig und witzig.

Seit jenem Tag, an dem sie ihn an der Autobahnauffahrt aufgegabelt oder es wenigstens nicht verhindert hatte, dass er einstieg, war ihr wahres Ich immer mehr zum Vorschein gekommen, sodass es schließlich für alle sichtbar war, nicht nur für Menschen wie ihn, die die besondere Gabe haben, hinter die Fassade, direkt in die Seele ihres Gegenübers schauen zu können.

Liane besaß eine wunderschöne Seele.

Und sie war eine Macherin. Mit ihr das gemeinsame Zelt aufzubauen war das pure Vergnügen. Sie verstanden einander mit Blicken und Gesten, und wenn sie sprachen, genügte manchmal nur ein Wort.

Sie waren als erstes Paar fertig. Sina und Fabian kämpften noch mit dem Gestänge, während Henning und Chiara darüber diskutierten, wie das Zelt ausgerichtet sein sollte: in Richtung des Lagerfeuers, in Richtung des Waldes, in Richtung des Nachbarzeltes oder in Richtung des Bachs.

»Apropos Bach«, wandte sich Liane an Greg, »sollten wir nicht noch Wasser holen und abkochen, damit wir es morgen früh in unsere Trinkflaschen füllen können? Und mit dem Weißdorn, der dort drüben wächst, könnten wir uns einen leckeren Tee zaubern.«

Auch das mochte er an ihr: diese Ernsthaftigkeit, ihr Sinn fürs Praktische, an dem es ihm selbst manchmal mangelte. Während er in höheren Sphären schwebte, blieb sie wunderbar bodenständig. Wenn das keine perfekte Kombination war …

»Zum Glück gibt's hier einen großen Kessel«, erwiderte er. »Das ist ja mal eine positive Überraschung, dass die Guides unsere Übernachtungsstelle ein bisschen aufgerüstet haben.«

»Oh ja – ich glaube, über das Dixiklo freuen wir uns alle mehr als ein Kind über einen Berg Geschenke.«

Greg liebte das glockenhelle Lachen, das ihrer Bemerkung folgte.

Er wiederum folgte ihr hinunter zum Bach. Endlich einmal außer Hörweite des Teams.

Okay, den ersten Tag hatten sie geschafft, dachte Liane, während sie den Pfad entlangmarschierte. Aber jetzt folgte die Nacht. In drei Zelten … Natürlich wurde allgemein angenommen, dass sich die Paare jeweils einen Schlafplatz teilten. Und dass sie und Greg zusammengehörten.

Warum war es ihr eigentlich so wichtig gewesen, dass ihre Kolleginnen und Kollegen das glaubten? Etwa damit man sie ernst nahm? Akzeptierte? Es überhaupt für möglich hielt, dass sich jemand in sie verliebte?

Und das hatte sie nun davon. Sie würde die Nacht dicht an dicht mit Greg verbringen. Aber auch das würde sie irgendwie hinkriegen. Schließlich hatte sie auch gemeinsam mit Lorenz in einem Zelt übernachtet.

Schade, dass Lorenz so kurzfristig hatte absagen müssen. Als echter Naturbursche hätte er diesen Trip hier genossen. Aber ob es ihm auch so leicht gefallen wäre wie Greg, ihren Lover zu mimen? Greg war in dieser

Hinsicht ein echtes Naturtalent. Das lag natürlich an seiner künstlerischen Ader.

Lorenz dagegen hatte zwar zugesagt, mitzuspielen, aber so, wie sie ihn kennengelernt hatte, war er kein Typ, der sich gern verstellte. Er war authentisch und absolut ehrlich. Nur vielleicht sich selbst gegenüber nicht ganz. Je länger sie darüber nachdachte, desto sicherer war sie, dass Lorenz noch immer Gefühle für Ava, seine Exfrau, hatte. Vermutlich hätten sie sich nie getrennt, wenn er damals schon aufgehört hätte, seine Arbeit mehr als alles andere zu lieben.

Lorenz war derjenige, der ihr auf den richtigen Weg geholfen hat, was ihre berufliche Zukunft betraf. Außerdem war er ein wunderbarer Freund und Charleston-Partner. Vielleicht würde er am Freitag lieber mit Ava statt mit ihr tanzen gehen? Das wäre dann der Beweis dafür, dass ihre Vermutung stimmte.

Ob sie hier wohl Empfang hatte? Sie könnte ihm jetzt sofort eine SMS schreiben und behaupten, sie hätte sich den Fuß verknackst. Liane zog ihr Handy aus der Hosentasche und … stolperte. Das Handy landete im Schilf. Sie beugte sich nach vorn, um es aufzuheben, geriet jedoch ins Rutschen und wäre um ein Haar im Sumpf gelandet, wenn sie nicht irgendetwas gehalten hätte.

Genauer gesagt: jemand.

Greg.

»Wie hast du es überhaupt geschafft, dein Handy mit reinzuschmuggeln?«, fragte er, während er sie fest in den Armen hielt.

»Wieso schmuggeln? Ich hatte es eben dabei und wusste gar nicht, dass man das nicht gedurft hätte.«

»Die Dinger wurden eingesammelt. Schon während des Flugs.«

»Dann muss ich das wohl verschlafen haben«, lächelte Liane. Er lächelte zurück. Doch warum ließ er sie nicht los? Sie standen nun schon eine ganze Weile eng umschlungen. Völlig grundlos, wie ihr schien. Doch statt sie aus seiner Umarmung freizugeben, machte Greg weiter Konversation, als sei das in dieser Position völlig normal.

»Sag mal, wie bist du damals eigentlich auf die absurde Idee gekommen, sterbenskrank zu sein? Das wollte ich dich schon immer mal fragen«, flüsterte er Liane ins Ohr. Das kitzelte ein bisschen.

Die Frage war ihr schon einmal gestellt worden. Von Dr. Marga Schiller, der HNO-Ärztin. Die sie für gesund erklärt hatte und sich wunderte, warum sie geglaubt hatte, dem Tode geweiht zu sein. Schon damals war ihr keine Antwort eingefallen.

»Keine Ahnung«, keuchte sie, denn seine Umarmung raubte ihr so langsam die Luft. »Ich hatte eben diese Symptome. Heiserkeit und dieses Kloßgefühl im Hals.«

Liane schluckte.

Sein Gesicht schien noch näher gekommen zu sein.

»Ich habe übrigens auch Symptome«, sagte Greg. »Vielleicht kommen sie dir bekannt vor? Am schlimmsten ist das Herzrasen. Außerdem habe ich leichten Schwindel, Mundtrockenheit und Ohrensausen.«

»Das kenne ich«, erwiderte sie und errötete.

»Und ein bisschen Atemnot. Und ein flaues Gefühl im Magen.«

Und dann wusste Liane auf einmal, wie die Diagnose lautete.

Epilog

Hallo Viola. Sorry, dass ich mich länger nicht habe blicken lassen. Irgendwie hat sich mein Leben gerade völlig auf den Kopf gestellt. Nun ja, das hat sich ja schon seit Längerem angebahnt. Aber inzwischen gibt es noch mehr Neuigkeiten.

Ich habe mich verliebt.

Oh, Mutter, seit ein paar Wochen schwebe ich regelrecht durchs Leben. Und durch den Job. Meinen neuen Job. Erna und ich bringen Feiglinge dazu, über ihren eigenen Schatten zu springen – so wie ich selbst es getan habe. Das macht so unglaublich viel Spaß! Viel mehr, als nur Termine und Buchhaltung zu machen, Kaffee zu kochen und Telefondienst zu schieben.

Aber das interessiert dich bestimmt nicht halb so sehr wie die Sache mit Greg.

Ja, es ist wahr: Aus Greg, dem Anhalter, und Greg, dem Künstler, wurde Greg, mein Survivalbegleiter und schließlich einfach nur mein Greg!

Mich hat's voll erwischt. Und ihn auch. Mitten ins Herz!

Du bist überrascht?

Glaube mir – niemand ist überraschter als ich selbst. Dabei behauptet Nora, dass sie das schon lange geahnt hat. Ich hätte immer so ein Funkeln in den Augen gehabt, wenn ich von ihm geredet habe. Ich glaub ihr kein Wort! Sie hat einfach eine blühende Fantasie. Und sie ist so wahnsinnig jung …

In Wirklichkeit passierte das mit Greg und mir nämlich alles völlig überraschend.

Ich habe es echt nicht kommen sehen, damals beim Survival-Wochenende im Harz. Irgendwie war ich so beschäftigt damit, so zu tun, als wären wir ein Paar, dass ich gar nicht gemerkt habe, dass wir längst eins waren …

Keine Ahnung, seit wann. Vielleicht sogar seit jenem Tag, an dem ich dachte, demnächst sterben zu müssen. Dem Tag, an dem ich Greg kennengelernt habe und an dem mein Leben eine überraschende Wendung genommen hat.

So richtig kapiert habe ich das Ganze erst am Ufer eines Baches, mit den Füßen im Schilf. Vielleicht nicht die romantischste Umgebung für einen ersten Kuss, aber glaube mir - dieser Kuss hat mich alles um uns herum vergessen lassen.

Und auf einmal wusste ich gar nicht mehr, warum ich mich so dagegen gewehrt hatte, mich zu verlieben. Okay, eines Tages könnte er mich verlassen. Er wird mich möglicherweise enttäuschen oder verletzen. Aber was soll's? Vielleicht ja auch nicht. Und man muss auch mal ein Risiko eingehen, sonst bleibt der Spaß auf der Strecke. Und das Glück. Und die Liebe …

Aber genug von mir. Ich habe Blumen für dich dabei. Aber nicht nur für dich. Auch für Ruth.

Ja, tatsächlich. Ich habe mich mit ihr versöhnt.

Und heute ist ihr Geburtstag.

Ich werde gleich zu ihr fahren. Mit einem Strauß Moosröschen, ihren Lieblingsblumen.

Und ich komme nicht allein. Mein Liebster wird mit dabei sein. Um meine Mama kennenzulernen.

Darf ich ihn demnächst auch mal zu dir mitbringen?

Und vielleicht besuche ich dich irgendwann auch mal gemeinsam mit Leon. Oder mit Nora und Erna. Womöglich auch mit Lorenz. Oder allen gemeinsam?

Ich wünschte, du könntest sie alle kennenlernen.

Früher habe ich mir bloß gewünscht, ich könnte dich kennenlernen. Und habe damit gehadert, dass das unmöglich schien. Ich glaubte, deswegen niemals glücklich werden zu können.

Aber inzwischen weiß ich, das stimmt nicht.

Ich kannte mich nur selbst nicht.

Doch wer tut das schon?

»Nur die Oberflächlichen kennen sich selbst«, sagte Oscar Wilde einmal. Andererseits sagte er auch, Liebe sei eine Illusion. Und damit hat er sich gründlich getäuscht!

Danke

Viele Menschen tragen dazu bei, dass aus einer vagen Idee tatsächlich ein Buch wird. Auch bei *Wirf dein Herz voraus und spring hinterher* war das so. Ihnen allen möchte ich danken:

Meiner Freundin und Agentin Anja Koeseling, die live dabei war, als an einem kalten Januarabend Liane geboren wurde. Während Anja eine Berliner Parkuhr fütterte, spukte die Idee plötzlich durch meinen Kopf und ließ uns nicht mehr los.

Eva Schubert, der Leiterin des Penguin Taschenbuchverlags, die, noch bevor mein erster Roman *Liebe M.* überhaupt erschienen war, schon an den zweiten glaubte.

Monika Kempf und Laura Lichtenwalter, meinen Lektorinnen bei Penguin, die mit ihren wertvollen Impulsen dazu beigetragen haben, Lianes Geschichte runder, vielschichtiger und tiefsinniger zu machen.

Stephanie Emrich, meiner Freundin und Testleserin, die mich während des Schreibprozesses so wunderbar motiviert und die mit ihrem unvergleichlichen Adlerauge die verrücktesten Tippfehler findet (von »angebochene Packung« bis »eingebilderte Krankheit«).

Abadía Hernández, meiner zweiten Testleserin, die mir mit ihren superausführlichen Kommentaren hilft, beim Schreiben die Perspektive der Leser immer im Hinterkopf zu behalten. Manchmal habe ich das Gefühl, du kennst meine Figuren besser als ich.

Antje Winkler, deren Schlussredaktion wie immer supergründlich und zurückhaltend zugleich war. Was wären meine Bücher ohne deine wertvollen Anmerkungen zum Thema »Prodosie«? Wie gut, dass wir uns im Netzwerk Texttreff begegnet sind!

Meiner Freundin, Co-Autorin und DELIA-Kollegin Ursi Breidenbach, die mich bei der Fahnenkorrektur unterstützt hat. Der Wahnsinn, was du noch alles gefunden hast! Ich sag nur: Wortwiederholungen und unsaubere Perspektiven …

All denjenigen, die sonst noch dazu beitragen, dass aus meinem Manuskript dieses Buch geworden ist und dass es seinen Weg zu den Lesern gefunden hat! Von Korrektorat über Druck und Vertrieb bis hin zu Buchhandel oder Paketbote – jeder Arbeitsschritt ist wichtig.

Meiner Familie, die es einfach spitze findet, was ich tue (selbst die Nicht-Leser!) und die meine Autorinnen-Launen klaglos erträgt. Wenn ich euch nicht hätte …

Und natürlich auch dir! Du hast dieses Buch gelesen, mit Liane mitgefiebert bis zum Happy End, und dich dabei hoffentlich gut unterhalten gefühlt. Falls ja: Genau dafür habe ich diese Geschichte geschrieben.

Herzlichst,
Anna Paulsen